BATTLE DRAGONS

Pour tous ceux qui ont déjà essayé
d'apprivoiser un dragon,
ou qui ont rêvé de le faire.

L'édition originale de ce titre a été publiée pour la première fois
sous le titre *Battle dragons* aux États-Unis aux éditions Scholastic US.

24-32, rue des Amandiers, 75020 Paris – France

Mise en pages : Nord Compo
Correction : Claire Gaillard, Catherine Rigal
Couverture réalisée par Yuliya Zabelina

Loi n° 49-956 du 16 juillet 1949 sur les publications destinées à la jeunesse,
modifiée par la loi n° 2011-525 du 17 mai 2011.
Dépôt légal : avril 2023
Imprimé en Turquie. Printed in Türkiye.

ALEX LONDON

BATTLE DRAGONS

Livre I
LA CITÉ DES VOLEURS

Traduit de l'anglais (États-Unis)
par Aude Carlier

AUZOU

Première partie

Mais que ferait le Dr Drago ?

1

À minuit, ils embraseraient le ciel. Abel ne voulait surtout pas manquer ça. Pour rester éveillé, il réorganisait ses cartes DrakoTek sur son lit.

Crache-Givre avec armure en alliage : +2 contre les Gueules-de-Feu.

Wyverne avec lance-flammes de queue : +2 en attaque, -1 en vitesse.

Pfff.

Il avait déjà trois wyvernes de cette catégorie, et elles étaient trop lentes pour être utiles à quoi que ce soit pendant une partie. Rapides en combat rapproché, elles ne tenaient pas la distance dans les courses-poursuites. Leur souffle empoisonné ne pouvait pas blesser les autres dragons, juste les dragonniers, et le lance-flammes n'était pas si efficace. N'importe quel joueur possédant une carte de boost ou juste un dragon plus rapide trouvé dans un deck premium pouvait semer une wyverne de ce genre, ou même la vaincre. Abel, lui, n'avait aucun deck premium.

Il réarrangea ses cartes sur le lit pour que le Crache-Givre reçoive le lance-flammes et la wyverne, l'armure en alliage. Dans un véritable combat de dragons, une wyverne pouvait être équipée des deux mais le jeu de cartes ne permettait qu'une seule modification par dragon, sauf si on possédait un emplacement de carte bonus. Ce qui n'était pas le cas d'Abel. Ce genre de carte aussi ne se trouvait que dans les decks premiums et ses parents n'avaient pas les moyens de lui en acheter. Il aurait pu en gagner face à un autre joueur mais, comme il ne jouait qu'avec Roa, qui était imbattable, il perdait tout le temps.

Roa et lui avaient beau être les meilleurs amis du monde, Abel regrettait d'avoir perdu son dragon Givre Vert avec ses lames en diamant la semaine passée. Une revanche s'imposait, même s'il doutait de pouvoir la remporter. Parfois, quand ils jouaient, Roa tentait de lui éviter la défaite en lui donnant des conseils ou en lui rappelant telle ou telle capacité spéciale d'un dragon mais Abel, lui, était du genre impulsif. D'abord, on joue, après, on se pose des questions : telle était sa philosophie.

Et c'est pour ça que tu perds toujours, se dit-il en bâillant.

Il était 23 h 57. Il pouvait y arriver. Il pouvait rester éveillé.

Percy ronflait déjà, roulé en boule à ses pieds. Les écailles chaudes du pangolin pesaient sur ses chevilles. Pour une raison étrange, son animal domestique câlin à écailles parvenait à prendre plus de place dans le lit roulé en boule que lorsqu'il était allongé, avec ses griffes et sa longue queue tendues. Abel n'aurait jamais dû l'autoriser à monter sur son lit mais, après toutes ces années, c'était trop tard pour lui faire changer ses habitudes. Percy refusait de dormir ailleurs que sur les pieds de son maître.

Il tenta de repousser doucement la boule endormie. Malheureusement, il n'y a rien de plus difficile à déplacer qu'un pangolin endormi – à part un pangolin éveillé. Pour ne pas risquer de le tirer du sommeil, il dégagea ses pieds de la masse écailleuse assoupie, remonta ses genoux contre son torse, posa le menton dessus et bâilla de plus belle.

Il était toujours 23 h 57. Rah ! Pourquoi le temps semblait-il toujours ralentir quand on attendait impatiemment quelque chose ?

Il avait laissé les volets grands ouverts pour que les lumières des panneaux publicitaires, des feux de signalisation et des plates-formes d'atterrissage entrent dans sa chambre. Une publicité joyeuse pour le soda Souffle-Enflammé clignotait sur le toit d'en face, plongeant sa chambre dans une lumière vive rouge et jaune. Il n'avait donc pas besoin d'une lampe de poche pour voir ses cartes et, dans trois minutes, lorsque les dragons du nettoyage arriveraient, il ferait aussi clair qu'en plein jour lorsque le ciel est dégagé.

Alors que la nuit du nettoyage avait lieu six fois par an, de toute l'année de ses treize ans, Abel n'avait pas réussi à rester éveillé une seule fois pour y assister. Sa mère lui affirmait qu'il l'avait déjà vue quand il était bébé, car il ne dormait *jamais* quand il était bébé, mais ça ne comptait pas vraiment. Il ne s'en souvenait pas et, de toute façon, il n'avait sans doute pas compris ce qu'il voyait, à l'époque. Les bébés ne savent pas ce que c'est, un dragon, et n'ont jamais entendu parler du Service de la Propreté.

Maintenant qu'il avait treize ans, il savait. Tous les deux mois, tous les immeubles de la ville montaient leurs gros ballots d'ordures sur les toits puis une escadrille d'Infernaux – des dragons aux ailes longues – survolait chaque quartier pour incinérer les déchets avec leur souffle incandescent. Ensuite, une équipe de Gueules-de-Chèvre, des ailes-courtes, arrivait pour dévorer les cendres. Comme le feu des Infernaux restait en hauteur, on ne craignait rien sauf si, pour une raison incongrue, on était monté sur le toit, à minuit. Les Gueules-de-Chèvre, par contre, étaient dangereux car ils mangeaient n'importe quoi : cendres, métal, déchets alimentaires… ou animaux domestiques. Ou même des gens.

Dès leur entrée en maternelle, tous les élèves devaient regarder un documentaire sur les dangers encourus à rester dehors les nuits de nettoyage et ils le revoyaient ensuite chaque année à la rentrée. Le documentaire n'avait pas été mis à jour depuis la naissance d'Abel. Il ne connaissait pas le nom de l'actrice principale mais il savait qu'elle était très connue lorsque ses parents étaient plus jeunes. Elle était aussi connue pour avoir perdu son fils, adolescent, lorsqu'il s'était fait attraper puis dévorer par un Gueule-de-Chèvre.

Personne ne voulait devenir célèbre pour ça.

C'est pourquoi Abel fut frappé de stupeur en voyant par la fenêtre une personne vêtue de noir sauter de balcon en balcon, juste deux minutes avant minuit.

Il leva les yeux vers les silhouettes des dragons qui, dans une formation en V, tournoyaient dans le ciel en attendant le grand incendie. Les Infernaux étaient rouge vif, des naseaux au bout de la queue. Parmi tous les dragons, c'étaient eux qui crachaient leur feu le plus loin, mais ils volaient lentement. Les ombres des Gueules-de-Chèvre bourdonnaient autour d'eux comme des mouches autour d'une ampoule électrique. Ces « dragons-mouches », qui pesaient cinq tonnes chacun, étaient aussi rapides que l'éclair lorsqu'ils piquaient. Un Gueule-de-Chèvre pourrait gober au vol toute personne ayant la mauvaise idée de sauter d'un balcon à l'autre.

Plus que quatre-vingt-dix secondes.

Les Infernaux prirent un large virage pour se diriger vers le quartier d'Abel.

La silhouette dehors courait à toute vitesse sur une plate-forme d'atterrissage, à mi-hauteur du bâtiment voisin. Elle évita les caméras de surveillance et sauta en l'air pour se raccrocher du bout des doigts au rebord d'un balcon de l'immeuble d'Abel, où elle parvint à se hisser.

Est-ce que c'était un tagueur ? Il y avait déjà une fresque, de ce côté de l'immeuble. Quelqu'un avait peint un soleil éblouissant, sur lequel se découpait la silhouette d'un dragon rugissant : le symbole des Griffes Rouges, le gang qui faisait la loi dans le quartier. Personne de sensé n'oserait taguer par-dessus leur blason. D'un autre côté, personne de sensé n'oserait escalader la façade d'un immeuble un soir de Grand Nettoyage alors qu'il ne restait… oh non, plus que soixante secondes !

La silhouette ne s'arrêta pas au graffiti. Elle se mit à sauter tel un acrobate d'une balustrade à l'autre. Bizarrement, alors qu'elle bondissait sans hésiter, Abel se dit qu'elle lui rappelait quelqu'un, sans pouvoir mettre le doigt dessus.

Dans le ciel, les dragons se trouvaient juste au-dessus des immeubles, à présent. Abel aperçut les premières flammèches rougeoyer dans leurs gueules, puis, tout à coup, Ffffrouccccchhhh !!!

Le ciel s'embrasa. Une vague de feu orange aveuglante déferla vers son immeuble comme une couverture qu'on aurait tirée sur le quartier.

Vingt secondes.

Il devait coller sa tête à la fenêtre pour continuer à voir la silhouette : elle se rapprochait toujours à toute vitesse. Elle se trouvait maintenant deux étages au-dessus de lui, à trois appartements du sien.

Pourquoi lui semblait-elle si familière ?

Peu importe. Elle allait se faire griller comme une saucisse, à moins qu'elle se fasse dévorer. Ou les deux.

Dix secondes.

La silhouette se trouvait à présent juste au-dessus de lui. Les dragons étaient sur le toit d'en face, et leurs flammes presque bleues incinéraient tout ce qui se trouvait autour de la publicité pour le soda. Le front toujours collé à la fenêtre, Abel sentait la chaleur à travers la vitre.

Tout à coup, Percy, au pied du lit, se déroula.

— Percy, qu'est-ce que tu fais ?

D'habitude, il ne se montrait jamais devant des inconnus.

Et c'est à cet instant que la silhouette, dehors, se laissa tomber devant Abel. Avec ses gants-griffes, elle s'était accrochée d'une main au cadre de la fenêtre. Et tant mieux, car sa chambre se trouvait au soixante-septième étage. De son autre main, elle se démasqua.

— Lina ! hurla Abel.

C'était bien sa sœur, suspendue dans le vide tandis que les ailes-longues incendiaient le ciel !

Alors qu'une averse de cendres se déposait sur ses cheveux sombres, une vingtaine de dragons affamés plongèrent vers elle.

2

— Ouvre la fenêtre, vite ! hurla-t-elle même si les cris et les rugissements des dragons de la ville positionnés juste au-dessus de leur immeuble rendaient sa voix presque inaudible.

Même si Abel comprit ce qu'elle demandait – qu'aurait-elle pu vouloir d'autre ? –, il resta figé sur place. Bon, il était un peu gêné que sa grande sœur le voie dans son caleçon Dr Drago en train de jouer avec ses cartes DrakoTek, mais il était surtout *stupéfait* de l'avoir vue sauter d'immeuble en immeuble à minuit.

Il repensa à l'actrice dont le fils avait été dévoré par une nuit de nettoyage. Est-ce que c'était un truc d'ado, de flirter avec la mort et la catastrophe ? Et maintenant qu'il était un ado lui aussi, est-ce qu'il finirait par faire pareil ?

Sans doute pas. Déjà, il avait le vertige. Ce qui expliquait pourquoi il avait raté le concours d'entrée à l'Académie des Dragonniers lorsqu'il avait onze ans, raison pour laquelle il avait fini au Collège Municipal 1703.

— Euh, genre, tout de suite, s'il te plaît ?! cria-t-elle en tambourinant à sa vitre pour être certaine de se faire comprendre.

— D'accord, d'accord !

Abel déverrouilla la fenêtre. Même face à un péril imminent, il se laissait facilement distraire.

Ce qui expliquait *aussi* pourquoi il avait raté son examen d'entrée à l'Académie des Dragonniers. Selon le rapport envoyé par la poste avec son Avis de Recalage, il était « téméraire, distrait et atteint de vertige». Pas vraiment le combo idéal pour un dragonnier. Il aurait préféré ne pas voir ce rapport. Parfois, il vaut mieux ne pas savoir ce que les adultes pensent de nous.

À l'instant où il fit coulisser la vitre, sa sœur se laissa tomber dans sa chambre et la referma aussi sec derrière elle.

Une serre gigantesque passa devant eux en crissant sur le verre pare-dragons, sur fond de ciel embrasé. Son énorme ombre noire glissa sur Abel, sa sœur et le mur de sa chambre.

Il était 00 h 01.

Comme tous les bâtiments étaient construits en Matériaux Anti-Dragons, ils étaient en sécurité à l'intérieur. Dès que la griffe disparut au-dessus de la fenêtre, Abel s'écroula sur son lit et tenta de reprendre son souffle en gratouillant le menton de Percy et en inspirant profondément. Les Gueules-de-Chèvre étaient bien plus gros vus de près que ce qu'il pensait.

Les dragonniers de l'armée et les agents de l'Œil du Dragon chevauchaient des bêtes au moins trois fois plus grosses. Abel se réjouit un instant d'avoir *raté* ce fichu examen. Même s'il rêvait d'être un dragonnier comme Silas, son grand frère, il avait plus de chance de finir par décrocher un boulot à Chimère & Cie, *comics et café à toute heure*, comme sa sœur. Il adorait les BD, les jeux et les livres, et il adorerait sans doute aussi le café, si seulement il avait le droit d'y goûter.

D'ailleurs, à cet instant précis, Lina aurait dû être à son travail.

Au lieu de quoi, elle se trouvait dans sa chambre, à tenter de reprendre son souffle, la tête penchée, cachée entre ses genoux. Ses mains tremblaient. Il remarqua que son tee-shirt noir était abîmé à l'épaule mais pas déchiré. On aurait dit qu'il avait… brûlé. Le cœur d'Abel battait la chamade, alors que c'était sa grande sœur qui avait échappé de peu à la mort.

— C'ÉTAIT QUOI, ÇA ? s'écria-t-il.

Lorsqu'elle leva la tête, il demanda, un peu plus doucement :

— Euh… ça va ?

Ce qui lui parut aussitôt étrange car, d'habitude, c'était sa grande sœur qui prenait soin de lui, et non l'inverse. Mais cette nuit n'avait rien d'habituel. Il voulait *vraiment* savoir ce qui se passait. Et il voulait aussi *vraiment* enfiler un pantalon. Il se dirigea vers la commode et mit un bas de jogging.

Le plongeon de Lina dans sa chambre avait éparpillé les cartes DrakoTek par terre. Elle les parcourut du regard puis inspecta la pièce comme si elle était surprise de s'y trouver. Ses yeux scrutèrent ses posters de *La Guerre des Gangs*, ses couvertures d'albums de *L'Émeute Vorace* et les dessins qu'il avait faits d'une demi-douzaine de dragonniers des clans.

Les membres des gangs étaient pourtant des criminels et, dans la vraie vie, il préférait ne rien avoir à faire avec eux. Chaque quartier était dirigé par un gang puissant dont les membres traînaient au coin des rues et dans des bars miteux. Ils commettaient des crimes et extorquaient de l'argent aux honnêtes gens en échange de leur protection contre les clans des autres quartiers, qui eux-mêmes commettaient des crimes et extorquaient de l'argent aux honnêtes gens en échange de leur protection contre les autres clans, etc. Chaque clan menaçait et chaque clan volait ; le tout était de savoir qui.

Mais ce qu'il y avait de génial, avec les clans, c'est qu'ils organisaient des combats de dragons clandestins absolument légendaires. En bref, Abel adorait les films et les comics qui parlaient d'eux, même s'ils lui faisaient peur dans la vraie vie.

— Ils ne sont pas si impressionnants, déclara Lina à propos de ses dessins.

— Hé ! protesta-t-il.

Au lieu de lui expliquer pourquoi elle bondissait d'immeuble en immeuble plutôt que d'être dans un endroit sûr à vendre des cafés et des bandes dessinées aux clients bizarres qui fréquentaient le Chimère & Cie un dimanche à minuit, elle critiquait ses œuvres !

— Non, tes dessins sont géniaux ! s'excusa-t-elle. Je parle des dragonniers. Les meilleurs, dans une rixe de clans, c'est ceux dont tu n'entends jamais parler. Ils ne se font jamais prendre. Les seuls qu'on connaît, ce sont les perdants. Je dis ça comme ça.

Abel leva les yeux au ciel. Lina passait son temps à le corriger sur les clans, comme si elle était une sorte d'experte. Certains Griffes Rouges étaient des clients de Chimère & Cie, tout comme les membres de deux autres gros clans de la ville, les Chevaliers du Ciel et les Ailes du Tonnerre. Ils considéraient Chimère & Cie comme un terrain neutre car c'était le seul bon magasin de comics de la ville et tout le monde appréciait Fitz, le propriétaire. Mais vendre des grains de café enrobés de chocolat et le dernier numéro de *Dragonnières* à des délinquants ne faisait pas de Lina une experte des bas-fonds de la ville.

— Hum… alors… bon… qu'est-ce que tu faisais dehors ? Je ne savais pas que t'étais une telle acrobate. C'était…

Comment dire ? Effrayant ? Fou ? Stupide ?

— Cool, finit-il par lâcher.

— C'était pas cool du tout, le corrigea-t-elle avant de sortir un truc de sous son tee-shirt.

Un comics.

— C'était une erreur. Quelque chose qui a mal tourné… Je n'ai pas le temps de t'expliquer. Mais… Tiens, c'est pour toi.

Elle lui tendit la bande dessinée, un numéro de Dr Drago qu'il avait déjà. Drago Khorram, le célèbre justicier vétérinaire, y soignait une wyverne blessée qui appartenait à un chef de clan.

Ce dernier le forçait ensuite à empoisonner le dragon d'un chef rival, mais Drago ne pouvait renier son serment de vétérinaire lui interdisant de faire du mal, si bien que sa famille se faisait kidnapper. Il devait alors faire équipe avec le Détective Cœur-de-Pierre pour les sauver.

Abel l'avait lu le jour de sa sortie.

— Merci, mais je l'ai déjà, dit-il à sa sœur.

— Non, celui-là est différent. Il y a une illustration alternative page dix-huit. *Fais-moi confiance.* Il est rare.

Il lui prit le comics des mains et, au même instant, un petit badge en tomba. On aurait dit une clé magnétique pour chambre d'hôtel mais, lorsqu'il la ramassa, il constata qu'elle était vierge. Pas le moindre logo.

— Ton marque-page ? dit-il en le lui tendant.

— Tout va bien là-dedans ? lança soudain sa mère en toquant à la porte.

Lina se colla contre le mur près de la commode d'Abel. Elle mit un doigt devant sa bouche, comme pour l'implorer de ne pas révéler sa présence.

Il fronça les sourcils avant de hocher la tête. Un code d'honneur unissait les frères et sœurs, tout comme il unissait les membres d'un même clan : on ne balance pas.

— Oui, maman, répondit-il à travers la porte. Je ne voulais pas m'endormir avant de voir le nettoyage.

— J'ai entendu des voix, insista-t-elle.

Le bouton de porte tourna. Lina écarquilla les yeux.

— N'entre pas ! hurla-t-il. Je… euh… je suis tout nu !

La poignée s'immobilisa.

— Va dormir, lapin, dit-elle.

Abel l'entendit repartir vers sa chambre.

— Merci, murmura Lina.

— Tu dois m'expliquer ce qui se passe, insista-t-il.

— Je ne peux pas.

Abel se crispa. Elle était dans *sa* chambre et il l'avait protégée deux fois : d'abord d'une menace extérieure, les dragons, puis d'une menace intérieure, leur mère. Elle lui *devait* une explication. Il allait le lui rappeler lorsqu'on frappa brutalement à la porte.

BOUM. BOUM. BOUM.

Sauf que ce n'était pas la porte de sa chambre. C'était celle de l'appartement. Qui pouvait bien leur rendre visite après minuit ? Et par une nuit de nettoyage, alors que personne n'était censé être dehors ?

Il regarda par la fenêtre. Les Infernaux avaient changé de quartier. Comme les cendres ne tombaient plus, les Gueules-de-Chèvre avaient dû partir aussi.

BOUM. BOUM. BOUM.

— Tu dois me promettre quelque chose, chuchota Lina.

— Tu vas me dire ce qu'il se passe, oui ou non ?

— Tu dois le protéger.

— Protéger *quoi* ?

— Promets-le-moi, répéta-t-elle, au désespoir. Et tu ne dois dire à personne que j'étais là. Ni à maman, ni à papa, ni à Silas. Surtout pas à Silas. Pour leur sécurité à tous.

— Qui frappe chez nous ? Ils sont là pour toi ?

Au lieu de lui répondre, elle l'attrapa par les épaules et se pencha pour le regarder droit dans les yeux.

— Promets-le-moi !

— D'accord, c'est promis.

— Jure sur un secret, ajouta-t-elle.

— Quoi ?

— Pour que je sois certaine que tu tiendras ta promesse, jure sur ton plus grand secret.

— Je n'ai pas de… enfin… je…

Son cœur palpitait de nouveau mais sa sœur le fixait intensément, comme personne ne l'avait jamais regardé, comme s'il n'y avait rien de plus important au monde. Elle se mordillait nerveusement la lèvre. C'était sa grande sœur et il l'aimait. Comment ne pas accepter ?

— Je le jure sur mon plus grand secret, murmura-t-il. Mon plus grand secret… c'est que… je suis content d'avoir raté l'examen d'entrée à l'Académie des Dragonniers. En fait, j'avais… peur d'y aller.

Il souffla bruyamment. Son cou refroidit, comme si ce secret brûlant avait été révélé juste à temps.

Sa sœur hocha la tête. Elle sourit, même.

— Moi aussi, je suis contente que tu l'aies raté, tu sais. Mais ne t'inquiète pas. Je ne le dirai à personne. Ton secret est en sûreté avec moi.

— Et le tien avec moi.

Abel se sentit soudain confiant, mûr, comme s'il était quelqu'un de fiable.

BOUM. BOUM. BOUM.

— On sait que vous êtes chez vous ! hurla quelqu'un dans le couloir menant à leur appartement.

L'assurance nouvelle d'Abel fondit comme neige au soleil.

— Ouvrez ou on force la porte !

Il entendit le bruit des pas de ses parents. Il entrebâilla le battant de sa porte et, en se penchant un tout petit peu, il put voir celle de l'entrée. Lorsque sa mère ouvrit, son père se redressa au milieu du salon, comme pour avoir l'air costaud. Il venait de sortir de l'hôpital, où il était traité pour la maladie du Poumon d'écailles et, comme il avait perdu beaucoup de poids, il ne parvenait pas vraiment à paraître intimidant. Ce fut encore pire lorsque deux gros bras des Griffes Rouges déboulèrent dans l'appartement en claquant la porte derrière eux et en la verrouillant.

— Des membres des gangs ! hoqueta Abel en se tournant vers sa sœur… qui avait disparu.

Il se précipita vers la fenêtre mais ne parvint même pas à voir quelle direction elle avait prise.

— Où est votre fille ? beugla l'un des voyous.

Abel remit le loquet de sa vitre avant de repasser sa tête dans le couloir.

— Elle… elle n'est pas là, répondit sa mère.

— C'est aussi ce qu'ils nous ont dit à la librairie, grogna l'autre homme.

Ils avaient tous deux le symbole des Griffes Rouges tatoué dans le cou. Ils portaient des blousons de cuir couverts d'écailles rouges sur des tee-shirts noirs, ainsi qu'une énorme griffe de dragon coincée dans la ceinture. Le premier était chauve, à l'exception d'une touffe bleue au-dessus du front, tandis que l'autre avait tracé au rasoir des lignes tourbillonnantes dans sa chevelure blond vif. Les bras du dernier étaient plus gros que la taille d'Abel et ce fut lui qui traversa le salon jusqu'à l'étagère dans le couloir.

Le garçon recula et, à travers la fente de sa porte entrebâillée, il le vit s'emparer d'une photo de famille sur l'étagère et la lever devant ses yeux.

— Vous avez deux autres enfants, dit-il. Silas et Abel, pas vrai ?

Même s'il ne voyait pas ses parents, Abel imaginait sans mal leur expression inquiète. Il l'avait déjà trop souvent vue :

lorsque sa mère avait été promue au rang de chef superviseuse à la fabrique d'aliments pour dragon et avait compris qu'elle ne serait plus là pour s'assurer qu'Abel faisait bien ses devoirs et mangeait des dîners équilibrés. Ou lorsque Silas avait réussi haut la main son examen d'entrée à l'Académie des Dragonniers et qu'il était parti pour devenir un cadet, ou encore lorsque Lina, après l'avoir elle aussi réussi haut la main, avait *refusé* de devenir une cadette, préférant travailler de nuit dans un bar à comics. Abel avait également vu cette même expression inquiète quand il avait raté son propre examen. Il n'avait pas besoin de les avoir en face de lui pour savoir quelle tête ils faisaient.

Ses parents avaient déjà beaucoup de raisons de se tracasser.

Et ça n'allait pas s'arranger.

3

— Et si on discutait avec vos autres enfants ? suggéra le voyou à la touffe bleue.

— Relax, Grackle, répondit le blond. Je suis sûr que ces honnêtes citoyens vont nous dire où se trouve leur fille avant qu'on doive impliquer leurs rejetons *innocents*.

Abel n'aimait pas le ton avec lequel l'homme avait dit « innocent ». On aurait dit qu'il commandait quelque chose au restaurant, comme une pièce de viande servie saignante, avec la tête encore attachée au bout.

— Dites-nous où se trouve votre fille, insista le prénommé Grackle. Pour le bien de vos enfants.

— Si elle n'est pas au travail, alors…

Sa mère laissa sa phrase en suspens.

— Assez traîné ! cria le blond en jetant la photo de famille au sol avant de briser le verre sous sa botte. Grackle, va chercher le plus jeune.

— Non ! hurla sa mère, mais l'autre déboula dans le couloir en ouvrant à la volée une porte après l'autre.

Lorsque le père d'Abel se précipita vers le blondinet, ce dernier tendit le bras pour l'arrêter et l'envoya par terre, hoquetant. Si le père d'Abel avait été équipé d'une arme de souffle, comme les dragons, ça aurait été le hoquet.

Abel retourna dans son lit pour faire semblant de dormir, ce qui lui semblait être une technique de défense bien minable, mais il n'avait pas d'autres idées. Il entendit Grackle ouvrir la porte de la salle de bains, puis le placard, puis l'ancienne chambre de Silas, qu'il n'occupait plus depuis qu'il était parti à l'Académie. La porte suivante était celle d'Abel et elle s'ouvrit si brusquement qu'elle rebondit dans la tête de Grackle.

— Aïe! pesta le malfrat avant de la rouvrir plus posément.

Abel s'assit dans son lit, comme s'il venait juste de se réveiller, alors qu'il serrait toujours le comics de Lina contre lui.

— Debout là-dedans, grogna Grackle. Il faut qu'on parle.

Abel glissa le comics sous sa couverture et suivit l'intrus jusqu'au salon.

— Qu'est-ce qui se passe? demanda-t-il pour donner le change.

— Si vous faites du mal à mon fils… grommela sa mère, les poings serrés.

— Personne ne fera de mal à personne, répondit le blondinet, qui aurait été plus convaincant s'il n'avait pas plaqué le père d'Abel au sol avec son pied. Ce jeune homme va juste nous dire s'il sait où se trouve sa sœur.

— Au travail, mentit Abel.

Blondinet fronça les sourcils puis fit valser tout ce qui se trouvait encore sur l'étagère : les livres, les photos, les petites statues de dragons en verre que chaque enfant avait fabriquées en CM2 en cours de verre soufflé. Celui d'Abel ne ressemblait pas vraiment à un dragon mais il eut quand même de la peine en le voyant se briser en mille morceaux.

Tout à coup, Percy déboula de sa chambre en soufflant bruyamment, ses griffes grattant sur le sol. La plupart du temps, un pangolin, c'est assez inoffensif, sauf s'il se persuade qu'il y a des fourmis dans votre pantalon. Là, il grattera sans relâche jusqu'à les trouver ou il ne laissera que de la peau déchiquetée et des os brisés.

— Rappelle-le ! hurla Grackle.

Il lâcha Abel et sortit de sa ceinture la griffe de dragon courbe. Peu de choses pouvaient pénétrer les écailles épaisses d'un pangolin, mais une serre de dragon, sans aucun doute.

— Percy, en boule ! ordonna Abel.

Heureusement, l'animal obéit, arrêta sa charge et se mit en position de défense. Comme Grackle semblait toujours sur le point de l'attaquer, Abel ajouta un inutile :

— Pas bouger !

Grackle se détendit mais, au lieu de rengainer la griffe, il la posa contre le cou d'Abel. Son père hoqueta, mais le silence de sa mère fut plus tranchant.

— Laissez-moi me présenter, déclara Blondinet en s'accroupissant pour regarder Abel dans les yeux pendant que Grackle l'immobilisait. Je m'appelle Sax. (Il tapota le dessin sur son cou avec deux doigts.) Tu sais ce que ce tatouage représente ?

Abel hocha la tête. L'haleine de Sax était épouvantable, et ses dents verdâtres.

Abel n'avait jamais vu un membre de gang de si près. Les Griffes Rouges étaient le clan le plus important et le plus puissant de la ville. Ils contrôlaient son quartier et plus de trente autres, et on pouvait se faire casser la mâchoire pour un simple regard de travers.

Abel avait entendu parler d'un lycéen qui avait dessiné une moustache sur l'un de leurs symboles tracé sur une benne à ordures. Pour se venger, les Griffes Rouges avaient forcé sa copine à le quitter, puis ils lui avaient volé ses vêtements avant de le relâcher, nu, à l'autre bout de la ville, après le couvre-feu. Et ça, juste parce qu'il s'était moqué d'un graffiti sur une poubelle.

Les adultes qui les défiaient ne s'en tiraient pas si bien.

Pourquoi cherchaient-ils Lina ? Il redoutait que ça ne soit lié à la clé magnétique et au comics cachés sous sa couverture.

— Tu sais que c'est dangereux de nous mentir, reprit Sax. Et si tu nous disais où est *vraiment* ta sœur ?

— Je l'ai déjà dit… répondit-il en essayant de sembler nerveux, ce qui n'était pas difficile vu qu'il était mort de trouille. Elle est au travail. Elle doit me rapporter le nouveau Dr Drago.

— C'est pas ce que tu lisais quand je suis entré dans ta piaule ? grogna Grackle.

La gorge d'Abel se noua. Il n'aurait pas cru qu'un malfrat s'en rendrait compte.

— Pour moi, c'est celui-là, le dernier, reprit le gangster.

— En fait… (Abel chercha une réponse. Puis il repensa au regard vide de ses parents lorsqu'il se lançait dans une tirade concernant les comics.) Ce n'était pas vraiment le dernier. Il y a une couverture alternative, vous voyez ? Donc, ce qui s'est passé, c'est que l'histoire est la même mais le dessinateur a tracé une cicatrice sur la main gauche du Dr Drago, souvenir d'une morsure d'un Aile d'Acier qui avait une carie dans le numéro 441, mais il n'a plus cette cicatrice parce qu'il a été guéri dans le numéro 552, quand il a rencontré le Roi Dragon de Xiun, après sa quête pour trouver la Braise Cendrée de Tahir, que personne n'arrivait à débusquer parce qu'en fait c'était juste une métaphore pour parler de l'amitié ou je ne sais pas quoi. On étudie les métaphores en cours de littérature, c'est la leçon sur les figures de style, mais plein de gens pensent que les comics n'utilisent pas de figures de style, alors que, en tant qu'art visuel, c'est franchement le cas, du coup je trouve qu'on devrait avoir le droit de lire des comics pour l'école, et je pense aussi que le Dr Drago…

— T'as la langue en feu ou quoi, mon gars ? Ferme-la ! hurla Sax. (Il secoua la tête, se frotta le menton et regarda le bazar par terre. Il se détourna d'Abel pour regarder sa mère.) Faites passer un message à votre fille. Dites-lui qu'elle a intérêt à se pointer à l'Aile Brisée avant Nocturne, samedi prochain. Dites-lui que c'est pour son bien… (Il se retourna vers Abel puis baissa les yeux vers son père, par terre.) Et le vôtre.

Sur ses mots, il sortit de l'appartement. Grackle le suivit en faisant tomber un tableau accroché au mur. Il s'arrêta un instant pour leur jeter un coup d'œil par-dessus son épaule.

— Et n'envisagez même pas de prévenir l'Œil du Dragon. Ça ne ferait qu'aggraver votre cas.

Puis il claqua la porte derrière lui si fort qu'un autre cadre tomba par terre. Qu'est-ce que ces crétins avaient contre l'art ?

Leurs pas résonnèrent dans le couloir, l'ascenseur sonna et le silence revint enfin dans l'appartement, comme dans l'antre à trésors d'un dragon endormi.

Abel, pieds nus, n'osait pas bouger pour sortir du salon, avec tout ce verre brisé répandu sur le sol. Sa mère aida son père à se relever tout en parlant aussi calmement que possible.

— Abel, tout va s'arranger. Tu ferais mieux de retourner au lit, maintenant.

— Mais…

— S'il te plaît, le coupa-t-elle.

Il comprit à son ton que ce n'était pas la peine de protester.

Dès qu'il retourna dans sa chambre, il plaqua l'oreille à sa porte pour les écouter.

— J'envoie un texto à Silas, déclara sa mère.

— Mais ils nous ont dit de ne… protesta son père.

— C'est notre fils. Il doit savoir ce qui se passe.

— Même *nous*, nous ne savons pas ce qui se passe ! Comment notre Lina a pu se mêler aux affaires des Griffes Rouges ?

— On ne sait pas si elle s'est mêlée de leurs affaires.

— Ces voyous pensent qu'ils peuvent brutaliser tout le monde. Ils ont du culot, de venir ici...

Il dut s'interrompre pour toussoter une fois, ce qui déclencha une quinte de toux inarrêtable. Symptôme de son Poumon d'écailles.

— Va te coucher, mon chéri, lui conseilla sa mère. Je vais tout nettoyer. Et Silas passera demain.

— Je ne peux pas te laisser ranger toute seu...

Une autre quinte l'interrompit. Peu après, Abel entendit sa mère conduire son père vers leur chambre.

Il regagna son propre lit et sortit le comics que Lina lui avait donné. Il étudia la clé magnétique vierge un instant, bien qu'il ne puisse rien en tirer, puis feuilleta le comics jusqu'à la page dix-huit. Comme ses volets étaient encore ouverts, il y voyait assez clair grâce aux lumières des panneaux publicitaires et des feux de signalisation des voies aériennes. Il étudia chaque case, à la recherche de l'illustration alternative promise par Lina.

Il ne la trouva pas tout de suite, et il l'aurait peut-être manquée complètement si l'écran publicitaire n'avait pas changé de réclame pour afficher une image très brillante vantant des « Croisières estivales à dos d'ailes-longues jusqu'à la Mer de Glace », à partir de seulement 1 878 dollars par personne. Comme s'il y avait des familles dans ce quartier qui avaient autant d'argent à dépenser pour une croisière à dos de dragon.

Grâce à la luminosité des visages souriants sur l'affiche et des images de la banquise scintillante, Abel parvint à repérer un détail étrange dans la troisième case de la page. Sur un panneau dessiné à la main dans l'arrière-plan, on avait inscrit une adresse en lettres minuscules, et l'écriture était sans aucun doute celle de sa sœur.

Tu dois le protéger, lui avait-elle dit. Elle ne parlait peut-être ni du comics, ni de la clé magnétique, mais de quelque chose qui se trouvait à cette adresse. Il ne savait pas à quel endroit de la ville elle correspondait. Il devrait chercher le lendemain sur un plan, lorsque sa mère débloquerait son téléphone – enfin, si elle le débloquait un jour.

Il s'allongea dans son lit et regarda par la fenêtre le ciel nocturne où, tout récemment, sa sœur avait escaladé des gratte-ciel. Il décida d'y réfléchir jusqu'à ce qu'il comprenne la situation, même s'il devait rester éveillé toute la nuit pour y parvenir.

Évidemment, il s'endormit aussi sec et, quand il rouvrit les yeux, il faisait déjà jour.

Il avait rêvé de combats de clans, de sa sœur jouant à saute-mouton avec les immeubles et de malfrats enlevant ses parents, mais c'était la voix de son frère, Silas, qui l'avait réveillé. Il était dans le salon, et il ne semblait pas *du tout* content.

4

Bon, d'accord, Silas n'avait *jamais* l'air content mais, lorsque Abel sortit de sa chambre ce matin-là, son frère avait presque de la fumée qui lui sortait des oreilles. Debout au milieu de la cuisine dans son uniforme de cadet, il agitait son index devant leurs parents comme s'il s'agissait de deux adolescents rentrés après le couvre-feu.

Assis à la table de la cuisine, en pyjama, ils contemplaient leurs mains. Ils paraissaient tout petits face à Silas qui arborait le manteau vert sombre et le pantalon argenté des cadets de l'Académie.

— Pour commencer, vous n'auriez jamais dû laisser Lina travailler dans un endroit comme Chimère & Cie, les gronda-t-il. Et encore moins de nuit ! C'est un repaire de criminels, d'anarchistes et de bons à rien !

Quel jeune de dix-neuf ans utilise l'expression « bons à rien » ? se demanda Abel.

— Tu sais bien que Lina devait trouver un travail après…

Leur mère s'interrompit avant de reprendre :

— … l'année dernière.

Mais le mal était fait. Ils savaient tous qu'elle voulait en réalité dire : « … après l'année dernière, quand votre père est tombé malade, qu'il a dû s'arrêter de travailler et qu'on a failli perdre notre appartement ». Leur père scrutait ses doigts sur la table, la honte voletant autour de lui avec ses ailes invisibles. À le voir, on devinait qu'il aurait voulu disparaître sous terre.

Abel se racla la gorge et les trois têtes se tournèrent vers lui.

— Salut, Silas, dit-il.

— Tu ne devrais pas être au collège ? grommela son frère, renfrogné, sans même lui dire bonjour.

— J'ai encore du temps. Et je voulais te voir. Comment se passe l'entraînement ? T'as un dragon ? Tu t'es déjà éloigné de la ville en volant ? À quoi ressemblent les Plaines de Glace ? T'as reçu des lunettes d'aviateur ? Je peux les voir ?

Il n'avait pas eu l'intention de bombarder son frère de questions mais, une fois lancé, il fut incapable de s'arrêter. Silas était la seule personne de sa connaissance à pouvoir chevaucher des dragons de combat et Abel devait *absolument* savoir ce que ça faisait. Il était tellement surexcité qu'il en oublia presque les voyous qui avaient dévasté leur appartement et la clé magnétique que Lina lui avait confiée. Quand il s'en souvint, il dut figer son expression pour éviter de trahir quoi que ce soit. Elle lui avait bien spécifié qu'il ne devait *surtout pas* en parler à Silas.

— Qu'est-ce qu'il t'arrive ? grogna Silas. T'as l'air sur le point de pondre un œuf de dragon.

— Silas ! s'indigna sa mère.

— Quoi ? fit son fils aîné dans un haussement d'épaules.

— Vous parlez peut-être comme ça à l'Académie mais, dans cette maison, nous n'oublions pas les bonnes manières, renchérit leur père.

Visiblement, la tête du Abel « qui-devait-garder-un-secret » ressemblait beaucoup à celle du Abel « qui-a-mangé-trop-de-Chips-Enflammées-et-qui-doit-aller-aux-toilettes ».

— Désolé, j'avais oublié à quel point Abel est *sensible*, lâcha Silas, sarcastique, en écartant ses mèches de son visage.

Tous les cadets avaient les cheveux longs sur le dessus mais les tempes et l'arrière du crâne rasés. Abel trouvait cette coupe trop stylée mais, parfois, il avait l'impression que Silas se recoiffait juste pour le narguer. Ils savaient tous deux qu'Abel avait misérablement échoué à l'examen que Silas avait réussi si brillamment. Depuis, la tension entre eux était presque brûlante.

— Écoute, je ne suis même pas censé être ici, expliqua Silas. La seule raison pour laquelle ma hiérarchie m'a autorisé à venir, c'est parce que ma wyverne avait besoin d'exercice et…

— T'as une wyverne !? s'extasia Abel. Est-ce qu'elle a une arme de souffle ? On t'a donné des lames pour ses ailes ? Des boosters de vitesse ? Un harnais de bombardier ? Comment tu la nourris ?

Sa curiosité avait repris le dessus un instant, avant de s'évaporer sous le regard de braise de son frère.

— Secret défense, lâcha-t-il. Et je ne suis pas venu là pour répondre à tes questions de fana de dragons, ajouta-t-il. Je suis venu parce que Lina a des problèmes.

— Tu peux l'aider ? s'enquit leur père. C'est ta sœur, et la famille, c'est plus important que l'uniforme que tu portes.

— L'uniforme n'est pas qu'un habit, rétorqua Silas. C'est le symbole de mes valeurs et du serment que j'ai prêté pour faire régner la loi à Drakopolis.

— C'est vrai, c'est vrai, temporisa leur père. Et ça te donne un air très chic. Je voulais juste dire que…

— Je n'ai pas l'air *chic* ! protesta Silas, la voix brisée. Cet uniforme incarne la charge sacrée que les dirigeants de notre ville m'ont confiée pour que je protège notre mode de vie et que je le fasse respecter.

— D'accord, si tu veux… capitula leur père. C'est une charge sacrée, pas du tout chic. Alors, est-ce que tu peux t'en servir pour aider ta sœur ? Ou bien est-ce que toi, tu es là pour aider la loi, mais la loi ne peut rien pour t'aider ?

L'espace d'un instant, Silas eut de nouveau l'air d'un enfant, lorsqu'il vivait encore dans l'appartement et qu'il se levait tôt le week-end pour jouer aux cartes DrakoTek avec Abel sur le sol du salon. Puis il serra les mâchoires et s'efforça d'avoir l'air d'un dur. Il prit même un ton plus grave pour que sa voix semble plus caverneuse que d'habitude.

— Attention, papa, grogna-t-il presque. C'est dangereux, ce que tu dis.

— Ma fille est déjà en danger, rétorqua leur père.

Depuis que Silas était parti pour l'Académie, ils avaient le don pour s'embrouiller chaque fois qu'ils se parlaient. Son père n'avait pas accepté sa décision.

— Il n'y a pas qu'avec les clans que Lina a des problèmes, déclara Silas du ton neutre qu'on devait apprendre à tous les cadets à l'Académie des Dragonniers. Je suis désolé de vous l'apprendre, mais votre fille chérie…

— C'est aussi ta sœur, lui rappela sa mère, ce qu'il ignora.

— Votre fille chérie, répéta-t-il, est une voleuse de dragons avérée. Et, selon les fichiers que j'ai vus, elle allait forcément finir par contrarier le mauvais clan.

— Non… souffla leur père.

Silas glissa la main dans son pardessus vert et en sortit son téléphone. Il l'alluma en faisant glisser son pouce sur l'écran et leur montra des photos. Abel dut traverser la cuisine et se pencher par-dessus leurs épaules pour les voir.

C'était bien Lina, dans la même tenue noire qu'elle portait cette nuit-là, avant qu'elle se fasse brûler. Elle se trouvait dans des écuries très luxueuses où, de part et d'autre d'un vaste portail de fer, de magnifiques sculptures de verre reposaient dans des alcôves.

Du bout du doigt, Silas chassa la photo pour faire apparaître une vidéo et Abel regarda, le souffle coupé, Lina hacker le clavier de contrôle à côté du portail. Un témoin lumineux s'alluma puis elle se glissa à l'intérieur. La vidéo montrait ensuite une pièce immense… un box de dragon. Ils ne virent que le bord d'une aile reposant sur le sol avant que Lina jette quelque chose sur la caméra pour noircir la lentille.

Silas rangea son téléphone.

— Elle est rentrée par effraction dans le District Doré afin de voler des dragons de prix. Nous la soupçonnons de travailler pour les Chevaliers du Ciel.

— Lina fait partie d'un clan ?! hoqueta Abel.

Les Chevaliers du Ciel, c'était le nom du deuxième clan le plus important de la ville. Selon les rumeurs, leur chef était un ancien capitaine de l'Œil du Dragon qui le dirigeait comme une armée privée. S'ils étaient tout aussi hors la loi que les Griffes Rouges, ils étaient réputés pour leur discipline et leur loyauté. Alors que les Griffes Rouges connaissaient sans cesse des luttes et des trahisons intestines, les Chevaliers du Ciel ne se retournaient jamais contre leurs frères d'armes. Et ils se montraient impitoyables envers ceux qui s'y risquaient. Abel n'imaginait pas du tout sa sœur en Chevalière du Ciel…

— Tu dois éviter tout contact avec Lina, poursuivit Silas en rangeant son téléphone dans son manteau et en redressant son col, alors qu'il était déjà bien droit. Vous *tous*, vous devez l'éviter, précisa-t-il, le torse bombé. Les Chevaliers du Ciel sont dangereux.

— Mais qu'est-ce qu'on fait, pour les Griffes Rouges ? demanda Abel. Eux aussi, ils sont dangereux. À moins que tu t'en fiches, maintenant que t'as un bel uniforme de cadet ?

— Abel, s'il te plaît, le gronda sa mère.

Peu importe. Silas avait l'air de les mépriser, comme s'il n'avait plus besoin de sa famille puisqu'il avait son uniforme. Abel en avait ras le bol. Son frère ne l'avait même pas appelé pour son anniversaire, et ses parents en avaient pleuré. Il voulait qu'il s'excuse et les aide, au lieu de se comporter comme un… comme un…

— T'es qu'un pet de dragon ! hurla-t-il, ce qui n'était pas la meilleure des insultes, mais il n'avait rien de mieux en stock à cet instant.

Même s'il savait qu'il ne pouvait pas gagner une dispute face à Silas, ça ne l'empêchait pas de le provoquer. Si son frère le grondait, il serait alors trop distrait pour continuer à dire du mal de Lina. Et moins il en disait à leurs parents, mieux ça valait.

— Tu devrais t'entraîner à l'Académie des Péteurs, tu serais premier de ta classe !

Sa mère soupira et Silas se contenta de secouer la tête.

— Grandis un peu, Abel, grommela-t-il en faisant mine de partir.

— Tu reviendras pour la Saint-Georges ? lui demanda leur père.

— Je ne sais pas, papa. Ça dépend de l'Académie. J'ai beaucoup de travail.

Leur père ressemblait à un ballon dégonflé lorsque Silas ouvrit la porte de l'appartement. Ce dernier s'arrêta sur le seuil et se retourna. Abel reprit espoir. Est-ce qu'il allait s'excuser ? Faire sourire leur père ou au moins dire un truc cool à Abel à propos de sa wyverne ?

— Si l'un d'entre vous apprend où se trouve Lina, allez immédiatement le dire au bureau local de l'Œil du Dragon… Pour son propre bien.

Sur ce, il les salua d'un signe de tête brusque et referma la porte derrière lui.

Les parents d'Abel, toujours assis à la table de la cuisine, étaient sonnés. Ils venaient d'apprendre que leur fille appartenait à un clan dangereux, qu'elle était recherchée par un *autre* clan dangereux *et* par la police secrète de la ville.

Les derniers mots de Silas résonnèrent dans la tête d'Abel. *Pour son propre bien.* Les Griffes Rouges avaient dit la même chose. Et Lina aussi, lorsqu'elle avait fait jurer à Abel de garder son secret. Il commençait à croire que personne n'utilisait cette phrase pour son sens littéral. Était-il le *seul* à s'inquiéter vraiment pour sa sœur ?

Il devait se rendre à l'adresse indiquée dans le comics, mais il avait d'abord besoin d'aide. D'un allié. Quelqu'un qui pourrait garder un secret sans qu'il ait besoin de lui faire jurer son silence sur un autre secret.

Roa saurait quoi faire.

Et, à défaut, Roa l'aiderait à trouver une solution. Il se réjouit d'être le meilleur ami d'une personne plus intelligente que lui, même si, du coup, il perdait toujours ses cartes DrakoTek pendant leurs parties.

— C'est l'heure de partir pour le collège, lui dit sa mère en sortant sa boîte à déjeuner du frigo.

Quand avait-elle eu le temps de lui préparer à manger ?

— Va vite t'habiller, s'il te plaît, ajouta-t-elle.

Il ne se le fit pas dire deux fois. Il alla mettre sa chemise blanche, un jean noir à peu près propre et son sweat à capuche vert qui l'était sans doute beaucoup moins. Puis il attrapa sa cravate sur la commode sans l'enfiler et sa boîte à déjeuner sur la table en sortant.

— Dis donc ! fit son père.

Abel revint, serra brièvement chacun de ses parents dans ses bras et courut vers les ascenseurs. La plate-forme d'atterrissage se trouvait au quatre-vingt-huitième étage, et il arriva juste à temps pour voir le bus scolaire relever sa passerelle et s'envoler.

5

— Attendez ! hurla Abel, le vent dans les cheveux.

Les parents de jeunes enfants venus accompagner leurs rejetons jusqu'au bus le regardèrent avec pitié. Les murs de leur immeuble n'étaient pas très épais. Tout le monde savait sans doute déjà que sa famille avait reçu la visite des Griffes Rouges cette nuit-là. Il reconnut Mme Deloggia, la voisine du dessous, qui avait des jumeaux en CE2, les papas de Maddie, qui était en maternelle, et Tatie Novick, qui était sans aucun doute une informatrice de l'Œil du Dragon. Dès qu'il se tourna vers eux, ils esquivèrent son regard.

L'énorme Aile-Longue à barbe rousse qui portait le bus sanglé sur son dos s'était déjà élevée bien haut au-dessus de la plate-forme pour se rapprocher de l'immeuble voisin. Malgré tout, le contrôleur se pencha par-dessus bord et fixa Abel en secouant la tête.

— Encore en retard ? lui lança-t-il d'en haut. On n'est que lundi !

Abel ouvrit grand les bras pour l'implorer. Ce n'était pas la première fois qu'il était en retard pour le bus depuis le début de l'année. Ce n'était même pas la cinquième, ni la dixième, ni la trentième fois. Il était en retard presque *tous les jours.*

Le contrôleur siffla le pilote, qui était assis dans un harnais juste derrière les cornes du dragon et manœuvrait un système de rênes complexe. Le pilote jeta un coup d'œil vers le bas tandis que le soleil matinal se reflétait sur ses lunettes d'aviateur. Il maintint le dragon au-dessus de la plate-forme pendant que le contrôleur jetait une corde à nœuds vers Abel en lui faisant signe de monter. La plupart des enfants empruntaient une passerelle pour accéder au dragon pendant que ce dernier restait en vol stationnaire juste devant la plate-forme, mais le pilote n'allait pas faire redescendre et stabiliser un dragon de quinze tonnes juste pour Abel. Il avait tout juste cinq secondes pour attraper la corde avant qu'elle soit hors de portée. Sinon, il devrait supplier sa mère de lui donner de l'argent pour le taxi, argent que, elle le savait, il lui promettrait de rembourser sans jamais le faire.

Il balança son sac sur son épaule et grimpa à la corde aussi vite que possible en sentant le dragon prendre son envol. Abel regarda en bas et vit le toit de son immeuble s'éloigner. L'abysse profond de la rue s'ouvrait sous ses pieds. Dans le quartier, même les immeubles les moins hauts comptaient au moins une centaine d'étages… et le sien était loin d'être le plus petit.

Sous ses baskets, des ailes-moyennes, taxis et livreurs, fusaient dans tous les sens entre les feux de signalisation des voies aériennes. Des ailes-longues porteurs de bus planaient dans les voies extérieures vers les plates-formes et les zones d'atterrissage. Au-dessus de lui, des dragons cargos longs-courriers, Gratte-Nuages-à-Bandes-Grises, Dracarios Rouges et Goliaths Verts, acheminaient leurs marchandises partout dans le ciel. Abel était toujours émerveillé que la ville poursuive sa frénétique activité, quels que soient les drames qui se déroulaient dans sa propre vie – que son père soit à l'hôpital, que son frère parte loin à l'Académie, ou que, comme maintenant, toute sa famille ait de sérieux problèmes avec les clans. Drakopolis ne cessait jamais sa course folle.

Une fois Abel à bord du bus, le contrôleur remonta la corde et grommela :

— Au moins, tu te seras fait les muscles d'ici la fin de l'année.

— Merci pour la corde, ronchonna Abel en retour.

Il s'avança au milieu des élèves, à la recherche d'une place libre, alors que les courroies qui maintenaient en place le bus sur le dos du dragon ne cessaient de grincer.

Abel s'assit vers l'arrière et regarda les graffitis changer au fil des arrêts, les symboles tagués traçant une carte officieuse des quartiers de la ville.

Après quelques minutes de vol, la marque des Griffes Rouges (le dragon dans le soleil) laissa place au dragon infini des Chevaliers du Ciel – un huit horizontal couvert d'écailles, orné d'une tête de dragon dévorant sa propre queue. Il était peint au pochoir sur les murs et les panneaux publicitaires, sur les rebords des immeubles et sur des fenêtres murées. Abel frémit en repensant à Lina et se demanda comment elle avait pu lui cacher un tel secret.

Il espérait qu'elle allait bien. Les Chevaliers du Ciel étaient le seul clan à planifier des attaques contre le gouvernement, ce qui les rendait plus dangereux encore que les Griffes Rouges. Au moins, ceux-là étaient juste cupides. Les Chevaliers du Ciel étaient cupides *et* politisés. Dans la Prison de Windlee, ils étaient bien plus nombreux que les membres de n'importe quel autre clan.

Et si sa sœur aussi finissait derrière les barreaux ? Il se passait des choses terribles, à Windlee. Une condamnation à l'exil serait plus clémente.

Ils quittèrent la zone d'influence des Chevaliers du Ciel et Abel aperçut bientôt un éclair et une tête de dragon peints par-dessus un panneau publicitaire vantant « Le Domaine des Longs-Crocs Retraités ». Il se trouvait sur le territoire des Ailes du Tonnerre, c'est-à-dire le quartier de Roa.

Les Ailes du Tonnerre était le plus petit des Trois Grands Clans, mais ses membres étaient aussi les plus intelligents : leurs spécialités, c'était la science et les inventions. Le plus souvent, ils n'agressaient pas les gens physiquement, ils se contentaient de pirater leurs comptes bancaires et de les voler en ligne. Ils élevaient des dragons illégaux, construisaient des armes illégales et vendaient des médicaments illégaux dont certains ne marchaient même pas : être intelligents ne les rendait pas honnêtes. Ni moins effrayants. Et ils étaient capables de recourir à la violence si nécessaire. À Drakopolis, un clan ne faisait pas de vieux os s'il ne remportait pas une ou deux batailles sanglantes, et l'intelligence seule ne suffisait pas pour contrôler des quartiers entiers.

Après trois autres arrêts sur le territoire des Ailes du Tonnerre, Roa monta et se faufila dans le bus bondé jusqu'à Abel avant de se laisser tomber à côté de lui.

— T'as besoin d'aide avec ta cravate ?

Abel hocha la tête. Roa la lui enleva, la passa autour de son propre cou pour faire un nœud lâche mais impeccable avant de l'ôter pour la lui redonner.

— Merci, fit Abel, ravi que Roa s'y connaisse autant en uniformes scolaires qu'en soin et entretien des dragons, que ce soit dans DrakoTek ou dans la vraie vie.

Ses parents lui faisaient suivre des cours du soir de vétérinaire trois fois par semaine. Roa aurait préféré y aller cinq soirs de suite mais le collège avait décrété que les élèves de cinquième ne devraient pas passer autant de temps à ridiculiser tous leurs camarades de classe adultes. Abel n'arrivait pas à concevoir comment Roa, qui avait du génie, avait pu rater son examen d'entrée à l'Académie, mais c'était un sujet dont ils ne parlaient jamais. À part ça, ils se disaient *absolument* tout.

— Il faut vraiment que tu apprennes à faire ton nœud de cravate tout seul.

— À quoi tu servirais, si je le faisais ? plaisanta Abel.

Roa, qui avait encore changé de coupe de cheveux, arborait des piques teintes, certaines en violet foncé qui évoquaient de la confiture, d'autres en jaune décoloré. Abel était toujours impressionné que ses parents soient si tolérants. Si lui-même avait essayé de se teindre les cheveux, sa mère l'aurait assassiné. Roa avait tenté de lui faire une mèche verte, une fois, mais ses cheveux étaient tellement foncés que ça ne s'était pas suffisamment vu pour qu'il ait des problèmes. Les parents de Roa, eux, étaient vraiment cools. Ils n'avaient pas bronché lorsque Roa leur avait annoncé sa non-binarité, ce qui voulait dire que leur enfant ne se reconnaissait ni dans la catégorie garçon, ni dans la catégorie fille, et qu'il fallait utiliser le pronom « iel » quand on l'évoquait. Abel avait mis plus longtemps qu'eux à s'y habituer. Il s'en voulait toujours pour toutes les fois où, à l'école primaire, il avait utilisé des pronoms qui gênaient Roa, mais iel s'en moquait et répétait tout le temps :

— Maintenant, tu le sais. C'est tout ce qui compte.

Abel glissa sa cravate dans le col de son sweat à capuche et s'essuya les mains sur son pantalon. Roa avait mis un jean magenta, parce que le code vestimentaire du collège, qui obligeait les élèves à porter un pantalon ou une jupe avec une chemise et une cravate, ne précisait pas que les couleurs devaient être barbantes. Parfois, Roa venait avec une jupe plissée repeinte à la bombe, parfois avec un jean et des bretelles. Il lui arrivait même de se servir de sa cravate comme ceinture. Le règlement ne précisait pas non plus que la cravate devait nécessairement être portée autour du cou. Roa connaissait toutes les règles et toutes les astuces pour les détourner.

Évidemment, comme iel n'avait que des 20, ça l'aidait beaucoup.

Pour Abel, qui avait des notes médiocres et des parents bien moins décontractés, il était beaucoup plus difficile de s'écarter de la norme.

— Je rigole pas, pour la cravate, insista Roa. Connaître des tas de nœuds, c'est important, et pas seulement pour nouer une cravate. On doit aussi les connaître pour s'occuper des dragons.

— Et dans quelles circonstances est-ce que j'aurais besoin de m'occuper d'un dragon ? rétorqua Abel en haussant les épaules.

— Arrête.

— Je ne disais pas ça pour que tu me rassures, lui dit-il un peu agacé, sans doute parce qu'il était fatigué. C'est juste que mes notes, dans notre triste collège, sont loin d'être bonnes. Le mieux que je puisse espérer, c'est de travailler dans une fabrique d'aliments pour dragon, comme ma mère, ou de réparer les harnais des bus, ou je ne sais quoi. On ne laisse pas les losers dans mon genre s'approcher des dragons. En tout cas pas des dragons cools.

D'accord, il avait peut-être besoin d'être rassuré. Silas l'avait déprimé.

Au lieu de le détromper, Roa lui prit la main. C'était mieux que tout ce qu'iel aurait pu dire. Parfois, lorsque Abel s'inquiétait ou qu'il s'en voulait, Roa savait mieux que lui ce qu'il lui fallait pour lui remonter le moral.

— J'ai quelque chose à te dire, murmura-t-il avant de scruter la foule dans le bus.

Dehors, l'Aile-Longue avait pris la brise et s'était élevé au-dessus des bâtiments pour planer jusqu'au collège. Les bruits de la circulation – klaxons, rugissements et battements d'ailes – s'étaient tus. Abel entendait des bribes d'une demi-douzaine de conversations.

— … Je bats des niveaux vingt-sept du premier coup !

— J'y crois pas !

— … Des Griffes Rouges lui ont brûlé le visage…

— J'y crois pas !

— … ma sœur s'est retrouvée avec du soda dans l'oreille parce que je lui ai dit qu'elle était pas cap de rire tout en buvant cul sec.

— J'y crois pas !

— Je ne peux pas t'en parler ici, reprit Abel. C'est méga top secret.

À Drakopolis, même des enfants pouvaient être des informateurs de l'Œil du Dragon ou de l'un des clans. Un jour, il avait vu un malfrat tatouer un élève de quatrième, même si Roa lui avait dit que c'était sans doute un tatoo temporaire acheté dans un distributeur.

— Méga top secret ? Parano enclenchée ?

— Oui.

Abel ferma les yeux pour se reposer un peu avant d'arriver au collège et aussi pour s'empêcher de révéler le secret de sa sœur dans le bus. En vérité, il n'était pas très doué pour garder un secret. Plus il parlerait à Roa, plus il risquait de vendre la mèche alors que des oreilles indiscrètes pouvaient être à l'affût. Il était plus sûr de dormir.

Il ne vit pas le temps passer et eut l'impression que, l'instant d'après, son estomac lui remontait dans la gorge tandis que leur bus dragon plongeait vers la plate-forme d'atterrissage du collège. Par la fenêtre, il en vit trois autres plongeant à l'unisson, les ailes plaquées contre leurs flancs pour gagner de la vitesse avant qu'elles se déploient, à quelques centimètres les unes des autres pour atterrir doucement, en rang serré.

Les enfants se précipitèrent vers les sorties, pressés de descendre les rampes le long des ailes du dragon. Les agents devaient hurler, comme tous les matins :

— Laissez passer les petits ! Pas de bousculade !

Lorsque Abel lui passa devant, le contrôleur l'attrapa par l'épaule et se pencha vers lui.

— Oublie pas de prévenir ta sœur, murmura-t-il. Elle a intérêt à se pointer à l'Aile Brisée, sinon gare à ses fesses.

Il brandit son poignet devant Abel pour lui montrer le dragon-soleil des Griffes Rouges puis il poussa sans ménagement Abel dans la rampe.

— C'était un tatouage des Griffes Rouges ? chuchota Roa tandis qu'ils se dirigeaient vers la porte au bout de la plate-forme.

Le collège ne comptait que trois étages mais il se dressait sur le toit d'un immeuble de quatre-vingt-dix niveaux, si bien que leur plate-forme était bordée de garde-fous surveillés par des professeurs alignés pour empêcher les plus petits de tomber. Roa baissa d'un ton pour que les profs ne les entendent pas.

— Je le savais, je savais que ce contrôleur était louche. Qu'est-ce qu'il te voulait ?

— Je… euh… je te dirai plus tard.

— T'as intérêt, bougonna Roa en fronçant les sourcils. Les secrets entre amis, c'est comme de la bile de dragon.

Ce fut le tour d'Abel de froncer les sourcils. Iel oubliait souvent que son meilleur ami n'était pas un expert en biologie draconique.

— La bile de dragon dissout les liens chimiques, expliqua Roa. Comme les secrets dissolvent les amitiés.

— Oh, fit Abel avec tristesse, même s'il ne s'inquiétait pas pour leur amitié.

Il lui dirait tout. Par contre, il s'inquiétait pour ses parents.

Est-ce que les secrets pouvaient aussi dissoudre des liens familiaux ?

6

— Dans la famille des Draconidés, quels sont les différents types de régimes alimentaires ? demanda à la classe Ally, leur instructrice.

À côté d'Abel, Roa leva les yeux au ciel, grogna vaguement et leva la main.

— Quelqu'un d'autre ? fit la professeure. Un élève que je n'aurais pas déjà interrogé quatre fois ce matin, par exemple ?

Tous les autres baissèrent les yeux. Visiblement déçue, Ally se résigna à faire signe à Roa.

— Bon. Vas-y… pour changer.

— Il y a les carbonivores, dont la viande doit être servie carbonisée. Les crudivores, eux, prennent leurs repas vivants. Les piscivores ne mangent que du poisson et les herbivores que des végétaux. Oh, et les granivores ne se nourrissent que de…

— Que de ceux qui ont un grain comme toi, grommela Topher Agnew, dans un coin de la classe.

Malgré les ricanements des copains de Topher, Roa fit mine de ne rien entendre et continua.

— … de graines.

— Merci, Roa, reprit l'instructrice. Et, Topher, ta mère est toujours au chômage ?

— Euh, oui, grogna ce dernier en se curant les ongles.

— C'est bien ce que je pensais. Au lieu de te moquer de quelqu'un dans *ma* classe, je te rappelle que, pour l'instant, tu n'as réussi aucun contrôle et que tu serais peut-être plus utile pour tes parents en tant que nourriture pour dragons qu'en tant qu'élève.

— OOOOHH, fit la classe.

Topher piqua un fard et devint aussi rouge que le dragon qui les avait conduits au collège.

— Mais… vous n'avez pas le droit de dire un truc pareil ! protesta l'intéressé.

— J'ai jamais été douée pour respecter les consignes.

Le sourire jusqu'aux oreilles, Ally retroussa ses manches pour leur montrer ses bras, couverts de tatouages du coude au poignet. Des dragons colorés se lovaient autour de gratte-ciel au milieu d'esquisses de griffes et d'ailes, et Abel crut même apercevoir le symbole d'un gang, l'éclair à tête de dragon des Ailes du Tonnerre. L'instructrice en avait fait partie, dans sa jeunesse, ce qui lui avait valu d'être envoyée en prison, avant d'être relâchée et de prendre un nouveau départ en tant que professeure. Même si elle n'en parlait jamais, tout le monde le savait. Les élèves les plus futés avaient tous un peu peur d'elle.

Topher, lui, n'était pas très futé.

— Mais iel n'arrête pas de crâner ! protesta-t-il, le doigt pointé vers Roa.

— Si tu es incapable de traiter tes camarades avec respect, c'est que tu ne veux peut-être pas faire partie de cette classe. Soit tu dégages tout de suite, soit tu choisis de devenir un membre bienveillant de notre communauté. À toi de voir.

À contrecœur, Topher baissa la tête et marmonna :

— Pardon.

Roa, qui se fichait un peu de cette fausse excuse, se contenta de hausser les épaules.

— Si l'un de vous travaille un jour dans des écuries à dragons, il faudra bien faire attention à leurs régimes alimentaires, reprit la professeure. Ils ne sont pas toujours évidents. Certains ailes-longues ne mangent que du grain, et il existe une variété de dragons terrestres minuscules dépourvus d'ailes qui ne se nourrit que de proies vivantes. Or, si le dragon ne peut pas manger ce que vous lui apportez, qu'est-ce qui se passe ?

Roa leva la main.

— Quelqu'un d'autre ? hasarda l'instructrice.

Comme personne ne se portait volontaire, Roa lança :

— C'est nous qu'il mange !

— Bien, fit Ally. Aux vestiaires. Il est temps de se changer pour le cours de SBD.

Alors que les élèves se levaient pour aller en Soins Basiques des Dragons, elle ajouta :

— Les lunettes de protection sont *obligatoires* aujourd'hui. Personne n'a été grièvement blessé dans la classe depuis un mois, et j'aimerais que la chance continue à nous sourire jusqu'à la fin de l'année !

Trente IDIOTS couraient dans tous les sens dans le gymnase en poussant des cris et en se percutant les uns les autres.

— N'oubliez pas, si vous identifiez le meneur de la meute, vous pourrez contrôler le groupe ! hurla l'instructrice au milieu du brouhaha. Groupe 1, allez-y !

Abel et Roa se tenaient côte à côte contre le mur. Comme ils appartenaient au Groupe 2, ils avaient un peu de répit avant de devoir à leur tour foncer au milieu d'un groupe de lézards géants pour tenter de les rassembler dans les gros carrés rouges peints au sol.

Les IDIOTS, c'étaient les Dragons Inoffensifs Opérant en Temps Scolaire, appelés officiellement DIOTS. Évidemment, ils avaient tout de suite été renommés I-DIOTS par les élèves bien avant la naissance d'Abel. Ils étaient élevés spécifiquement pour les collèges par une entreprise qui, selon la rumeur, était une société fictive derrière laquelle se cachaient les Ailes du Tonnerre. Cette entreprise faisait de gros profits en vendant une fortune des IDIOTS très peu chers à entretenir. Abel, lui, avait du mal à croire qu'un gangster choisisse de perdre son temps avec ce genre d'activités *barbantes* au lieu de combattre à dos de dragon, mais il n'avait pas l'esprit d'un criminel. Contrairement à sa sœur.

Cette idée le rongeait. *Lina. Une voleuse de dragons.*

Même si les professeurs tentaient de convaincre les élèves que les IDIOTS étaient de vrais dragons, c'était peine perdue. Ce n'étaient que des lézards d'une tonne sans ailes, un peu plus grands qu'un adulte moyen. Ils n'avaient aucune arme de souffle et leurs dents, faites pour broyer des feuilles, étaient plates. En revanche, leur longue queue et leurs griffes acérées pouvaient facilement blesser un élève de cinquième un peu distrait. Topher était dans le Groupe 1 et Abel dut se retenir de rire lorsqu'une queue fouetta l'air près de lui, manquant de peu de le décapiter.

— Servez-vous de votre sens de l'observation ! hurla l'instructrice à l'intention des élèves éparpillés du Groupe 1, tous vêtus de shorts et de tee-shirts de sport argentés.

Ils portaient en bandoulière de longues bandes de tissu rouge qu'ils devaient utiliser comme des lassos afin d'attraper les IDIOTS par le cou. Au lieu de quoi, les élèves fuyaient devant ces dragons miniatures sans parvenir à quoi que ce soit, à part à les faire courir partout dans le gymnase.

— Ils imitent le chef de la meute, le dragon alpha ! Cherchez des indices pour trouver l'alpha !

— Ils se ressemblent tous ! protesta Beni Gloss.

Abel l'avait toujours appréciée. La grande sœur de Beni avait été la meilleure amie de Lina jusqu'en seconde, année où elle avait été arrêtée pour avoir manifesté contre le Conseil Municipal. Ensuite, elle avait été envoyée en camp de travail pour jeunes délinquants dans un recoin lointain de la ville. Beni, elle, faisait de son mieux pour éviter les ennuis et pour avoir de bonnes notes afin que sa famille n'ait pas d'autres soucis. Malheureusement, elle n'était pas très douée. Un IDIOTS faillit la piétiner.

— Ils n'agissent pas tous de la même façon ! cria Roa à Beni pour l'aider.

— Roa ! beugla l'instructrice. S'il te plaît, laisse le Groupe 1 travailler tout seul. Ton tour viendra.

Iel la foudroya du regard, se radossa au mur, bras croisés, puis chuchota à l'oreille d'Abel :

— Alors, tu comptes me le dire, ton méga secret ?

— Oui, mais tu ne devras en parler à personne. Et me le jurer.

— À qui je le dirais ?

— Jure-le, insista Abel. Jure-le sur un secret.

Roa soupira avant de capituler :

— Très bien. Je le jure sur la fois où je t'ai laissé copier mon devoir de maths. Je ne le dirai à personne.

Abel hocha la tête puis regarda alentour pour s'assurer que personne ne les écoutait. Il se pencha pour lui murmurer à l'oreille ce qu'il s'était passé la veille, depuis l'instant où il avait aperçu la silhouette en noir escalader des gratte-ciel jusqu'au moment où, ce matin-là, Silas avait claqué la porte au nez de leurs parents.

— Ça alors ! fit Roa.

— Tu l'as dit.

— Les Griffes Rouges, ça craint. Les Chevaliers du Ciel aussi.

— Je sais. Je n'arrive pas à croire que Lina ait pu être une Chevalière du Ciel et qu'elle ne m'ait rien dit.

— Tu n'arrives pas à croire qu'elle soit dans un gang ou qu'elle te l'ait caché ?

— Les deux, j'imagine.

Roa réfléchit.

— Ce n'est pas parce qu'elle ne t'en a pas parlé qu'elle ne t'aime pas. C'était peut-être pour ton bien.

— Tout le monde dit ça. Pour moi, c'est juste une excuse pour ceux qui ont des choses à cacher. Comme tu le disais, les secrets, c'est comme de la bile de dragon. Ça pue.

— Je n'ai jamais dit ça !

— Ah bon ? C'est la vérité, pourtant, non ? Ça pue vraiment !

Roa s'esclaffa. Ils regardèrent ensemble Topher tenter de plaquer un IDIOTS, visiblement persuadé que c'était l'alpha. Il le rata et faillit se faire écrabouiller par deux autres bêtes.

— Réfléchissez avec votre tête, pas avec vos pieds ! hurla l'instructrice. Pas la peine de se conduire comme des IDIOTS pour en attraper !

La classe tout entière éclata de rire.

— Comme des DIOTS, je voulais dire, se corrigea-t-elle.

— Donc, on doit se rendre à l'adresse que Lina t'a transmise dans le comics, c'est ça ? demanda Roa à Abel.

Ce dernier se réjouit qu'iel lui propose de l'accompagner sans qu'il ait besoin de le lui demander. Il ne voulait pas y aller seul, mais il ne voulait non plus avoir l'air d'un trouillard…

— « On » ?

— Évidemment ! Tu as besoin de moi. Pour ta propre sécurité !

Abel se sentait effectivement plus en sécurité avec Roa, qui ajouta :

— QFDD.

C'était un code qu'ils utilisaient dès que l'un d'eux se sentait nerveux, ça voulait dire : « Que ferait le Dr Drago ? » Abel et Roa se disaient que, à défaut d'être eux-mêmes courageux, ils pouvaient emprunter un peu de bravoure à leur héros préféré au lieu de prendre leurs jambes à leur cou. Plus facile à dire qu'à faire.

Mais, une fois que c'était dit, ils ne pouvaient plus revenir en arrière.

— QFDD, répéta Abel.

— Groupe 1 ! Vous êtes pitoyables ! lança l'instructrice depuis la passerelle qui dominait le gymnase. Retournez près du mur. Groupe 2 ! À vous ! S'il vous plaît, montrez-moi quelque chose qui me fera passer l'envie de coller à toute la classe une interro-surprise sur les Bases de l'Observation !

Tous se tournèrent vers Roa en gémissant. Malgré leurs moqueries passées, maintenant qu'ils avaient besoin de ses talents, ils feraient tout ce qu'iel dirait sans le moindre ricanement ni la moindre hésitation. Personne n'avait envie de se prendre un contrôle-surprise.

7

Le Groupe 2, aligné le long du mur, s'avança, Roa deux pas devant tout le monde. Abel resta en arrière avec les autres. Il jeta un coup d'œil vers ses genoux puis vers les IDIOTS qui couraient partout : leurs genoux à eux étaient plus gros que son crâne à lui. À se retrouver si près d'un troupeau, il avait la chair de poule.

— GROAAR! grogna un IDIOTS qui leur passa devant, en percuta un autre et trébucha sur sa propre queue.

— Bon, on peut déjà éliminer celui-là, déclara Roa avant d'ordonner à Bo, un élève roux, de le garder à l'œil. Préviens-moi tout de suite s'il imite un autre DIOTS.

Contrairement aux autres élèves, Roa n'appelait jamais les Dragons Inoffensifs Opérant en Temps Scolaire des IDIOTS. Iel éprouvait du respect pour *tous* les draconidés, même les plus stupides et les plus agaçants des dragons scolaires, qui étaient incapables de cracher quoi que ce soit de cool et qui ne savaient même pas voler.

— Ep ep! répondit Bo, et tout le monde leva les yeux au ciel.

« Ep ep », c'était le cri de guerre officiel des dragonniers que les cadets utilisaient pour tout et n'importe quoi, de « Oui, chef ! » à « Excusez-moi, mon dragon a enflammé mes cheveux ». Bo avait trois frères et sœurs plus âgés, tous sortis diplômés de l'Académie, et deux plus jeunes qui y étudiaient encore. Il était le seul à ne pas avoir été pris, ce qui ne l'empêchait pas d'utiliser l'argot des cadets. Tout le monde trouvait ça exaspérant mais Abel, en son for intérieur, le comprenait. Il était difficile de renoncer à un rêve, même si le monde entier s'évertuait à vous prouver que votre rêve n'allait jamais se réaliser.

Abel non plus ne chevaucherait jamais un dragon de combat.

— N'oubliez pas, OODA ! leur lança Ally.

— Ho-da ? répéta Andi la Grande.

Andi la Petite se tenait juste à côté d'elle, par hasard. D'habitude, elles évitaient de se mettre si près l'une de l'autre. Elles n'avaient pas vraiment choisi leurs surnoms.

— Ça n'a aucun sens ! s'écria-t-elle.

— *Tout* a un sens, insista leur professeure.

Comme elle n'en dit pas plus, les élèves se tournèrent vers Roa.

— Observer, s'Orienter, Décider, Agir, expliqua Roa. Dans toute situation, d'abord on *observe*, après on *s'oriente* dans l'espace, ensuite on *décide* de ce qu'on doit faire puis on *agit*. OODA. Les cadets apprennent ça dès leur premier jour à l'Académie.

— Mais… on n'est *pas* des cadets, protesta Andi la Petite en étudiant ses baskets.

— Une compétence, ça reste une compétence, répondit Roa. Pas la peine de passer un examen pour avoir le droit de s'en servir. On n'est pas plus bêtes que ces fichus manteaux verts.

Les encouragements de Roa firent sourire Andi la Petite. En fait, ils remontèrent aussi un peu le moral d'Abel.

— *Observez* le comportement répétitif des DIOTS, leur conseilla Roa. Ils courent en traçant des huit. Vous voyez ?

Abel scruta la meute et se rendit compte qu'iel avait raison. Certains des huit tracés étaient plus petits que d'autres, certains s'étiraient dans le sens de la largeur de la pièce, d'autres dans la longueur, et quelques dragons couraient même dans le sens inverse. Le tout semblait chaotique, mais il n'en était rien, dès qu'on comprenait le schéma.

— Regardez celui-là ! fit Roa, le doigt tendu.

Abel tourna la tête vers un DIOTS qui avait abandonné le huit pour courir en rond. Les autres dragons près de lui l'imitèrent et bientôt tous se retrouvèrent à tournicoter. Comme pour les huit précédents, ils suivaient des boucles de différentes tailles, dans un sens ou dans l'autre, qui s'entrecroisaient.

— Si vous pensez avoir identifié l'alpha, marquez-le ! lança l'instructrice.

Roa pivota pour s'*orienter* dans l'espace puis ôta la bande de tissu rouge de ses épaules. Elle était lestée d'un côté et pourvue d'une petite batterie électrique. Lorsqu'on la lançait autour du cou d'un DIOTS, la batterie, activée par la télécommande de la professeure, pouvait libérer une petite décharge électrique qui étourdissait le dragon. Si c'était bien l'alpha, tous les autres IDIOTS s'immobiliseraient aussi. Cependant, Roa hésita.

— Tu vas y arriver, l'encouragea Abel. C'est le moment !

— C'est cruel, répondit Roa sans bouger.

— La décharge n'est pas douloureuse, lui rappela Abel. Ça fait juste sursauter.

— C'est ce qu'ils disent, mais s'ils ne nous laissent pas la télécommande, c'est pour une bonne raison, pas vrai ? Ils savent qu'on passerait notre temps à nous électrocuter les uns les autres, et que ça nous ferait mal !

— Les dragons ne sont pas comme nous. Ils sont plus résistants.

— Ça ne devrait pas nous donner le droit de les maltraiter.

— J'ai compris ! cria Prentiss Patek.

Elle surgit de derrière Roa et se jeta dans la mêlée de dragons dépourvus d'ailes pour lancer sa bande de tissu autour de la bête pointée par Roa. Elle rata sa cible, plongea au sol et dut ramper jusqu'au mur opposé pour éviter de se faire piétiner.

— Tu parles, ils n'ont rien compris du tout, gloussa Topher, aligné avec les autres membres du Groupe 1.

— Je m'en charge, annonça Abel, et son pouls résonna dans ses oreilles lorsqu'il s'avança, tissu en main. Tu ne veux pas qu'on échoue, pas vrai ? Elle nous collerait un contrôle-surprise.

— Les interros, ça ne m'embête pas. Ce qui m'embête, c'est de faire du mal aux dragons.

— Il ne sentira rien, lui assura Abel. Promis.

Il ne quittait pas l'IDIOTS du regard tandis que ce dernier courait en rond de plus en plus vite. Pendant une fraction de seconde, Abel eut l'impression que l'animal le regardait droit dans les yeux. Puis il partit dans une autre direction, ce qui incita tous les autres à l'imiter. Abel allait se faire piétiner.

— Aargh !

Ce cri ridicule l'aurait fait mourir de honte s'il ne s'était pas cru sur le point de mourir tout court. Il jeta le morceau de tissu en hurlant puis plongea vers le mur, les bras croisés sur la tête. Il ne releva les yeux que lorsqu'il se sentit en sécurité.

Si cette scène s'était déroulée dans l'un de ses comics, il aurait réussi à enrouler le tissu pile autour du cou du dragon alpha, par chance ou grâce à un talent inné dont il ignorait tout, un talent qui lui servirait d'ailleurs plus tard lorsqu'il aurait besoin d'accomplir un acte héroïque.

Mais il n'était pas un héros de comics. Abel avait raté sa cible d'encore plus loin que Prentiss et son bout de tissu se faisait maintenant piétiner par toute la meute d'IDIOTS en panique.

— Vous attendez vraiment que Roa fasse *tout* à votre place ? hurla Ally pour couvrir le brouhaha. Il y en a bien un parmi vous qui soit un peu dégourdi, non ? Est-ce qu'on va devoir s'entraîner à lancer des anneaux sur des piquets en bois, comme en CP ? Parce que je ne suis pas devenue prof pour jouer les baby-sitters avec un tas de gamins morveux !

— Effectivement, vous êtes devenue prof parce que le tribunal vous y a forcée en sortant de la Prison de Windlee, marmonna Topher.

— QU'EST-CE QUE TU AS DIT ? rugit l'instructrice.

Abel se demanda comment elle avait pu l'entendre tout en se réjouissant de voir la tête du cancre passer d'un blanc livide à un rouge digne du souffle d'un dragon.

— Je… je… balbutia-t-il.

Comme la plupart des petits durs, il oubliait d'être courageux dès qu'on s'opposait à lui.

— Rien, finit-il par murmurer en fixant le sol entre ses baskets.

— Toi et moi, on va avoir une petite discussion… *pendant ton heure de colle*, annonça la prof. En attendant, vous autres, bande d'incapables, vous allez passer le reste du cours à faire des…

Elle fut interrompue par l'alarme du collège :

— Confinement ! Confinement ! hurla le principal dans les haut-parleurs. Code sept !

Aussitôt, des grilles automatiques tombèrent devant les portes et les fenêtres du gymnase.

— C'est quoi, le code sept ? demanda Abel à Roa, qui avait étudié le manuel des élèves *et* piraté une version du manuel des professeurs.

Iel connaissait même le montant de tous leurs salaires.

— Dragons hors de contrôle, répondit Roa.

Tout le monde se tourna vers les fenêtres pour tenter de voir à travers le verre et les barreaux ce qui se passait dehors… Tout le monde sauf Roa.

— Je ne vois rien, déclara Abel juste avant que des cris retentissent.

Dans le couloir qui longeait le gymnase, une meute d'IDIOTS poursuivait toute une classe de géométrie de quatrième ; comme toutes les classes étaient barricadées, ils ne pouvaient se réfugier nulle part.

— Ça, c'est pas normal, s'étonna Andi la Grande.

— Ils vont se faire piétiner, là, dehors ! s'écria Andi la Petite.

— Hum… nous aussi, mais *dedans* ! ajouta Roa.

En se tournant, Abel vit que les IDIOTS du gymnase ne tournaient plus en rond. Ils avaient formé une longue ligne, l'alpha au milieu, la tête baissée comme des béliers. Leurs yeux révulsés avaient viré à un jaune si vif qu'on aurait dit des œufs à la coque.

— Ça non plus, c'est pas normal, reprit Andi la Grande.

Ally était bien trop haut sur la passerelle pour les aider. Les dragons fléchirent les pattes, prêts à charger. Ils allaient les réduire en purée en les écrasant contre les barres de sécurité qui couvraient les portes du gymnase.

— Ça craint, gémit Abel.

— Tous les IDIOTS sont retournés à l'état sauvage ! comprit Roa. À cause de ça, sans doute.

Iel pointa le doigt vers les grilles de ventilation du gymnase d'où se déversait un gaz violet.

— Ce truc les a rendus fous.

Iel attrapa son anneau de tissu avec détermination.

— Tiens, on n'a plus peur de faire du mal aux dragons ? lança Abel.

— J'essaie de les sauver, rétorqua Roa tandis que des Officiers de Sécurité Draconique lourdement armés déboulaient dans le couloir devant le gymnase.

— Et de nous sauver aussi, pas vrai ? l'implora Abel alors que la meute lançait la charge.

8

— Garouk! aboya l'alpha des IDIOTS.

La meute chargea. Sans bouger, Roa lança sa bande de tissu autour du cou du dragon dominant et leva la tête, au désespoir, vers la passerelle où Ally l'instructrice appuyait sur le bouton d'immobilisation. La batterie lança sa décharge, l'alpha cria puis s'arrêta net. Toute la meute se figea avec lui.

Soudain, l'alpha rugit et repartit de plus belle, imité par ses congénères.

— Phéromones! hurla Roa, comme si ce mot pouvait évoquer quoi que ce soit à Abel.

Ce dernier ferma les yeux et se prépara à l'impact d'une dizaine de corps d'une tonne chacun, couverts d'écailles dures comme de l'acier trempé, contre ses quarante kilos de chair fragile. Il serait vraiment dégoûté si le dernier mot qu'il entendait avant de mourir était un mot qu'il ne connaissait même pas.

Mais il n'y eut pas d'impact.

Lorsqu'il rouvrit les yeux, il vit que l'instructrice était sur le dos de l'alpha, les deux bras enroulés autour de son cou. Elle s'était servie de l'anneau de tissu de Roa pour l'éloigner des élèves et les autres dragons l'avaient suivie. Même s'il ne s'agissait que d'IDIOTS, peu de gens étaient capables de sauter d'une passerelle sur le dos de l'un d'eux et de le dévier de sa course en pleine charge. Est-ce que leur instructrice avait chevauché des dragons, du temps où elle appartenait à un gang? Avait-elle participé à des combats de rue, esquivé des attaques de feu et de glace en fuyant à la fois l'Œil du Dragon et les autres gangsters ?

Est-ce que sa prof avait été… *super classe* ?

— Grimpez ! lança Ally à ses élèves.

Ces derniers commencèrent à escalader les grilles pour s'éloigner le plus possible du sol. Andi la Grande dérapa mais Andi la Petite la rattrapa. Avec ses mains moites, Abel avait du mal à s'agripper aux barreaux. Avant de se hisser sur le premier niveau, il hasarda un coup d'œil par-dessus son épaule et vit un IDIOT hors de contrôle qui fonçait vers lui, la gueule grande ouverte.

Quelqu'un le poussa brusquement et l'IDIOT referma ses mâchoires sur le barreau où se tenait Abel un instant plus tôt.

— Attention, crétin, gronda Topher avant de le relever.

C'était très bizarre de se faire simultanément sauver la vie et insulter par la même personne.

Tout à coup, une porte latérale s'ouvrit et une unité tactique d'Officiers de Sécurité Draconique déboula à l'intérieur. Vêtus d'une armure intégrale, ils brandissaient des matraques électriques d'une main et diffusaient de l'autre une espèce de spray vert qui calma rapidement les IDIOTS.

À mesure que le spray se diffusait dans l'air, les gros lézards s'avachirent peu à peu les uns contre les autres en ronronnant, s'endormant presque debout.

Fin du siège.

On renvoya les élèves en tenue de sport poisseuse dans leur classe, où ils devraient attendre des instructions. Ils avancèrent en file indienne, en silence, sous les yeux attentifs des OSD. Des gardes étaient postés tous les trois mètres, les armes à la main, et foudroyaient du regard tous les élèves qui passaient devant eux. Au bout d'un couloir bloqué par l'un des officiers, Abel vit qu'un gardien tentait d'effacer un énorme graffiti qui couvrait les casiers : un dragon noir et blanc hilare, peint au pochoir.

Abel marcha sur le talon de Roa devant lui pour attirer son attention, et lui désigna discrètement le tag.

— Les Largue-Vents, marmonna Roa.

— Silence ! aboya l'un des gardes.

Les élèves regagnèrent leur classe sans un mot.

Lorsque Ally finit par débarquer dans la pièce, elle avait le front bandé.

— M. Clayton, le principal, a alerté vos familles. Le collège va fermer plus tôt aujourd'hui pour que le nettoyage et la désinfection des conduits d'aération puissent commencer.

Après une courte pause, elle reprit :

— Le collège sera également fermé jusqu'à la fin du trimestre pour qu'une enquête approfondie puisse avoir lieu. Vous recevrez des devoirs à faire en distanciel.

Certains se réjouirent à cette annonce, d'autres grommelèrent. Roa avait l'air franchement abattu.

Ally secoua la tête et leva les yeux au ciel en articulant en silence un mot qu'elle pensait sans doute inconnu de ses élèves. *Phéromones.*

Mais ils étaient en cinquième. Ils connaissaient *tous* les gros mots. Ce qui poussa Abel à se demander si « phéromones » en était un.

— Psst, fit-il pour attirer l'attention de Roa. C'est quoi, des phéromones ?

Iel lui décocha un regard en coin avant de reporter son attention sur la professeure.

— Madame ? demanda Roa. Qu'est-ce qui s'est passé ? Quelqu'un a pompé du gaz dans le système d'aération. C'était des phéromones ? Est-ce que c'est le gang des Largue-Vents ?

L'instructrice hocha la tête.

— Vous allez forcément en entendre parler aux informations, alors autant que je vous l'annonce moi-même. Les autorités pensent que des membres des Largue-Vents ont infiltré le collège pour les injecter dans les conduits.

— Mais c'est quoi, des phéromones ? relança Bo.

Abel se réjouit de ne pas devoir poser cette question lui-même.

— C'est une substance chimique lâchée dans l'environnement par un animal, qui affecte le comportement ou la physiologie de ses congénères, récita Roa. En bref, ce sont des odeurs qui permettent de manipuler des animaux.

— Tu veux dire que les Largue-Vents voulaient rendre fous les IDIOTS ? s'écria Topher.

— C'est la théorie, confirma Ally sans le regarder dans les yeux.

— Et en plus, ils ont réussi à faire fermer le collège ! se réjouit Topher. Vive les Largue-Vents !

— FERME-LA, AVORTON ! hurla Ally.

Le teint de Topher vira du rosé au blanc comme neige. Il se recula tant sur son siège qu'il eut l'air d'un dragonnier sur le dos d'un dragon en plein piqué. L'instructrice se calma, inspira profondément et reprit d'un ton posé.

— Le clan des Largue-Vents est une organisation terroriste. Comme vous le savez, tout *commentaire positif* à propos des gangs constitue un délit. Je vais ignorer ta remarque, Topher, en la mettant sur le compte du délire d'un petit garçon effrayé, et je ne la signalerai pas aux autorités. Mais je ne veux plus entendre un seul mot de ta part jusqu'à la fin de la journée, compris ?

— Compris, dit-il, penaud.

— QU'EST-CE QUE JE VIENS DE DIRE ? tempêta Ally.

Topher avait l'air sur le point de vomir. Il opina en s'efforçant désespérément de ne rien dire.

— Pendant toute la fermeture de l'établissement, tu resteras en colle avec moi, ajouta la professeure, et Topher opina de plus belle.

Abel eut presque pitié de lui. Topher était le cliché parfait de la petite brute : il se conduisait comme un imbécile parce qu'il était malheureux. Tout le monde savait qu'il vivait avec ses frères, ses sœurs, ses cousins et ses cousines dans un appartement trop petit pour eux tous. Chez lui, comme il était le plus jeune, il passait toujours en dernier pour tout et se faisait toujours embêter par les autres. Tout le monde savait aussi que sa mère avait appelé l'Œil du Dragon pour signaler qu'un groupe d'Ailes du Tonnerre braquait une pharmacie dans leur immeuble. Elle avait perdu son travail car les gangsters avaient obligé son patron à la renvoyer. Ne jamais dénoncer à l'Œil du Dragon le clan qui contrôlait son propre quartier. Il y a *toujours* des conséquences.

En bref, Topher se faisait chahuter par ses frères et sœurs, par les gangsters de son quartier et même par les officiers de l'Œil du Dragon. Dès que ces derniers savaient que, dans une famille, il y avait une balance, ils forçaient tous les membres de cette famille à devenir des indics réguliers ou alors ils arrêtaient de les protéger. Dès qu'on parlait à l'Œil du Dragon, ça devenait un marché perdant-perdant. À l'évidence, Topher était le plus grand perdant de l'histoire.

À force de se faire harceler, ce n'était guère étonnant qu'il devienne lui-même un harceleur. Cela n'excusait pas son comportement, bien sûr, mais ça l'expliquait… Ce n'était pas non plus une surprise qu'il apprécie les Largue-Vents. L'Œil du Dragon les haïssait, comme les autres clans, et tous haïssaient Topher.

Pourtant, encourager les Largue-Vents était dangereux, même si les tours qu'ils jouaient étaient souvent inoffensifs. Un jour, ils avaient rempli le bureau d'un Conseiller Municipal de crottin de dragon, du sol au plafond. Personne n'avait été arrêté, mais les Largue-Vents avaient revendiqué l'action.

La cousine du voisin du dessous d'Abel était sortie un soir avec un garçon qui avait ensuite liké une vidéo de ce lâcher de crottin et, *elle aussi*, elle avait été arrêtée par l'Œil du Dragon pour subir un interrogatoire. Depuis, elle n'était plus vraiment la même et elle n'était plus jamais ressortie avec ce garçon. De toute façon, elle n'aurait pas pu : il avait été condamné à l'exil dans les Tours Fermières aux confins de la ville, juste parce qu'il avait *liké* la mauvaise vidéo.

Topher imaginait sans doute que le même funeste destin l'attendait si leur professeure signalait sa remarque. C'était vraiment sympa de la part d'Ally de le protéger. Même si Topher était un crétin, il restait un ado d'à peine treize ans. Les crétins de treize ans méritent parfois qu'on les prenne en pitié. *Parfois.*

Abel, qui s'était encore une fois perdu dans ses pensées, n'avait rien entendu de l'explication du lien entre les phéromones et les IDIOTS et comment les OSD et Ally avaient réussi à les maîtriser. Il en voulut à son cerveau d'être parti à la dérive et de lui avoir fait rater ça. À croire qu'il se laissait distraire dans les pires situations. Il devrait demander à Roa de tout lui raconter pendant le trajet du retour…

— On se retrouve à l'arrêt de bus, déclara justement Roa. Je vais demander des devoirs supplémentaires à Ally vu que le collège ferme.

— *Du travail en plus?*

Parfois, Roa était vraiment incompréhensible.

Iel haussa les épaules.

— Tu devrais en demander aussi. La seule façon d'améliorer ta moyenne, c'est d'avoir de meilleures notes!

— Non merci, fit Abel en sortant le plus vite possible de la classe. Rendez-vous à l'arrêt de bus!

— J'avais peur que tu me poses un lapin ou que tu te sois fait manger ou je ne sais quoi, lança Abel à Roa lorsqu'iel arriva enfin alors que la plupart des élèves étaient déjà partis.

— Non, fit Roa gaiement comme s'iel venait de se prendre une glace, et non des devoirs supplémentaires. Tu sais, grâce à la fermeture du collège, on va pouvoir aller à l'adresse que ta sœur t'a donnée et rentrer quand même à l'heure pour le dîner sans que quiconque sache où on était. Un coup de chance!

— Ouais. Mais personne ne saura non plus où on est si on disparaît.

— Pourquoi on disparaîtrait?

Roa prenait toujours tout avec un calme qu'Abel ne connaissait jamais, même endormi.

— Parce que les Griffes Rouges et l'Œil du Dragon poursuivent Lina pour récupérer cette adresse? rétorqua Abel. Et que personne d'autre n'est au courant? Et que c'est un quartier dangereux?

— Bon, primo, on ne sait pas si c'est pour retrouver cette adresse qu'ils la cherchent, répondit Roa. Deuxio, si l'Œil du Dragon la recherche, alors *d'autres* personnes sont au courant. Et, tertio, il n'y a pas de quartier «dangereux», c'est juste un quartier où tu ne vis pas. Ses habitants le considèrent sans doute comme «chez eux».

— C'est ça, un «chez eux» contrôlé par les Ailes du Tonnerre.

— Les Ailes du Tonnerre ne sont pas si méchants.

Ils empruntèrent le pont qui partait de la plate-forme pour embarquer sur le dos du bus 17 – porté par un ailes-longues vert menthe aux yeux jaunes perçants. Abel n'était jamais allé aussi loin de chez lui sans adulte, et il était certain d'avoir entendu parler aux infos de faits divers ayant eu lieu là-bas. Il n'y avait peut-être pas de quartier dangereux, mais il y avait bel et bien des quartiers où il se passait des choses dangereuses, et c'était sûrement le cas ici. Le bus décolla en quelques battements d'ailes puissants mais si Abel avait envie de vomir, ce n'était pas à cause du vol.

— Détends-toi, voulut le rassurer Roa en tirant sur sa cravate pour se mettre à l'aise. Tu vas vivre une aventure, comme dans un comics.

Abel le regarda du coin de l'œil en desserrant sa propre cravate.

— Dans les aventures de Dr Drago, d'innocentes victimes se font dévorer par des dragons, genre… à toutes les pages.

Roa haussa les épaules.

— Alors autant ne pas en être une.

— Les ados sont *toujours* d'innocentes victimes.

— Pas moi.

Roa croisa les bras et posa la tête contre la fenêtre pour regarder les gratte-ciel défiler dehors. Iel ajouta :

— Je ne suis pas une victime… et encore moins innocente.

Abel éclata de rire. On aurait dit une réplique de comics, sauf que Roa ne plaisantait pas. Quant à Abel, il voulait juste rester en vie.

9

Tandis qu'ils volaient à travers la ville, Abel étudiait les autres passagers en se demandant s'ils étaient suivis. Arrêt après arrêt, le bus se vidait progressivement. Les immeubles étaient de plus en plus petits, et de moins en moins robustes. Certains paraissaient si frêles qu'un battement d'ailes accidentel contre leur façade aurait sans doute suffi à les démolir.

Lorsqu'ils atteignirent leur arrêt, au sommet d'une tour d'atterrissage lugubre dans un terrain vague, Abel entendit le métal grincer sous le poids du dragon. Le pilote n'attendit même pas que la passerelle soit complètement relevée pour repartir. Visiblement, il ne voulait pas rester une seconde de plus que nécessaire.

Lorsqu'il regarda autour de lui, Abel comprit pourquoi.

La tour d'atterrissage était rouillée et couverte de graffitis, et les deux immeubles qui la flanquaient étaient condamnés et tout aussi recouverts de tags – des surnoms colorés mélangés à des messages incompréhensibles où l'on distinguait nettement le dragon-éclair des Ailes du Tonnerre.

Alors que Roa et Abel descendaient l'escalier en colimaçon qui menait à la rue, ce dernier entendait encore des cris et des rugissements lointains, des bruits caractéristiques de dragons travaillant dans d'autres quartiers de la ville. En comparaison, ce quartier-ci était calme. Bien trop calme.

— C'est glauque, ici, dit-il.

Roa balaya du regard les immeubles barricadés et les rues désertes. Iel ne put le contredire.

L'enseigne lumineuse d'une épicerie clignotait au coin de la rue, où un caissier visiblement mort d'ennui contemplait son téléphone derrière sa vitre anti-dragon. Il leva un instant la tête vers les deux adolescents lorsqu'ils arrivèrent sur le trottoir puis la rebaissa. Le soleil déclinait comme l'aile d'un dragon fatigué, plongeant une partie de la rue dans une ombre froide. Quand les deux amis se mirent en route vers l'adresse donnée par Lina, ils restèrent du côté ensoleillé d'un accord tacite.

L'entrepôt ne possédait ni enseigne ni numéro. Juste une porte de métal dans un mur immense, au sommet d'un étroit escalier métallique. Des plates-formes d'atterrissage dépassaient du bâtiment au-dessus de la porte, mais leurs entrées étaient obturées avec des caisses de métal.

— Tu es sûr que c'est là ? demanda Abel.

Roa jeta un œil vers son téléphone puis vers les autres entrepôts sur le trottoir d'en face, dont certains étaient dotés d'enseignes et de numéros. 3472 : Ailes-longues transport. 3478 : Réserve Dorée, Import/Export. 3482 : Larmes de wyvernes, Équipement médical, Inc.

Tous les entrepôts possédaient des fenêtres à barreaux et des portes cadenassées, sauf celui qui se dressait devant eux : la porte en hauteur était la seule à être pourvue d'un lecteur de clé magnétique.

— Oui, fit Roa. Prêt ?

— Pas du tout.

Malgré tout, il s'engagea en premier dans l'escalier. Il aurait tout donné pour que ses baskets fassent moins de bruit ou que les marches grincent moins. Il espérait que Lina ne lui en voudrait pas d'être venu ici et, en plus, accompagné. Peut-être qu'elle voulait juste qu'il cache la clé, et pas qu'il y aille ?

Trop tard, de toute façon, songea-t-il en sortant la carte magnétique de sa poche pour la plaquer contre le lecteur près de la porte. Il émit un bip, puis un clic sonore. Roa s'empara de la poignée et l'ouvrit.

Ils tendirent l'oreille. Pas un bruit venant de l'intérieur. Abel inspira profondément et entra. Roa le suivit dans l'obscurité. Ils se tenaient sur une étroite passerelle industrielle, comme celle qui surplombait leur gymnase au collège. Mais celle-ci était bien plus vieille et plus rouillée, et il manquait plusieurs garde-fous.

Le sol de l'entrepôt était au moins trois étages plus bas. Abel ne voyait même pas ce qui se trouvait au fond. Il n'y avait aucune fenêtre et la seule source de lumière venait de la porte qu'ils avaient laissée ouverte derrière eux. Il distingua soudain de vagues silhouettes tapies dans le noir et son cœur fit un bond dans sa poitrine – des dragons ! – mais ce n'était que des machines. Ce qu'il avait pris pour des queues n'étaient que des tapis roulants et les énormes mâchoires qu'il avait cru entrevoir s'avéraient n'être que des valves et des soupapes. On aurait dit une ancienne fabrique de boîtes de conserve. Il y avait bien des ampoules au-dessus de la passerelle, mais Abel ne vit aucun interrupteur pour les allumer.

— Attends, la porte… dit-il quand Roa s'avança.

Trop tard. Le claquement de la porte résonna dans l'entrepôt et les ténèbres les engloutirent. Après avoir vainement tenté de la rouvrir en poussant le battant et en rescannant la clé, Abel comprit qu'ils étaient enfermés. La lumière du jour resterait de l'autre côté du battant.

— Je ne pense pas qu'on puisse ressortir par là, dit-il à Roa.

— Dans ce cas, avançons.

Roa activa la fonction lampe-torche de son téléphone.

— De toute façon, il aurait bien fallu qu'on inspecte les lieux, pas vrai ? Allons-y.

Iel se mit en route avec une assurance qu'Abel n'avait pas. Pourtant, comme c'était *sa* sœur qui avait des ennuis et *son* comics qui les avait conduits ici, il décida de feindre l'assurance. De toute façon, son téléphone n'avait plus assez de batterie pour éclairer et il ne voulait pas rester seul à l'arrière dans le noir. Il se précipita vers Roa et s'accrocha presque à son dos. Iel lui jeta un coup d'œil par-dessus son épaule et sourit. Même le cœur le plus courageux a besoin d'un ami pour avancer vers l'inconnu.

Ils avançaient doucement, leurs pas résonnaient sur le métal. Abel craignait de respirer trop fort mais l'endroit semblait abandonné. Comme la passerelle tanguait à chacun de leurs pas, il avait hâte d'atteindre les escaliers pour rejoindre la terre ferme. Et trouver la sortie serait encore mieux.

Roa jeta un coup d'œil par-dessus la barrière et braqua sa lampe vers de hautes étagères remplies de boîtes de conserve sans étiquette. Elles étaient couvertes de poussière et de toiles d'araignées.

— Pourquoi Lina t'enverrait-elle dans une usine de conserves désaffectée ? se demanda Roa. Qu'est-ce qu'elle veut que tu protèges ici ? Des carottes trop cuites ?

— Je ne sais pas. Je crois que… attention !

Il attrapa Roa par l'épaule et l'attira en arrière pour l'empêcher de tomber dans le vide : à cet endroit, il n'y avait plus de garde-fous, et la passerelle tournait à angle droit. Ils s'affaissèrent tous les deux brusquement contre la barrière latérale.

Le métal grinça et toute la passerelle trembla. Roa, qui avait laissé échapper son téléphone, hoqueta en le voyant rebondir sur la barrière, puis sur la basket d'Abel avant de glisser sur le bord de la passerelle, où il resta en équilibre périlleux.

— Crotte de dragon ! jura Roa en sauvant l'appareil de justesse.

Iel regarda l'écran fendu et tenta de réactiver la lampe du bout du doigt. Pourtant, même sans la lumière de l'écran, Abel voyait toujours Roa… Il y avait de la lumière. Il leva la tête, cherchant sa source, leva la tête et retint son souffle.

— Roa ! Regarde !

Des étoiles. Une incroyable nuée d'étoiles cristallines scintillait au-dessus d'eux et devant eux, là où la barrière s'était brisée. Abel n'en avait jamais vu d'aussi nettes ; il y avait là des constellations qu'il ne reconnaissait pas, des galaxies, des nébuleuses et des milliers de points lumineux parfaits.

La nuit, la plupart du temps, il était difficile de voir la moindre étoile à cause de la pollution lumineuse émise par les immeubles, les panneaux publicitaires, les enseignes des magasins et les feux de signalisation des voies aériennes. Abel en eut le souffle coupé.

— Comment se fait-il qu'on voie aussi bien les étoiles ? demanda-t-il à Roa, qui savait tout sur tout.

— Comment se fait-il qu'on voie des étoiles tout court ?

— Il doit y avoir un trou dans le toit, suggéra Abel. C'est peut-être pour ça que c'est abandonné. Les bâtiments ici ne sont pas très solides.

— Non, ce que je veux dire, c'est : comment se fait-il qu'on voie des étoiles alors qu'il fait encore jour dehors ?

Abel fronça les sourcils. C'était vrai que lorsqu'ils étaient entrés, le soleil était encore loin de se coucher. Il se pencha alors en avant et les étoiles devant lui ondulèrent comme s'il s'agissait de lumières accrochées à un drap noir géant.

Au centre de cet immense drap noir, deux yeux orange vif s'ouvrirent soudain.

— Ce n'est pas le ciel, murmura Roa avant de crier : C'est un Faucheur de l'Aube !

— Un quoi ?

Abel eut sa réponse lorsque, sous les yeux brillants, une boule de feu orange apparut dans le noir, comme une aurore naissante, qui grandit et devint suffisamment incandescente pour qu'Abel s'aperçoive qu'elle se formait au fond de la gorge d'un dragon gigantesque.

Le Faucheur de l'Aube était perché sur un quai de chargement en hauteur, face à eux, et ses immenses ailes noires déployées révélaient les lumières scintillantes qui les couvraient. Cela devait lui offrir un camouflage parfait lorsqu'il chassait de nuit et, lorsqu'il se servait de ses armes de souffle, ses proies devaient être subjuguées par l'aube soudaine… Elles ne devaient prendre conscience du danger qu'un instant avant que le souffle du dragon les incinère.

Pour Abel et Roa, cet instant venait d'arriver.

— Saute ! hurla Abel alors que la boule de feu fusait de la gueule du dragon.

Il se jeta sur le côté de la passerelle, accroché au rebord, les jambes pendant dans le vide. Roa l'avait imité de l'autre côté, et heureusement, car un jet de feu orange flamboyant atteignit l'endroit même où ils s'étaient tenus. La passerelle devint brûlante comme une casserole sur une cuisinière sous les paumes d'Abel.

Le dragon cessa de cracher du feu et bientôt seules les étoiles qui parsemaient ses écailles éclairèrent l'entrepôt sombre. Roa et lui pendaient toujours dans le vide, trois étages au-dessus du sol.

Abel, qui avait déjà mal aux bras, avait l'impression que ses mains allaient cuire comme si elles étaient coincées dans un moule à gaufres. Mais il ne pouvait pas lâcher, sous peine de s'écraser sur le sol de béton en contrebas.

Un bruit métallique assourdissant leur vrilla les tympans lorsque l'énorme dragon changea de position. En voyant les fausses étoiles tournoyer sur son corps, Abel eut la nausée. L'animal se pencha vers lui. Son large museau le toucha presque et ses yeux orange s'écarquillèrent. Sa tête était plus grosse que le corps entier du garçon. Il pressa ses naseaux contre Abel et le renifla.

— Beuh, grogna le garçon. Il sent comme des déchets brûlés.

Lorsque le dragon rouvrit la gueule, Abel vit une nouvelle aube se former devant lui. Cette fois-ci, il ne pourrait pas s'échapper. C'était *lui*, le déchet en voie d'incinération.

— Désolé, désolé ! Je retire ce que j'ai dit !

Il entrevit les crocs de la bête qui se découpaient sur la boule de feu grandissant dans sa gorge. Même la plus petite de ses dents était plus grande que l'avant-bras d'Abel. Ce dernier envisagea de se laisser tomber en se demandant ce qui ferait le moins mal, se briser tous les os d'un coup ou mourir brûlé vif. Dans les deux cas, il finirait en casse-croûte. Puis il se souvint soudain de la vidéo que Silas leur avait montrée, où Lina s'introduisait dans l'écurie d'un riche propriétaire pour voler un dragon… ce dragon-là.

— C'est Lina qui m'envoie ! hurla-t-il. Je suis là pour t'aider !

L'animal s'immobilisa. Abel ignorait s'il le comprenait. Selon les espèces, les dragons étaient plus ou moins intelligents, mais aucun ne parlait la langue des humains. Ils communiquaient avec des clics de langue, des grognements, des cris et des grondements. Mais celui-là pouvait peut-être comprendre à sa voix qu'Abel n'était pas une menace. Ou alors son odeur n'était plus appétissante. Dans les deux cas, la flamme mourut dans la gueule de la bête.

— Je vais me redresser, maintenant, d'accord ? dit-il d'un ton qu'il espérait léger et amical. S'il te plaît, ne me grille pas, d'accord ? Reste… cool, OK ? Tu peux être cool ? T'as l'air trop cool. C'est vrai, quoi, ton camouflage nuit étoilée, c'est vraiment cool.

Il tira de toutes ses forces – ce qui n'était pas beaucoup – pour faire une traction.

— Gnnnnnnn… gémit-il.

Il parvint à peine à plier les bras. Il agita furieusement ses jambes, comme s'il nageait dans l'air. Sans succès. Il en était incapable. Il n'était pas fichu de se relever à la force de ses muscles.

Tout à coup, le dragon glissa son museau sous ses pieds et releva brusquement la tête, ce qui projeta Abel en l'air. Le jeune garçon retomba sur la passerelle dans un bruit métallique. Roa parvint à se hisser sans aide, juste après Abel. Le dragon baissa les yeux vers eux, tête penchée sur le côté.

— Regarde, il est blessé ! s'écria Roa.

Iel pointa le doigt vers une tache brillante sur l'aile du dragon. On aurait dit que deux étoiles bavaient l'une dans l'autre.

— Le sang des Faucheurs de l'Aube est argenté. C'est comme ça qu'ils créent l'illusion d'un ciel étoilé. On dirait que ce grand bonhomme a l'aile qui saigne.

Le dragon tourna la tête vers sa blessure puis reporta son attention sur eux.

— Ce « grand bonhomme » ? Comment tu sais que c'est un mâle ? Il n'a pas d'étiquette pour l'indiquer.

— Les mâles ont les yeux orange. Ceux des femelles sont rouges ou jaunes.

— Et s'il est non binaire ? Et qu'on l'a vexé ?

— Alors il nous mangera, répondit Roa posément. Et je le comprends.

Abel sursauta lorsque Roa éclata de rire.

Le dragon aux yeux orange se dressa devant eux et les regarda l'un après l'autre, comme s'il se demandait encore s'ils étaient des amis ou des en-cas.

— Bref, j'ai étudié ce genre de blessures pendant mes cours du soir. Je pense que je peux le soigner…

Roa fit un pas en avant mais le dragon se pencha brusquement et fit claquer ses mâchoires. Alors qu'iel reculait d'un bond, in extremis, Abel surgit pour poser sa main sur la joue du dragon.

— Tout va bien, iel ne te veut pas de mal, dit-il avant de comprendre ce qu'il venait de faire.

Qui serait assez bête pour surgir devant un dragon furieux et lui toucher la tête ? Et pourquoi Abel était-il si certain que le dragon l'écouterait ou même qu'il accepterait son contact ?

Et pourtant, il le faisait.

Le Faucheur de l'Aube interrompit son attaque et le fixa de ses yeux orange. Abel n'osa pas bouger. Il laissa sa main sur ses écailles noires aussi chaudes que l'eau du bain mais dures comme du métal.

— Tout va bien, répéta-t-il à l'intention du dragon *et* de Roa. Tout va très bien.

Roa inspira profondément avant de s'avancer. Le dragon se pencha sur le côté et baissa son aile pour qu'ils puissent mieux la voir. Roa examina la blessure grâce à la lumière que le sang de la créature émettait, ce qui était vraiment très bizarre pour Abel. Il aurait aimé voir plus que l'éclat des fausses étoiles et les yeux orange inquiets mais, maintenant qu'il était coincé dans cette position, il se demanda une nouvelle fois pourquoi sa sœur avait planqué un dragon blessé – et volé – dans une usine à boîtes de conserve à l'autre bout de la ville.

— Je vais avoir besoin de pommade cicatrisante, déclara Roa. Et de fil stérile pour recoudre la plaie.

— Euh… d'accord, où est-ce qu'on est censé trouver ça ?

— Ne te fâche pas.

— Quoi ? fit Abel. (Il se sentit de nouveau dérouté, impression à laquelle il s'habituait rapidement.) Pourquoi je me fâcherais ?

— J'ai demandé de l'aide.

— Mais ton téléphone est bousillé, non ?

— J'ai demandé de l'aide… euh… avant… quand on était encore au collège, expliqua Roa, comme pour s'excuser. Lorsque tu m'as raconté ton histoire. J'ai plus ou moins deviné ce que Lina avait caché ici et j'ai compris qu'on aurait besoin d'un coup de main.

— Au collège ? Mais à qui t'as parlé de ça ?

— De *cela,* le corrigea Roa.

— C'est pas le moment !

Il n'arrivait pas à croire que Roa ait brisé sa promesse, surtout après avoir juré sur un secret !

— À qui t'as parlé de ça ? répéta Abel.

— À nous, lança une voix grave dans les ténèbres, juste avant que les lumières de l'entrepôt s'allument.

Abel et Roa n'étaient plus seuls. Au contraire, ils étaient encerclés par tout un gang.

— Aux Ailes du Tonnerre, répondit Roa. Mon clan.

10

— Tu fais partie d'un *clan* ? éructa Abel, dont la gorge et le ventre se nouèrent en même temps.

— Disons que je suis plutôt un apprenti.

— Des Ailes du Tonnerre ?

Abel déglutit pour se dénouer la gorge mais ne put rien faire pour son estomac. La trahison était douloureuse. D'abord, Lina, maintenant, Roa.

Est-ce que tous ses proches dissimulaient une double vie de criminels ? Roa en personne l'avait dit : les secrets, c'étaient comme de la bile de dragon, ça empuantissait les amitiés. (D'accord, il ne se souvenait pas précisément de la formulation.) Iel avait osé dissimuler un énorme secret à Abel, tout en lui disant de ne pas faire la même chose !

— Je ne suis pas vraiment un… vrai membre, précisa Roa. Je ne vole personne. Je n'ai pas de tatouage.

— Peut-être, mais eux, si !

Abel balaya du regard les Ailes du Tonnerre qui les entouraient.

Une douzaine d'entre eux avait fait irruption dans l'entrepôt : il y en avait six sur les passerelles qui partaient de chaque côté du dragon et six autres au sol, trois étages plus bas.

Ceux qui étaient sur les passerelles étaient équipés d'énormes matraques électriques, comme les Officiers de la Sécurité Draconique à l'école. Ils les brandissaient vers le Faucheur de l'Aube. Ces matraques envoyaient des décharges conçues pour traverser les écailles d'un dragon adulte. Il fallait un permis pour en posséder car une décharge capable d'étourdir un dragon pouvait évidemment tuer un être humain en un clin d'œil... Or, ces gros bras ne semblaient pas du genre à déposer une demande à la mairie.

Les Ailes du Tonnerre portaient tous une sorte d'uniforme, des vêtements qui mélangeaient des gris, des blancs, des bleus et des violets clairs. Par-dessus, ils avaient tous enfilé une épaisse blouse à manches courtes, comme celle des vétérinaires, mais couverte de poches contenant leurs armes et leurs outils. Sur toutes les blouses, le symbole des Ailes du Tonnerre, le dragon-éclair, avait été brodé. Et tous arboraient le même symbole tatoué ici ou là sur leur corps.

C'est comme ça qu'Abel comprit comment Roa leur avait transmis l'adresse de l'entrepôt.

Ally leur instructrice avait elle aussi un dragon-éclair tatoué sur le bras. Ce n'était pas une *ancienne* criminelle, elle l'était toujours ! Roa n'avait pas du tout été lui demander des devoirs supplémentaires !

— Tu l'as dit à notre *prof* ? grogna-t-il.

L'année de la cinquième était sans doute aussi sauvage et chaotique que n'importe quelle guerre de gangs, mais elle était régie par son propre code d'honneur. Et la première règle était : on ne rapporte jamais *rien* au professeur, même à une instructrice aussi cool qu'Ally.

— Elle fait partie de mon clan, murmura Roa. J'espère que tu me comprends. Je n'avais pas le choix.

Le Faucheur de l'Aube grogna. Il braqua son regard vers les nouveaux venus mais ne broncha pas. Abel avait laissé sa main sur les naseaux du dragon. Ses quatre doigts seuls garantissaient le calme de la bête. Du pouce, il lui caressait les écailles, comme lorsqu'il voulait faire ronronner Percy. Bien sûr, ce dragon aurait pu avaler tout rond son pangolin s'il l'avait voulu.

Toute sa vie, Abel avait admiré et craint les dragons. Alors qu'il avait toujours pensé qu'il ne pourrait jamais approcher un dragon aussi impressionnant, à cet instant, sa petite main contrôlait l'un des plus cools qu'il ait jamais vus. Son cœur battait si fort qu'il percevait son pouls dans ses doigts. Le feu lui monta aux joues. Il se sentait… puissant.

Il aurait préféré ne pas se sentir trahi en même temps.

— Tu aurais dû m'en parler, dit-il à Roa.

— Je ne pouvais pas. Pour ton b…

— Non, le coupa Abel. Je ne veux plus jamais entendre cette phrase. Ce que tu veux dire, c'est que c'était plus facile pour toi comme ça.

— Mes parents n'avaient pas les moyens de me payer mes cours de soins draconiques du soir, plaida Roa. Mais les Ailes du Tonnerre a proposé de les financer… en échange de quelques services. Lorsqu'ils ont besoin de soins sur des dragons, ils m'appellent. Je recouds les blessures et donne des médicaments. C'est un bon moyen d'apprendre, et de rembourser ce que mes parents leur doivent. Ally garde un œil sur moi, pour s'assurer que je ne me retrouve pas dans une situation *trop* dangereuse. Je n'ai jamais eu l'intention de te mentir, c'est juste que je ne pouvais rien te dire…

Comme les Ailes du Tonnerre vénéraient la connaissance, il était logique que ses membres s'infiltrent dans un collège. Malgré tout, Abel était contrarié qu'ils se soient servis de Roa pour y parvenir… et que Roa, qui adorait l'école et voulait réussir, les ait laissés faire. Si leur professeure travaillait pour le gang, alors le gang déciderait des notes de Roa. Donc, au moindre écart, ses notes en pâtiraient. Les gangsters manipulaient les gens comme ils manipulaient les dragons. Ils prenaient ce qu'ils voulaient à quiconque le possédait, que ce soit de l'argent, de la connaissance, du savoir-faire, et ils s'arrangeaient pour qu'il soit impossible de refuser. Abel pourrait peut-être lui pardonner. Ou, du moins, essayer.

— Tu as bien travaillé, Roa, déclara l'un des voyous, qui ne paraissait pas le moins du monde effrayé par l'énorme dragon noir tapi à côté.

— Merci, Olus.

Ce dernier passa devant Abel et le museau du dragon pour tendre une trousse de secours à Roa afin qu'iel commence à recoudre l'aile blessée. Puis il se tourna pour regarder l'animal dans les yeux.

— Voici donc le redoutable Karak.

La bête renifla en entendant ce qui était sans doute son nom.

Enchanté, Karak, songea Abel. *Pitié, ne me mange pas.*

Olus se tourna vers lui.

— Ta sœur est très douée, pour réussir à voler un dragon de ce pedigree. C'est peut-être de famille ?

Il jaugea Abel et son regard s'attarda sur la main du garçon toujours posée contre la joue du dragon.

— Ou peut-être pas, reprit Olus. J'imagine qu'on sera bientôt fixés.

— Comment connaissez-vous ma sœur ? voulut savoir Abel.

Olus sourit. Ses sourcils broussailleux ombrageaient ses petits yeux sombres scrutateurs. Une barbe blonde fournie rasée sur le menton dissimulait en partie ses joues grêlées et ses cheveux ébouriffés partaient dans tous les sens, comme s'il venait de se faire électrocuter. S'il avait l'air d'avoir l'âge du père d'Abel, il était bien plus costaud. Ses larges mains, glissées dans de longues mitaines, évoquaient de gros biftecks. Sous sa blouse, il portait une chemise sans manches. Abel pouvait donc suivre du regard les tatouages colorés qui montaient et descendaient sur ses bras massifs. Ils racontaient une histoire qu'Abel ne comprenait pas tout à fait mais, d'après les images qu'il distinguait, ça paraissait gore, violent et franchement traumatisant. Il se demanda comment Roa arrivait à travailler pour lui.

— Lina a vu trop gros, expliqua Olus.

Pendant toute la durée des soins, Abel maintint sa main en place. S'il la bougeait, Karak risquait d'arracher la tête de Roa. Abel lui en voulait mais pas au point de souhaiter sa décapitation. Comment pourrait-il lui pardonner, s'iel se faisait manger ?

— Ce dragon appartient à une personne très puissante, poursuivit Olus. Son œuf avait été introduit ici illégalement à grands frais et il a été élevé avec le plus grand soin pour les Griffes Rouges.

L'homme éclata soudain de rire, comme si une pensée hilarante – qu'il choisit de ne pas partager – l'avait traversé.

— Le clan de ta sœur, les Chevaliers du Ciel, a décidé de soustraire ce dragon à son propriétaire pour l'utiliser lors de leur prochain combat. Malheureusement, il a été blessé dans la manœuvre. Les Griffes Rouges se sont lancés à la poursuite de Lina, et ta sœur a décidé de le cacher ici, sur *notre* territoire. Elle pensait sans doute qu'on ne risquait pas de tomber dessus par hasard mais, grâce à toi, on l'a trouvé ! Maintenant, Karak se battra pour *nous.*

— Vous allez voler ce dragon pour le faire combattre ? s'indigna Abel. Vous venez de dire qu'il n'est pas à vous !

Cette fois-ci, tout le monde éclata de rire.

— À Drakopolis, tout ce que tu trouves est à toi, telle est la loi, mon garçon, lui expliqua Olus. La seule loi qui importe vraiment dans cette ville. Le plus puissant, c'est celui qui contrôle le plus de dragons. Et, avec ton aide, ce sera *nous.*

— *Mon* aide ?

Abel secoua la tête. Il repensa aux menaces que ses proches avaient reçues. Quoi que disent les Ailes du Tonnerre, sa famille vivait encore sur le territoire des Griffes Rouges. De plus, l'Œil du Dragon était toujours à la recherche de Lina – et, *eux*, ils contrôlaient plus de dragons que tous les gangs réunis. Aider les Ailes du Tonnerre mettrait sa famille un peu plus en danger.

Sans compter qu'il ne voyait pas *du tout* en quoi il aurait pu les aider.

— Enlève ta main de Karak, ordonna Olus.

— Euh…

— Tout de suite ! tonna l'homme si fort que même le dragon sursauta.

Abel obéit et, presque aussitôt, Karak se cabra et se redressa de sa haute taille. Sa tête disparaissait presque tout là-haut, dans les ténèbres. Il déploya ses larges ailes, exposant ainsi la zone que Roa venait tout juste de recoudre. Puis il baissa la tête et rugit.

Le bâtiment trembla. Dans la lumière, Abel constata que les écailles du dragon offraient un vaste nuancier de noirs. Il distingua les veines et les poches qui parcouraient ses ailes et créaient l'illusion d'une voûte étoilée. Et il se rendit aussi compte qu'il était fou de rage. En tant que dragon nocturne, il était perturbé et nerveux en pleine lumière. Abel n'avait pas besoin d'être aussi intelligent que Roa pour savoir qu'un dragon perturbé et nerveux est un dragon dangereux. Ce que confirmait la boule de feu qui grandissait dans sa gueule…

— Calme-le, lança Olus à Abel.

— Quoi ? Moi ?

— Calme-le ou on devra utiliser les matraques.

— Non, ne faites pas ça ! implora Roa.

— Ça ne dépend pas de moi, rétorqua Olus en haussant les épaules.

Abel leva la tête vers le dragon qui se préparait à cracher sa flamme aussi brûlante que le soleil.

— Arrête ? dit-il, bien trop doucement pour que la bête l'entende. Euh… Karak ! Hé ! Toi ! Euh… calme-toi ?

— Tu lui demandes poliment ou tu lui donnes un ordre ?

— Oh… d'accord, compris… (Abel s'éclaircit la gorge.) Karak ! Tout va bien ! Redescends ! Tout de… SUITE !

Le dragon pencha de nouveau la tête sur le côté, hésitant, et ralentit le battement de ses ailes. Le feu qui frémissait au fond de sa gueule s'éteignit puis l'animal redescendit au niveau de la passerelle, qui grinça sous son poids. Olus afficha un sourire triomphant.

— Et voilà, dit-il. On dirait que ce dragon et toi, vous êtes liés. En d'autres termes, tu seras notre champion pour le combat.

— Quoi ? Moi ? Ça va pas la tête ?

Une décharge traversa le corps d'Abel, comme s'il s'était lui-même pris un coup de matraque électrique. Apaiser un dragon grâce à l'énergie du désespoir, c'était une chose, devenir dragonnier et participer à un combat de gangs, c'en était une autre. Il n'arrivait même pas à dresser un IDIOTS !

— Il t'aime bien, insista Olus. Pour le voler, ta sœur a dû nouer un lien avec lui et elle a peut-être si bien réussi qu'il sent que vous êtes de la même famille. Les dragons sont des solitaires par nature. Pour eux, les liens familiaux sont très mystérieux. Nous ne savons pas vraiment comment ils perçoivent le monde ni ce qu'ils en comprennent, surtout parmi les races aussi rares que celle-ci. Enfin, ce n'est pas un problème pour nos projets, tant qu'il se sent proche de toi. Tu devras le faire voler pour nous.

— Mais je...

Abel ne savait pas par où commencer la liste des raisons pour lesquelles il ne pouvait *vraiment* pas chevaucher un Faucheur de l'Aube au cours d'un combat illégal pour le compte des Ailes du Tonnerre.

— Tu débuteras ton entraînement demain, déclara Olus. Ton collège est fermé, c'est pratique, non? Tu peux remercier ta sœur de notre part.

— Je... quoi? Lina?

Olus s'esclaffa.

— Les Largue-Vents n'attaqueraient jamais un collège de cette manière. Un agent des Chevaliers du Ciel a volé une bonne dose de phéromones gazeuses dans l'un de nos labos, hier soir, juste après la disparition de ta sœur. Visiblement, eux aussi voulaient faire fermer ton collège. Ils ne savaient pas qu'on te trouverait ici en premier.

— Mais...

Abel en resta bouche bée. Est-ce que le clan de Lina s'était vraiment arrangé pour faire fermer le collège afin qu'Abel puisse aller chercher son dragon volé? Il serra les poings. Il en avait franchement assez qu'on lui mente et qu'on le manipule. Dès qu'il reverrait Lina, il échangerait quelques mots avec elle, des mots qu'il n'était sans doute même pas censé connaître.

— Ton instructrice te retrouvera ici tous les jours, poursuivit Olus. Assure-toi de remporter cette bataille pour nous, et tout ira bien. Nous pouvons même aider ta famille à résoudre une partie de ses problèmes financiers. (Olus lui tapota l'épaule d'un geste qui tenait plus de la menace que de l'affection.) Seulement, n'oublie pas qu'on n'est pas à l'école, ici. Il n'y a pas de notes. Un échec ne serait bon ni pour toi, ni pour tes proches. (Le chef du gang inspira profondément et balaya l'entrepôt du regard.) Très bien. On vous laisse nourrir votre dragon et rentrer chez vous.

— Et pour les Griffes Rouges ? demanda Abel.

— C'est pas vraiment mon problème, si ?

Il siffla et ses hommes rompirent les rangs pour disparaître entre les rangées de boîtes de conserve poussiéreuses et de machineries cassées.

— Déploie tes ailes, mon jeune ami ! Et bien grand ! se réjouit Olus. Que ça te plaise ou non, tu es un dragonnier, maintenant ! Félicitations !

Sur ces mots, il partit et les deux amis se retrouvèrent seuls avec Karak, qui les toisait de nouveau dans les ténèbres.

— Je suis tellement, tellement désolé que tu te retrouves mêlé à ça, soupira Roa.

— C'était quoi, déjà, le mot qu'on a appris en cours de vocabulaire, la semaine dernière ? Celui qui veut dire qu'on est tellement choqué et en colère qu'on n'y croit pas ?

— Éberlué ? suggéra Roa.

— Ouais, celui-là. Je suis tellement, tellement *éberlué* que j'y crois pas.

— Je suis vraiment désolé d'avoir… reprit Roa, avant qu'un meuglement l'interrompe.

Ils se penchèrent au-dessus de la barrière pour regarder au fond de l'entrepôt. Les Ailes du Tonnerre y avaient laissé une énorme vache qui ruminait devant un tas de foin dans la pénombre. Elle ne semblait pas avoir remarqué les deux adolescents, ni le dragon noir au-dessus d'elle.

— Oh, non, gémit Abel. Les Faucheurs de l'Aube sont…

— Carbonivores, soupira Roa.

Karak baissa la tête vers la vache. Sa gueule s'ouvrit sur un cercle de feu qui grandit comme une aurore d'été.

Abel ferma les yeux pendant que son nouveau partenaire préparait son dîner.

Lorsqu'il rouvrit les yeux, il ne restait de la vache qu'une tache de brûlé sur le sol. Karak s'installa au sommet d'une énorme machine à fabriquer des boîtes de conserve pour faire la sieste. Ses ronflements sonores firent trembler la machine rouillée.

— Comment est-ce que je suis censé faire voler un dragon de combat ? gémit Abel, l'estomac noué.

— De la même façon que tu as appris à jouer à DrakoTek. En t'entraînant.

Abel se retint de lui rappeler que, alors qu'il jouait à ce jeu depuis des années, il n'était toujours pas bon. De plus, quand on perdait une partie de DrakoTek, on ne risquait pas de se faire manger (avec notre famille), de se faire tuer par un gangster ou de se faire envoyer en prison. Un combat de vrais dragons au cours d'un affrontement illégal n'avait rien à voir avec une partie de cartes.

— Éberlué, répéta Abel. Je suis complètement *éberlué.*

Deuxième partie

Enchanté.
Pitié, ne me mange pas.

11

L'entraînement devait commencer le lendemain matin avant le lever du soleil.

Pour expliquer son absence à ses parents, Abel comptait leur dire qu'il devrait aller chez Roa tous les matins jusqu'à la fin de l'année pour l'aider à réaliser un projet pour le cours de science. Mais… surprise! Lorsqu'il rentra chez lui ce soir-là, il trouva Ally tranquillement installée dans le salon avec ses parents, en train de siroter une tisane d'herbe de feu.

— Ah, Abel, merci d'avoir participé au nettoyage du collège, lança aussitôt la fourbe professeure.

Il repéra sur son écharpe des miettes de l'un de ses biscuits favoris, les Scouts Ailés, alors qu'il *savait* qu'il n'en restait qu'un seul dans la boîte.

Ally lui fit un clin d'œil pour qu'il joue le jeu. Abel, qui était couvert de suie et de sueur, et sans doute de petits morceaux de viande carbonisée, avait probablement *vraiment* l'air d'avoir passé l'après-midi à récurer les sols après une attaque de dragons.

— J'expliquais justement à tes parents à quel point tu nous avais aidés, aujourd'hui, après le désastre. Et nous nous sommes dit que, comme le collège est fermé, tu pourrais peut-être *continuer* à m'aider jusqu'à la fin de l'année.

— Vous aider? répéta Abel sans comprendre.

Il pensait encore au dragon de dix tonnes couleur de nuit qu'il avait laissé dans un entrepôt à l'autre bout de la ville. Et aussi au fait qu'il avait mis de côté ce dernier biscuit Scout Ailé pour plus tard. Un sablé au chocolat nappé de caramel, le meilleur. Il n'aurait jamais cru que des adultes pouvaient aimer ce genre de choses, et encore moins une criminelle qui se faisait passer pour une prof.

Et si elle l'avait fait exprès, pour le narguer ? Quelque part, la voir assise là, sur le canapé avec ses parents en train de dévorer son goûter préféré, était plus intimidant que toutes les menaces des autres gangs. L'instructrice était trop classe pour saccager leur appartement et, en plus, c'était inutile. Le vrai pouvoir était de ne pas avoir besoin d'utiliser la force.

— Ta prof pense qu'il vaudrait mieux éviter tout décrochage pendant que le collège est fermé, ajouta gaiement sa mère. Tes notes ne sont pas brillantes et, avec tout ce qui se passe…

Elle laissa sa phrase en suspens, sans doute pour ne pas révéler à Ally que des Griffes Rouges poursuivaient sa fille. Elle ne pouvait pas savoir que l'instructrice connaissait déjà toute l'histoire.

Abel remarqua qu'elle portait une veste pour couvrir ses tatouages. Et qu'elle était grise, bleu clair et pourpre, les couleurs des Ailes du Tonnerre. Subtil. Il ne devait pas l'oublier. Sa prof était *très* subtile.

— Ce serait mieux pour toi, ajouta son père avant de toussoter. Inutile que tu traînes avec moi à la maison sans rien faire toute la journée.

— Formidable ! se réjouit Ally.

Elle fit claquer ses paumes sur ses cuisses, se leva en remerciant ses hôtes pour la tisane et les biscuits puis se tourna vers le garçon.

— Repose-toi bien ce soir, Abel. On commence demain à l'aube.

Elle lui fit un nouveau clin d'œil en insistant sur le mot « aube ».

En sortant sur le palier, elle regarda à droite et à gauche, comme si, en tant qu'Aile du Tonnerre, elle était nerveuse de se trouver sur le territoire des Griffes Rouges. Puis elle releva son col, repoussa ses épaisses boucles derrière son épaule et se dirigea vers l'ascenseur d'un pas léger.

Peut-être parce qu'elle venait de larguer tous ses soucis sur les frêles épaules d'Abel.

Ses parents semblaient vraiment soulagés de croire qu'il serait en sécurité avec sa professeure pendant qu'eux géreraient les ennuis de Lina. Ils ignoraient totalement qu'il y était lui-même plongé jusqu'au cou. Dire qu'il ne s'était pas passé vingt-quatre heures depuis la Nuit du Nettoyage ! Et, au nom des cieux embrasés, où Lina était-elle passée ?

— Et si tu allais te doucher avant le dîner ? suggéra son père. T'as la même odeur qu'une mangeoire à IDIOTS.

— En plus, pour le dessert, j'ai une surprise, ajouta sa mère en ouvrant un placard de la cuisine pour lui montrer une boîte toute neuve de Scouts Ailés.

Abel en aurait pleuré de joie.

Il aurait aimé la prendre dans ses bras et enfouir son visage dans son pull en avouant à ses parents tout ce qui s'était passé. Il aurait tellement voulu qu'ils arrangent les choses…

Non. Ça, c'était bon pour les enfants. Il était dragonnier, maintenant, uni à une bête rare et inestimable. Il devrait régler seul ce problème. Comme le disait le Dr Drago dans le Numéro Spécial Vacances : *Un héros fait ce qu'il doit faire, même lorsque c'est difficile. Sauf si c'est mal. Dans ce cas… il ne le fait pas.*

En y repensant, ce comics n'était pas très bien écrit. Il ferait sans doute mieux de se trouver une meilleure source d'inspiration.

De toute façon, rien n'était suffisamment inspirant pour qu'il se réjouisse de se lever à l'aurore afin de prendre seul le bus numéro 5 puis le numéro 17 jusqu'à une vieille usine de boîtes de conserve. Pourtant, c'est ce qu'Abel fit ce matin-là.

Les yeux bouffis, et sans rien d'autre dans l'estomac qu'une barre de céréales et qu'un verre de jus de Baies-du-Soleil froid, il arriva au sommet du grand escalier métallique et entra grâce à la carte de Lina. La lumière était déjà allumée à l'intérieur. Roa et Ally l'avaient précédé et Karak était perché au sommet d'un immense tas constitué de boîtes de conserve, d'étagères écroulées, ainsi que d'un coffre qui semblait avoir été arraché à un mur. (Des morceaux de plâtre y étaient encore accrochés.) Le dragon, profondément endormi, ronflait encore.

— Il s'est constitué un trésor, expliqua Roa à Abel au lieu de lui dire « Salut ! », « Bonjour » ou « Désolé de vous avoir trahis, toi et ta famille, pour un gang dont tu ignorais que j'étais membre ». Les dragons ont l'habitude d'accumuler des choses qui brillent ou qui comptent beaucoup pour les gens.

— Ouais, grommela Abel. Je sais.

— Je te le dis parce que c'est important pour comprendre comment fonctionnent les combats de dragons.

Le climat était encore un peu tendu entre eux mais visiblement, Roa ne comptait pas s'excuser davantage. Abel devait peut-être lui aussi tourner la page.

— Je sais comment ça se déroule, rétorqua-t-il sèchement à la place.

Bon, peut-être pas tout de suite. Roa fronça les sourcils mais c'est Ally qui répondit :

— Tu *penses* le savoir. Pourtant, ce que tu as lu dans les comics et vu dans les films n'a rien à voir avec la réalité… c'est pourquoi nous allons laisser ce dragon dormir encore un peu pendant que tu réponds à quelques questions.

— Hein ? C'est une interro-surprise ou quoi ?

Abel secoua la tête et regarda Roa, désemparé. Il n'aurait jamais imaginé que devenir un dragonnier clandestin lui rappellerait autant l'école.

Ce sentiment se renforça un peu plus lorsque Topher surgit entre deux machines, un balai serpillière à la main, l'air mauvais.

— Mais qu'est-ce qu'il fiche ici, lui ? s'exclama Abel.

— J'ai posé la même question, soupira Roa.

— C'est mon stagiaire, expliqua Ally. Sa famille, comme la tienne, pensait qu'il valait mieux qu'il travaille jusqu'à la fin du trimestre. Tu peux faire comme s'il n'était pas là. Il ne parlera que lorsqu'on lui adressera la parole.

— J'ai fini de nettoyer les toilettes, gémit Topher. Je peux faire une pause, maintenant, s'il vous plaît ?

— Il ne parlera que lorsqu'on lui adressera la parole ! répéta Ally sans le regarder. Autrement dit, il attendra *en silence* les prochaines instructions. À moins qu'il préfère qu'on retourne voir ses parents ?

Les épaules de Topher s'affaissèrent et Ally reporta son attention sur Abel.

— Quel est l'objectif d'un combat de dragons ?

— S'emparer du trésor de l'autre, répondit Abel, ravi qu'elle lui pose une question facile.

— Correct. Et c'est quoi, ce trésor ?

Abel leva les yeux vers Karak. Le dragon noir roupillait en haut de son magot improvisé et sans valeur.

— Tout ce qui brille ou qui semble avoir de la valeur, récita Abel, reconnaissant, d'après ce que Roa venait de lui dire.

— Mais qu'est-ce que ça veut vraiment dire, dans le cadre d'un combat de dragons ? insista Ally.

— Euh… c'est… ce que les gangs veulent que ce soit ?

Abel n'en était pas certain. Dans les films et les comics, c'était toujours différent, comme un drapeau avec le symbole du gang, une œuvre d'art précieuse ou même un vrai trésor.

Ally secoua la tête et reprit de sa voix professorale :

— Dans un combat de dragons, le trésor est un artéfact – un objet, si tu préfères – symbolique du clan challenger, le gang qui a lancé le défi. Il est précieux car il est important pour le gang. Quiconque s'empare de cet artéfact et le rapporte dans son antre en premier remporte le combat. Dis-moi, qu'est-ce qu'un antre ?

— L'endroit où vivent les dragons.

— Dans un combat, l'antre aussi est symbolique, le corrigea Ally. C'est un cercle tracé sur le sol au début de l'affrontement, avec le symbole du gang au milieu.

— Pourquoi on n'appelle pas ça un cercle, alors ? Pourquoi est-ce que tout est symbolique, pendant ces combats ?

— Pas tout. La violence, par exemple, est bien réelle, crois-moi. Une fois que les dragons s'élancent depuis leurs antres, le match est un véritable jeu d'attaques et de parades où on risque sa peau pour de vrai.

Abel jeta un coup d'œil vers le dragon endormi. Trois rangées parallèles de petites cornes noires débutaient au-dessus de ses yeux et couraient le long de sa nuque jusqu'à la naissance de ses ailes. Comme Karak s'était roulé en boule, Abel ne voyait qu'un seul de ses énormes pieds qui pendait sur la pile de boîtes de flageolets périmés. Mais un seul de ses pieds était plus gros que le corps tout entier d'Abel. Les griffes au bout des orteils de Karak semblaient capables d'ouvrir une conserve de la taille d'un immeuble. Abel n'imaginait pas qu'on puisse trouver dragon plus féroce dans un combat de gangs, et cette idée le rendit un peu fier. *Ce dragon m'a choisi*, se dit-il. *Et je vais être génial.*

Puis il repensa à ce que sa sœur lui avait dit, concernant les meilleurs dragonniers : c'étaient ceux dont on n'entendait jamais parler parce qu'ils ne se faisaient jamais prendre. Sa prof s'était fait arrêter et envoyer à la Prison de Windlee. Pensait-il vraiment qu'il pourrait être meilleur qu'elle ?

— Déploie tes ailes ! l'encouragea Roa. Tu en es capable.

Il sourit. Iel était toujours de son côté et Abel s'en réjouit. Finalement, il avait peut-être bien tourné la page. Et c'était même un vrai soulagement.

— Un combat de gangs, c'est à la fois une course, un vol et un duel, expliqua Ally. Tu devras travailler avec ton dragon pour maîtriser ces trois aspects, sinon c'est la défaite assurée.

— Et vous, à quoi est due votre défaite ? l'interrogea Topher.

Roa hoqueta. Ally avait l'air sur le point de dévorer l'insolent. Abel se demanda pourquoi Topher était incapable de la fermer. N'avait-il pas suffisamment de problèmes comme ça ? Abel écarquilla les yeux pour faire comprendre à Topher qu'il ferait mieux de se taire, mais ce dernier s'enfonça un peu plus.

— Quoi ? C'est censé être un secret ? Mais… qu'est-ce qui a mal tourné ? Comment vous avez fini à Windlee ?

Ally inspira profondément et expira doucement. Topher s'agrippa un peu plus au manche de sa serpillière, prêt à encaisser la réaction de la prof, quelle qu'elle soit. Pourtant, celle-ci s'obstina à ne pas le regarder.

— En fait, il vaut mieux qu'Abel le sache. Je me suis fait prendre parce que j'ai oublié l'élément le plus important dans un combat de dragons : personne ne peut gagner seul. J'avais une équipe au sol, comme tu en auras une également, mais, après avoir remporté quelques belles victoires, j'ai pris la grosse tête. Mes coéquipiers en ont eu marre de mon arrogance et, lorsque l'Œil du Dragon a débarqué pour rafler tout le monde, ils ont déguerpi dans la nuit alors que j'étais encerclée. J'aurais peut-être pu tenter de m'enfuir, mais c'est difficile de se battre quand on a le cœur brisé. Je savais que mes amis m'avaient abandonnée, et je savais que je le méritais. Je me suis rendue, je suis tombée de haut, et j'ai purgé ma peine. Malgré tout, je suis restée loyale à mon équipe, et à mon gang, même lorsque l'Œil du Dragon m'a interrogée sans pitié. Le gang m'a récompensée pour ma loyauté. Il m'a laissée revenir, m'a aidée à trouver un travail au collège et, maintenant, il m'offre cette chance. Toi, Abel, tu seras aussi ma rédemption. Ta réussite sera la mienne, tu comprends ? Nous sommes sur le même bateau.

Ally sourit et Abel crut voir une lueur de bonté dans son regard. Elle ressemblait de nouveau à la prof qu'il connaissait. Cela le rassura.

Jusqu'à ce qu'elle ajoute :

— Donc, si c'est pour que tu finisses en pâtée pour dragon, autant le faire vite. C'est le moment de réveiller ton partenaire pour la première leçon.

Sans délai, Ally attrapa une clé à molette qui traînait par terre et la jeta vers le dragon endormi. L'outil rebondit sur les écailles de Karak sans faire de dégâts puis atterrit dans un tintement métallique sur le tas de conserves. Délogées par l'impact, quelques boîtes dévalèrent le monticule et roulèrent sur le sol.

Le dragon ouvrit un œil et le braqua sur Abel. Topher se recroquevilla derrière le manche de sa serpillière, comme s'il pouvait s'y dissimuler.

Parce que tout cancre qu'il était, Topher savait au moins une chose : on ne dérange JAMAIS un dragon endormi.

12

BLING, BLONG, BLANG.

Les boîtes de conserve finirent par s'arrêter de tomber, puis le silence revint. Les bruits de la ville se turent, tout comme les respirations d'Ally, Topher et Roa. Abel n'entendait plus que le boum-boum de son cœur lorsque Karak releva sa tête massive pour le dévorer des yeux.

C'est bien ça qu'on dit? se demanda-t-il. *Dévorer?* Il n'avait jamais compris comment on pouvait *dévorer* quelque chose du regard. Jusqu'à cet instant. Et encore, il aurait fallu inventer un mot plus menaçant.

Et voilà, il recommençait, il se perdait dans ses pensées parce qu'il était stressé. Il arrêta de réfléchir aux questions de vocabulaire et scruta le dragon qui le dévorait du regard.

— Euh… hé, mon pote, dit-il en agitant vaguement la main. T'as bien dormi?

— GRAAORR! répondit Karak dans un rugissement assourdissant qui donna la chair de poule à Abel tout en le faisant tomber sur les fesses.

Le dragon bondit de son tas de conserves et s'arrêta devant le garçon, pattes écartées. De sa tête, il força Abel à se coucher. À quelques centimètres de son visage, il le renifla, brûlant et humide.

Comme par miracle, Abel parvint aussitôt à se concentrer. Il n'était *plus du tout* distrait. Au contraire, il était complètement terrifié.

— Euh, désolé de te réveiller, balbutia-t-il en essuyant la morve de dragon sur son visage.

Il se redressa sur les coudes.

— Je ne… voulais pas… euh… voler tes conserves ? Elles sont juste là ?

Il pointa l'index vers les boîtes qui avaient roulé au loin en regrettant que toutes ses phrases sortent de sa bouche en sonnant comme des questions.

Le dragon tourna la tête vers son trésor puis vers Abel avant de lui souffler dessus par les naseaux. On aurait dit des jets de vapeur sortant d'un fer à repasser, si puissants qu'ils ébouriffèrent le garçon. Puis le dragon s'assit et attendit. Il n'avait pas encore mangé Abel, ce qui était encourageant. Et maintenant ?

— Karak est un Faucheur de l'Aube, déclara Ally, adossée nonchalamment à une machine. (Roa, debout juste derrière elle, essayait en vain d'avoir l'air aussi détendu.) Que sais-tu de cette espèce ?

— C'est un dragon de la classe des ailes-moyennes, répondit Roa. C'est un carbonivore nocturne, ce qui veut dire qu'il chasse de nuit et doit brûler sa proie avant de la manger.

— Merci, Roa. Mais je posais la question à Abel.

— Euh… je suis d'accord, feinta ce dernier.

— Arrête de dire « euh » tout le temps, le corrigea Ally. Un dragonnier doit dégager de l'assurance, même s'il n'a *pas* confiance en lui, sous peine de rendre son dragon imprévisible et hésitant. Tu as vraiment envie de voler sur le dos d'un dragon imprévisible et hésitant ?

— Euh… non.

— Alors tiens-toi droit et salue ton partenaire correctement. Les Faucheurs sont des créatures fières qui ne se laisseront pas monter par les peureux ou les malpolis.

— D'accord.

Abel fit un pas timide vers le dragon. *Son* dragon, songea-t-il.

— Attends ! fit Roa en le rejoignant pour lui donner des écouteurs sans fil. Comme ça, on pourra communiquer.

— Où est-ce que t'as trouvé ça ? s'étonna-t-il.

Ces oreillettes étaient un bijou de technologie. Impossible que Roa ait les moyens de se les offrir. En fait, aucun élève du collège n'avait les moyens. Sauf si…

Il s'en souvint soudain : sauf s'ils appartenaient à un gang. Comme Roa. Et comme Abel, aussi, à présent.

Iel sourit.

— Le gang prend soin des siens. Alors, au travail, dragonnier.

Roa lui pressa doucement l'épaule puis retourna se mettre à l'abri près de la grosse machine.

Abel plaça les écouteurs dans ses oreilles et entendit aussitôt Ally, aussi clairement que si elle se tenait près de lui.

— Présente-toi correctement, dit-elle.

— BONJOUR, KARAK, cria-t-il.

Puis, en repensant à la fierté du dragon, il s'inclina devant lui.

— C'est un honneur de te revoir ! Je suis désolé qu'on ait fait connaissance dans de si mauvaises circonstances, hier soir ! Je ne voulais pas t'effrayer !

Il se disait que le dragon lui devait des excuses puisqu'il avait failli le carboniser mais il ne se faisait pas d'illusions. Les dragons ne s'excusaient jamais.

— Je m'appelle Abel ! Tu connais ma sœur !

La bête sembla se détendre. Sa tête s'abaissa puis remonta, ce qu'Abel identifia comme un acquiescement.

— Crier, ce n'est pas avoir confiance en soi, lui fit remarquer Ally. Bien au contraire. Maintenant, demande-lui la permission de grimper sur son dos.

— Juste comme ça ? murmura Abel pour compenser ses cris précédents. Je ne suis pas censé, genre, prendre des cours avant de lui grimper dessus ?

— Lui grimper dessus, c'est ça, le cours.

— D'accord… (Abel fit un autre pas en avant.) Est-ce que je peux, euh, monter sur ton dos, s'il te plaît ?

— Ça ne marchera jamais, déclara Ally. Tu dois te sentir sûr de toi.

— QFDD, ajouta Roa.

Abel bomba le torse.

— QFDD, répondit-il.

Il inspira profondément, mit un pied devant l'autre, le torse bombé pour se donner du courage.

— Karak, déclara-t-il. Je veux monter sur ton dos. Tu veux bien ?

De nouveau, le dragon opina. Abel jeta un coup d'œil vers Roa, qui leva un pouce. Puis il fit un autre pas en avant, et un autre, en cherchant un moyen de grimper. Dans les films, ça semblait tellement simple !

— QFDD, se murmura-t-il en oubliant que les autres pouvaient l'entendre grâce aux oreillettes. QFDD, QFDD, QFDD.

— C'est quoi, ça ? demanda Ally. Un code ?

— Rien, répondirent en même temps les deux amis.

— *Tout* a un sens, grogna Ally, sans toutefois insister.

Le dragon renifla puis fit passer son poids d'une patte à l'autre. La patience de Karak avait sans doute des limites.

Le pilote du bus grimpe tous les jours sur un dragon, songea Abel. *S'il peut le faire, alors moi aussi.*

Évidemment, un ailes-longues avec un bus sanglé sur le dos et aucune arme de souffle ressemblait autant à un Faucheur de l'Aube que… eh bien, Abel ne trouva pas de comparaison valable. Ils étaient tous deux des dragons, et c'était à peu près tout ce qu'ils avaient en commun. Un Faucheur de l'Aube était une arme ; un ailes-longues portant un bus, c'était juste un bus. Avec des ailes.

Abel s'approcha du flanc immense de Karak et s'arrêta à mi-chemin entre sa tête et son épaule. Le dragon baissa le menton vers le sol pour que son cou soit tendu juste au-dessus d'Abel. Ce dernier se mit sur la pointe des pieds pour attraper une corne épaisse. Elle était lisse et bizarrement tiède. Presque chaude. Abel s'en servit pour se hisser tout en s'efforçant de passer sa jambe par-dessus la nuque large de Karak.

BOUM.

Tout ce qu'il avait réussi à faire, c'est à glisser sur le côté et à s'écraser par terre.

Karak tourna sa grosse tête vers lui. Il plissa ses grands yeux orange.

— Je vais y arriver, t'inquiète pas.

Abel brossa ses vêtements puis tendit les bras pour saisir de nouveau la corne. Cette fois-ci, il sauta tout en se hissant et en lançant sa jambe mais, au lieu de le laisser tomber, Karak pencha le cou lorsque Abel bondit puis le propulsa sur son dos. Abel retomba dans un choc sourd à califourchon entre ses cornes. S'il était retombé un peu plus en avant ou un peu plus en arrière, il se serait pris un coup de corne pile à l'entrejambe. Ouch. Au lieu de quoi, il était plutôt bien installé.

— Et maintenant ? demanda-t-il.

Mais avant que Roa ou Ally aient le temps de répondre, Karak releva la tête, fléchit les pattes et se propulsa en l'air.

La tête d'Abel partit en arrière et il se retrouva plaqué aux écailles du dragon. Il serra les cuisses et se cramponna de toutes ses forces au cou de la bête tandis que le sol s'éloignait de lui beaucoup trop vite.

Tout à coup, Karak déploya ses ailes. Il s'immobilisa soudain, et la secousse faillit désarçonner Abel.

— Ah ! cria-t-il.

Karak se stabilisa à mi-hauteur entre le sol et le plafond. Abel serra si fort la corne sur le dos du dragon qu'il avait l'impression que ses jointures allaient percer sa peau.

— Les dragonniers n'ont pas une selle et un harnais, d'habitude ? lança-t-il en se cramponnant un peu plus à l'animal, au point de se retrouver presque couché sur le cou de la bête.

— Tu dois *mériter* ta selle, répondit Ally.

— Si tu essayais de mettre une selle à Karak lors de ta première monte, il te dévorerait tout cru, expliqua Roa. Même les dragons les plus apprivoisés doivent donner l'autorisation à leurs dragonniers pour qu'ils leur enfilent un harnais. La confiance mutuelle, bâtie au fur et à mesure, est la clé de tout le reste.

— D'accord… et je fais comment ? demanda Abel, qui tentait de garder l'équilibre.

Ses jambes lui semblaient toutes molles et pleines de fourmillements. Le sol était loin, très très loin, en contrebas.

— Dis-lui où aller, lui conseilla Ally.

— Sers-toi de… voulut ajouter Roa, mais l'instructrice le coupa.

— Tu dois suivre ton instinct, dit-elle. Tes équipiers au sol ne peuvent pas te dire comment voler.

— Mais vous n'êtes pas mon équipière, vous êtes ma prof ! protesta Abel, au désespoir.

— Désolée, le son s'est brouillé un instant, répondit Ally d'une voix pourtant très nette. (Abel se doutait qu'elle mentait, mais il savait qu'il n'obtiendrait rien en l'implorant.) Tu dois absolument faire *quelque chose*. Un Faucheur de l'Aube ne va pas attendre toute la journée et, lorsqu'il en aura marre de poireauter, il risque de se dire que tu seras plus utile en casse-croûte qu'en dragonnier.

Abel pria si fort dans sa tête qu'il eut peur que ses écouteurs ne transmettent ses pensées. Il serra le cou du dragon entre ses genoux en faisant basculer tout le poids de son corps vers la gauche.

Là, comme si une unique feuille avait le pouvoir de faire ployer un arbre colossal, l'énorme dragon pivota.

Abel faillit glisser de nouveau et dut vite se redresser. Aussitôt, le dragon se stabilisa. Abel se pencha de l'autre côté, et Karak obéit.

— OK, tu tournes en rond, dit Roa. Essaie peut-être d'aller tout droit, vers cette grosse porte ouverte, là-bas.

Le regard d'Abel remonta le long du cou de Karak puis au-dessus de sa tête et vit un énorme portail donnant sur la section suivante de l'entrepôt. Il était éclairé par une lumière diffuse et était si large que trois dragons auraient pu s'y engouffrer côte à côte, en ayant encore la place de tourner. Était-ce pour ça que Lina avait dissimulé Karak ici ? Savait-elle qu'il aurait besoin d'espace pour s'entraîner ?

— Comment je…

Il s'interrompit aussi sec, avant qu'Ally ne le réprimande encore. Il devrait trouver tout seul.

Il essaya de se pencher en arrière : Karak s'éleva si haut qu'Abel faillit finir écrasé au plafond. Il se pencha alors en avant et Karak redescendit puis se stabilisa au-dessus du sol. Ses ailes battaient régulièrement pour les maintenir en vol stationnaire et provoquaient des courants d'air qui faisaient tomber des conserves vides ici et là.

— Hé, Karak ! lança Abel vers la tête de la bête, qui tourna à 180 degrés pour regarder son propre dos, où Abel était perché. Alors, euh… que dirais-tu d'aller en avant ?

Plus tard, Abel en douterait mais, à cet instant, il aurait juré avoir vu le dragon sourire en coin. Karak retourna la tête pour regarder devant lui et s'élança vers le passage dans un PFFFFFIOU qui retourna le ventre d'Abel.

— AAAAAAAH ! hurla ce dernier.

Le dragon fonçait droit vers le fond de l'entrepôt, au milieu des lumières floues marquant les sorties de secours, et ils allaient s'écraser sur un mur couvert de fenêtres condamnées par des planches !

— OK, mon pote, ralentis ! Attention aux fenêtres ! lança Abel, sans succès.

— Il va essayer de s'échapper, le mit en garde Roa dans son oreillette.

— Tourne, Abel ! aboya Ally.

— Il va finir en pâtée pour chien ! s'écria Topher si fort que les oreillettes de Roa transmirent ses paroles à Abel.

— Karak ! hurla ce dernier en se penchant de toutes ses forces en arrière et sur le côté. Tourne !

Juste avant qu'ils défoncent la paroi de bois et de verre (qui aurait sans doute transformé Abel en steak haché), Karak se redressa et tourna dans la direction où penchait son cavalier. Les griffes qui bordaient son aile droite creusèrent dans les châssis en bois des fenêtres de profonds sillons carbonisés par le contact de ses griffes. Mais les fenêtres tinrent bon.

À présent, le dragon et son cavalier se dirigeaient dans l'autre direction, droit vers leur point de départ dans l'atelier plein de machines.

Abel se pencha en avant pour faire descendre Karak. Tandis qu'ils volaient en rase-mottes, le garçon se rendit compte que serrer les cuisses était le meilleur moyen d'indiquer à Karak à quelle vitesse il voulait aller. Plus ils allaient vite, plus son estomac se retournait. Son visage et son dos ruisselaient de sueur, son tee-shirt était trempé. Ses mains glissaient et son cœur palpitait. Malgré tout, il hurla de joie.

Comment une chose aussi épuisante et terrifiante pouvait-elle être aussi géniale ? Abel n'avait jamais rien éprouvé de tel. Une impression de liberté qui frôlait le danger… Il n'arrivait pas à imaginer comment les dragonniers pouvaient s'y habituer. Il avait même *peur* de s'y habituer. Une seule chose était sûre : il ne voulait plus jamais s'arrêter.

— C'est INCROYABLE ! cria-t-il lorsqu'il fila au-dessus de la machine où se tenaient Ally, Topher et Roa avant de faire demi-tour pour slalomer entre les passerelles.

Karak s'élança de nouveau à toute allure vers le mur. Abel se rendit compte que, jusqu'à cet instant, il n'avait pas vraiment compris le sens du mot « incroyable ». Là, il avait *vraiment* du mal à croire ce qui lui arrivait.

Après quelques tours supplémentaires dans l'entrepôt et l'usine, la voix d'Ally résonna de nouveau dans les oreillettes d'Abel.

— OK, dragonnier, ramène-le et essaie de te poser.

— Ep ep ! rugit Abel, comme un véritable cadet de l'Académie.

— Dans un gang, on dit « Pigé », lui apprit Roa.

Abel se sentit gêné d'un seul coup. Déjà, de ne pas savoir ça et ensuite, parce qu'il n'avait jamais entendu Roa dire ce genre de choses. Ça lui rappela aussitôt qu'iel lui avait tout dissimulé de son autre vie.

Depuis quand? se demanda-t-il. Est-ce que grandir, c'était juste comprendre que tous ceux qu'on aime nous dissimulent des choses? Et que, en retour, on apprend quelles parts de nous on veut leur dissimuler? Il n'avait jamais été doué pour cacher quoi que ce soit, ce qui expliquait peut-être pourquoi il perdait toujours à DrakoTek. Si les adultes n'y jouaient pas, c'était peut-être parce que leur vie entière était déjà un jeu de stratégie et de dissimulation. Le monde, c'est le deck et, notre vie, les cartes qu'on tient en main. Grandir, c'est apprendre les règles en cours de route en espérant qu'on ne perdra pas toutes nos cartes avant d'être devenu un bon joueur.

La voix de Roa le tira soudain de ses pensées.

— Abel, concentre-toi!

Il se ressaisit juste au moment où ils survolaient les machines puis ils refirent un tour de l'entrepôt. Il s'était complètement perdu dans ses pensées, encore une fois, mais son corps avait continué à guider le dragon. C'était bon à savoir… mais il devait apprendre à rester concentré. Un dragonnier distrait devait vite devenir un dragonnier mort.

— Ep ep! répondit-il. Euh… Pigé!

Au tour suivant, il se pencha tellement que sa joue se colla aux écailles rugueuses du dragon. Puis il serra plus fort les cuisses et les desserra lentement. Karak descendit juste au-dessus du sol en béton et, en le frôlant, ses griffes projetèrent des étincelles. Lorsque la bête se posa enfin sur le sol, elle fit des bonds si brutaux qu'Abel crut se casser les dents, et elle s'arrêta devant Roa, Ally et Topher. Puis Karak ouvrit grand la gueule comme s'il allait tous les carboniser d'une boule de feu.

— AAAH! hurla Topher en essayant une nouvelle fois de se dissimuler derrière le manche de sa serpillière.

Abel tirait toujours sur les cornes du cou du dragon. Il lâcha en criant :

— Houlà ! Tout doux !

La flamme de Karak mourut dans sa gorge. Deux serpentins de fumée sortirent de ses naseaux. Tout en poussant un soupir déçu chargé d'étincelles, il s'allongea pour qu'Abel puisse descendre.

— Youhou ! s'écria ce dernier dès qu'il retrouva la terre ferme. C'était incroyable ! Et maintenant ?

— Ne t'emballe pas, fit Ally. Ça suffit pour aujourd'hui.

— Mais je n'ai pas volé plus de cinq minutes !

— Tu parles, ça fait trois heures et demie, grommela Topher.

— Chut, le fit taire Ally.

Abel sortit son téléphone pour regarder l'heure.

— Le temps s'envole quand on vole, déclara Roa.

— Roa, examine la blessure du dragon, lui ordonna Ally. Assure-toi que les points de suture d'hier soir ont tenu le coup.

Alors qu'iel se précipitait vers Karak, Ally se tourna vers Abel.

— N'oublie pas de t'étirer. Tu vas avoir des courbatures. (Elle tendit l'index vers un abreuvoir et une chèvre attachée à un poteau.) Dès que Roa aura fini, tu nourriras ton dragon, tu le toiletteras soigneusement puis tu rentreras chez toi.

Sa gorge se noua lorsqu'il regarda la chèvre et l'abreuvoir.

— Quand on est responsable d'un dragon, ce n'est pas juste pour la vitesse et la gloire, lui expliqua Ally. Veille bien sur lui et il veillera bien sur toi. Ensuite, une fois chez toi, regarde tes e-mails. Tu auras de la lecture.

— Du nettoyage *et* de la lecture ? Mais quand est-ce que j'apprends à me battre ?

— Quand tu auras prouvé que tu es prêt, rétorqua l'instructrice en secouant la tête. Un point c'est tout.

Elle les salua, Roa et lui, puis tourna les talons. Elle claqua des doigts et Topher accourut derrière elle.

— Je te jure, mon gars, tu es l'élève le plus feignant et le plus nul que j'aie jamais vu. Je comprends que ta famille t'ait chassé de la maison pour que tu travailles pour moi, mais je ne comprends pas que les Ailes du Tonnerre m'aient punie, moi, en t'affectant à mon service.

Elle continua à le rabrouer jusqu'au sommet de l'escalier menant à la passerelle puis jusqu'à l'autre bout de la fabrique. Abel, qui avait presque pitié de lui, finit par avoir *vraiment* pitié de lui. Comme lui, Topher était *obligé* de venir ici et, en plus, il n'avait même pas le droit de monter sur un dragon.

— À demain à l'aube ! lança Ally devant la sortie. Et, Abel, cette fois-ci, n'oublie pas de mettre du déodorant, par pitié !

Elle leva les yeux au ciel avant de disparaître dehors. Abel se renifla les aisselles et grimaça. S'il parvenait à transformer cette odeur en arme chimique, il deviendrait imbattable !

13

Les jours se succédèrent ainsi jusqu'au vendredi. À l'aube, Abel sortait péniblement de chez lui et traversait la ville en bus entre les travailleurs aux yeux fatigués et les fêtards qui n'étaient pas rentrés de la nuit. Puis il se glissait dans l'entrepôt aussi vite que possible pour commencer l'entraînement. Il y avait toujours des Ailes du Tonnerre, dans leurs couleurs habituelles, adossés au mur extérieur pour monter la garde.

— *Regardez Abel, s'il se rebelle, il finira à la poubelle,* chantonna l'un d'eux à la fin de la semaine.

Il s'appelait Jusif. Il avait l'âge d'aller au lycée mais il avait lâché les cours. Il semblait passer la plupart de son temps adossé à un mur, à suçoter du gingembre confit ou assis sur un tabouret pendant qu'un acolyte lui coupait les cheveux. Il avait toujours le crâne bien rasé sur les côtés et à l'arrière mais, sur le dessus, il gardait une touffe de boucles rousses qu'il se recoiffait sans cesse. Sur sa nuque, juste à la base de son crâne, il s'était fait tatouer le symbole des Ailes du Tonnerre. Abel se demanda ce que ses parents en pensaient. Puis il se dit que, pour les gens comme lui, leur vraie famille, c'était sans doute leur gang.

— Tu veux venir me chanter cette chanson à l'intérieur ? lança Abel. Je suis sûr que Karak l'adorerait.

Jusif arrêta aussitôt de jouer les durs. Il rit nerveusement.

— J'ai... euh... un rendez-vous... chez le coiffeur! dit-il avant de disparaître au coin de la rue pour aller parier de l'argent sur une partie de DrakoTek.

Les Ailes du Tonnerre ne voulaient jamais entrer. Ils n'avaient pas peur d'Abel, mais Karak les terrifiait.

Il terrifiait aussi Abel même si, peu à peu, le dragon et lui devenaient amis. Parfois, le garçon s'inquiétait à l'idée que leur amitié soit aussi inflammable que celle qui unissait le feu et l'essence.

— Super, tu es là, le salua Roa à l'intérieur.

Iel portait un sweat-shirt aux couleurs des Ailes du Tonnerre. Ally était assortie. Topher, qui semblait bouder, avait remis ses vêtements de la veille. Ally l'envoya dehors pour voir si Jusif et les autres avaient besoin de quoi que ce soit.

— Comme ça, j'aurai pas besoin de voir ta tête de la journée, lança-t-elle.

Devant Abel, un tas d'équipements pour géants étaient disposés sur une bâche. Un énorme casque pour dragon. D'immenses plaques pour une armure de dragon. Des batteries, des tuyaux attachés à des réservoirs, des filets en fil barbelé et tout un assortiment de piques, de bombes et de gadgets menaçants. Pas franchement le genre de trucs autorisés.

— C'est de l'équipement de *combat*? demanda Abel en souriant malgré lui.

Il avait passé des jours à tourner en rond, à piquer en vrille jusqu'à en vomir, et à recommencer après avoir vomi. Ensuite, à chaque fois, séance de nourrissage et de nettoyage. On ne pouvait pas dire que l'entraînement d'un dragon était ennuyeux, mais le garçon était prêt à passer à la partie vraiment cool.

— En effet, confirma son instructrice. Par contre, c'est pas pour toi. *Ça*, c'est pour toi.

Elle lui montra un tas de cuir et de métal tout emmêlé, juste à côté de Karak, qui l'avait aussitôt ajouté à son magot.

— Ce matin, tu n'as qu'un seul objectif. Seller ton dragon.

Abel fixa Ally puis Roa, puis Ally de nouveau.

— C'est tout? (Il s'approcha du trésor et escalada les conserves jusqu'à la selle. Il agrippa l'un de ses gros anneaux métalliques et leva la tête vers Karak.) Ça ne te fera pas mal. Ce ne sont que des boucles, des sangles et des… Ouf!

Le harnais pesait bien plus lourd que ce qu'il pensait. Abel s'arc-bouta, tira si fort qu'il devint tout rouge et sentit des muscles dont il ignorait l'existence jusque-là se crisper. Il jeta un coup d'œil vers Roa mais Ally l'empêcha de l'aider.

— C'est impossible, grogna-t-il. Je n'ai pas d'équipe au sol? Et Topher?

— Topher est *mon* stagiaire, pas le tien. Et un dragonnier incapable de seller son dragon n'est pas vraiment un dragonnier. Tu t'es précipité vers le harnais sans penser à ta boucle OODA. T'es passé direct au DA.

— J'ai fait quoi? grogna-t-il.

Puis il se souvint.

OBSERVER.

s'**O**RIENTER.

DÉCIDER.

AGIR.

Abel avait décidé d'agir avant de faire les deux O.

Il lâcha la sangle qu'il tenait et regarda le harnais – pour l'*Observer.* La selle était conçue pour se placer sur la nuque du dragon. Elle était pourvue de poignées à l'avant et à l'arrière et d'un anneau où il pouvait clipser sa ligne de vie – un câble qui lui laissait sa mobilité et le retenait en cas de chute. Une grande longe s'accrochait autour du cou du dragon et des sangles partaient de l'arrière de la selle pour soutenir la queue. Le tout était relié à des cordes et à des rênes d'acier. Abel reconnut aussi les étriers en métal pour ses pieds et d'autres anneaux où il pourrait fixer des boîtes de ravitaillement, des batteries et les commandes de ses armes.

Il y avait beaucoup d'éléments mais l'ensemble n'était pas aussi emmêlé que ce qu'il avait d'abord cru et tout était conçu pour être le plus léger possible. Pourquoi avait-il tant de mal à le soulever ?

Là, il comprit. Karak avait posé une griffe sur une des sangles métalliques. Abel pouvait tirer dessus tant qu'il voudrait, jamais il ne dégagerait le harnais.

Lorsqu'il leva les yeux vers la bête, il crut de nouveau voir un sourire en coin.

— Tu me cherches, espèce de crétin de dix tonnes ?

Il se tourna vers Ally et Roa, qui ricanaient ensemble.

— Je n'arrive pas à croire que mon propre dragon m'ait joué un tour, hurla Abel. Et que vous l'ayez aidé ! Roa, on n'est pas censés être les meilleurs amis du monde ? Et vous, Ally, vous êtes ma prof !

— On fait partie d'un gang, lui rappela Ally. Pourquoi se donner tout ce mal si on ne peut pas rigoler un peu ?

Le corps de Karak frémit et des étincelles s'échappèrent de ses anneaux. Lui aussi, il riait, mais il relâcha tout de même la selle.

Maintenant qu'il avait *Observé*, Abel pouvait s'*Orienter*, ce qui signifiait dans ce cas disposer la selle dans la meilleure position possible en déployant toutes les sangles dans le bon sens, avant de *Décider* de la meilleure manière de la mettre sur son dragon.

Il la contempla longuement.

— Il n'y a pas de mode d'emploi ? finit-il par soupirer.

— Si ! répondit Roa. Je l'ai lu, mais Ally dit que tu dois trouver tout seul.

— Pfff… très bien.

Abel détestait lorsque les profs, même s'ils connaissaient la solution, préféraient regarder les élèves s'arracher les cheveux plutôt que la leur donner. Il lui fallut presque une heure pour finir sa boucle OODA et *Agir* enfin.

Et puis il plaça la selle à l'envers.

Il dut recommencer quatre fois avant de l'installer correctement. Par deux fois, il la serra si fort que Karak faillit le griller sur place et, une autre fois, il la serra si peu qu'elle tomba – et lui avec – dès qu'il tenta d'y monter.

Lorsqu'il comprit enfin le truc et qu'il s'assit fièrement sur le dos du Faucheur de l'Aube en se félicitant intérieurement (parce que personne ne le félicita *extérieurement*), Ally lui ordonna de l'enlever.

Puis elle lui banda les yeux.

— Tu dois être capable de le faire bien plus vite, et dans le noir, expliqua-t-elle. Allez.

Le soleil se couchait lorsqu'il y parvint enfin. À présent, il pouvait installer la selle parfaitement du premier coup, dans le noir et sans un bruit. Il était épuisé mais il avait l'impression d'être un vrai dragonnier.

Y compris au niveau de l'odeur.

Après que Karak eut été nourri et nettoyé, Topher vint passer la serpillière. Vu sa coupe de cheveux, Jusif et les autres avaient dû faire des expériences capillaires sur lui. Abel ne s'en mêla pas : il avait suffisamment de problèmes pour ne pas s'embêter avec ceux des autres.

Et puis, il était fasciné par l'équipement de combat déployé sur la bâche.

— On a le temps d'essayer ça aujourd'hui ? demanda-t-il à Ally. Je n'ai même pas pu voler !

— Être un dragonnier, ce n'est pas juste voler. Tu es responsable d'un autre être vivant… et de son équipement. La plupart du temps, tu seras occupé à nourrir, nettoyer et réparer.

— Mais… je pourrais voler un peu, non ? Pour que Karak n'oublie pas comment faire ?

— Ne t'inquiète pas pour lui. C'est un dragon.

— Mais, moi, je pourrais oublier. J'ai besoin de m'entraîner beaucoup, pas vrai ? Ou alors je pourrais apprendre une nouvelle technique ?

— Pas de nouvelles techniques. Tu n'es pas prêt.

— Mais si ! T'as vu comme je suis doué pour mettre une selle !

Ally haussa un sourcil, pensive. Puis elle hocha la tête.

— Très bien. Je vais t'apprendre une nouvelle manœuvre. Grimpe.

Abel rejoignit Karak en courant.

— Un dernier petit tour en l'air, mon pote ? s'écria-t-il joyeusement.

Karak, repu et rutilant, grogna mais laissa tout de même Abel le seller une nouvelle fois et grimper sur son dos.

— Encore une chose ! lança Ally d'en bas. Tu vas avoir besoin de ça, maintenant.

Elle lui lança un casque noir lisse qui scintillait un peu, comme les écailles de Karak. Il était pourvu d'une visière noire, d'un système de vision nocturne et même d'un petit ventilateur pour l'empêcher d'avoir trop chaud. Ce casque était si cool qu'Abel en oublia presque que sa fonction première était d'empêcher sa cervelle de se répandre sur le sol.

Dès qu'ils décollèrent, Ally lui donna des instructions :

— Je veux que tu voles droit vers le mur du fond. Quand tu arriveras à dix envergures de lui, du bout des doigts, dessine une spirale sur le cou de ton dragon pour qu'il sache ce que tu veux. Attends d'être sûr qu'il a compris puis tire fort vers la gauche pendant que tu te penches vers la droite : il commencera à tourbillonner sur lui-même. C'est la tornade. Un moyen de tourner sans que ton adversaire puisse prédire la direction que tu vas prendre. Tu peux interrompre la pirouette quand tu veux et partir dans le sens que tu veux.

— Compris !

Il serra les cuisses pour que le dragon prenne de la vitesse en battant des ailes droit vers le mur. Il décida au hasard qu'il devait se trouver à dix envergures, car il n'était pas très bon pour évaluer les distances, puis il traça la spirale, tira les rênes et se pencha. Karak plaqua ses ailes à son corps, le cou recourbé vers sa queue, et se mit à tournoyer.

Hourra ! Ça marchait ! Ils piquaient en vrille !

Ça marchait… trop bien… Ils tournaient vraiment très, très vite !

Abel se sentit poussé sur le côté, de plus en plus fort. Les parois de l'entrepôt tourbillonnaient autour de lui et son corps fut soulevé de la selle. Il avait oublié d'accrocher la ligne de vie !

— Houlà, Karak ! cria-t-il en tirant sur les rênes.

Mais la force centrifuge était trop forte, il ne pouvait plus s'arrêter ! Le dragon tourbillonnait encore et encore, en se rapprochant un peu plus du sol à chaque rotation. Comme il prenait de la vitesse, Abel, tiraillé vers l'arrière, tirait un peu plus sur les rênes, ce qui faisait tourbillonner Karak plus vite encore. C'était sans fin !

— Lâche ! cria Roa dans son oreillette. Saute !

— Je ne peux pas!

Le monde était tout flou autour de lui. Son corps se mit à flotter au-dessus du dragon, ses jambes se tendirent toutes seules derrière lui et seules ses mains, qui tenaient toujours les rênes, l'empêchèrent de partir en toupie dans la pièce et de s'exploser la tête. Un voile rouge lui couvrit la vue, puis blanc, puis il ne vit plus qu'un point de lumière.

— RALENTIIIIIS! hurla-t-il mais Karak ne pouvait pas l'entendre.

Il allait perdre connaissance lorsque… CRASH!

L'énorme corps de Karak heurta le sol si brutalement que celui-ci explosa : un raz-de-marée de béton pulvérisé déferla sur l'une des machines et l'enfouit. Abel fut projeté de l'autre côté et roula, cul par-dessus tête, sur le sol jusqu'à ce qu'il percute violemment un mur et s'arrête enfin. Sans son casque, il serait mort. Là, il n'avait que des bleus, des bosses, et une douleur intense dans tout son corps.

Et puis, il connaissait maintenant le goût des briques.

— Gueuh… gémit-il, ce qui lui confirma qu'il était toujours en vie.

S'il était mort, il n'aurait pas aussi mal. Puis une pensée le fit sursauter. Le corps de Karak avait amorti le gros du choc : son dragon lui avait sans doute sauvé la vie.

Il se leva d'un bond et courut jusqu'à l'animal, qui gisait dans un cratère de béton brisé et de fils électriques arrachés qui crachotaient des étincelles.

— Karak! Ça va? lui demanda-t-il en enlaçant sa gueule de ses bras.

Le dragon le toisa d'un œil, grogna en soufflant des jets de vapeur par les naseaux puis se leva laborieusement et retourna d'un pas lourd vers l'atelier pour s'allonger sur son trésor en toc.

Abel le suivit en boitillant et vit que Roa examinait le dragon au cas où il aurait été blessé.

— Il n'a rien, dit son ami. Les dragons peuvent encaisser de sacrés chocs... Toi, par contre, tu es en mille morceaux.

— Merci, grogna Abel.

Les bras croisés, Ally toisa Abel.

— Qu'as-tu appris ?

— Qu'on ne doit pas oublier son casque ? suggéra-t-il.

— Et ?

— Qu'il y a certaines manœuvres pour lesquelles je ne suis pas prêt...

Elle acquiesça.

— Bien. Donc, quand je te dirai que tu n'es pas prêt, que feras-tu ?

— Je vous écouterai.

Il regardait ses pieds.

— Précisément, asséna-t-elle avant de lui demander de l'aider à dégager le matériel de combat de la zone de chargement.

— Bon, si tous ces trucs de combat ne sont pas pour moi et Karak, pour qui sont-ils ? demanda Abel.

— Moi, répondit Ally. Et *mon* dragon.

Elle tapota son oreillette et les énormes portes au bout de l'entrepôt s'ouvrirent en grinçant, laissant entrer la lumière rouge du crépuscule. Jusif et quelques autres membres des Ailes du Tonnerre entrèrent en portant une longue chaîne sur leurs épaules. Au bout de la chaîne, une énorme cage montée sur roues, de la taille d'un char de carnaval, et recouverte d'un drap tout aussi monumental. Ally le fit glisser d'un mouvement sec.

À l'intérieur se trouvait un Dard Jaune. Son mufle et sa queue étaient couverts de longs aiguillons – le plus grand avait la taille d'Abel.

Le dragon baissa les yeux vers Ally, ouvrit la gueule, et hurla si fort que même Karak se cacha la tête sous l'aile.

La bête était furieuse. Ally sourit.

— J'ai fait ce que tu m'as dit, déclara Jusif, la voix tremblante de peur. Je lui ai montré un coffret rempli de bijoux, puis je l'ai caché. Elle est plus enragée qu'un pangolin coincé dans un sac à main.

— Tant mieux, fit Ally avant de glisser sa main entre les barreaux de la cage pour tapoter le gros pied du dragon. Elle est prête pour le combat de ce soir.

— Un combat? murmura Abel à Roa.

— Les Griffes Rouges nous ont défiés. Comme Karak et toi, vous n'êtes pas prêts, c'est Ally qui va monter Zoonia pour affronter leur dragon. Et *nous,* nous serons son équipe au sol.

Topher sauta sur place, tout excité.

— On va voir un *vrai* combat de dragons! s'écria-t-il. Ce soir!

— J'ai déjà appelé tes parents pour les avertir que tu rentrerais un peu tard, lança Ally à Abel. Maintenant, change-toi, tu dois porter nos couleurs.

Jusif lui lança une combinaison bouffante avec le symbole du dragon-éclair brodé en fils violets réfléchissants sur tout le dos et en haut des manches.

— Si tu te débrouilles bien, on te tatouera peut-être notre symbole sur la nuque.

Il éclata de rire avant de lever les yeux vers Karak et d'ajouter sur un autre ton :

— Enfin, bon… si… tu en as envie.

— T'es un *vrai* dur, Jusif, se moqua Roa. Assure-toi juste de me couvrir, quand on y sera. C'est ton boulot, pas vrai? Couvrir les autres, et pas jacasser comme une pie sans cervelle.

— Tu fais ton boulot, je fais le mien, rétorqua Jusif. Mais que va faire Abel le Rebelle ? On n'a pas besoin d'un boulet dans l'équipe.

— En nous observant, il apprendra beaucoup, les coupa Ally. Et il essayera d'éviter de perdre la tête, comme le dernier type qui a porté cette combi.

Le cœur d'Abel se serra.

— Il n'a pas *littéralement* perdu la tête, le rassura Roa.

— C'est vrai, gloussa Yusif. Elle était encore attachée d'un côté !

14

Les Plaines de Glace entouraient Drakopolis, au-delà des districts des gratte-ciel et des immeubles d'habitation, plus loin encore que les usines, les entrepôts et les fermes verticales.

Jadis, les Plaines étaient un immense désert de sable. Et si l'on remontait plus loin encore dans le temps, à en croire les histoires, c'était une jungle luxuriante. À cette époque-là, il n'y avait pas encore d'êtres humains et les dragons vivaient à l'état sauvage. Ces monstres célestes sans foi ni loi s'étaient nourris des animaux, des insectes et des végétaux offerts par la terre, et quand il n'était plus rien resté, ils avaient commencé à s'entre-dévorer. Au fil de leurs combats sanglants, leur souffle brûlant avait transformé le sable en verre, créant un désert lisse et stérile. Les dragons avaient ainsi failli provoquer leur propre extinction.

Les rares survivants, furieux, affamés, encerclés par un désert sans fin de verre incolore, auraient succombé à leur tour s'ils n'avaient pas été sauvés par les humains qui venaient d'arriver – les histoires ne disaient jamais d'où ces êtres humains venaient ni ce qu'ils avaient fait jusque-là.

Ces gens fondèrent la cité de Drakopolis, pacifièrent les dragons – les histoires n'expliquaient jamais comment – et bâtirent un foyer où tous purent trouver abri et nourriture. L'humanité avait sauvé les dragons et leur avait trouvé une utilité – en restant sans cesse occupés, les dragons avaient trouvé la paix.

Il faut donner un objectif aux dragons, disaient les histoires, *pour qu'ils n'entrent plus en guerre les uns contre les autres. On doit leur donner un but : servir l'humanité. Pour leur propre bien.*

Voilà ce que racontaient les légendes.

Tout ça s'était déroulé il y a bien longtemps mais, aujourd'hui encore, lorsque l'heure était venue pour eux de se battre, les dragons retournaient dans le désert des Plaines de Verre. C'était là-bas que débutaient tous les combats des clans.

Le soleil venait de se coucher lorsque Ally et les Ailes du Tonnerre arrivèrent sur place. Il faisait sombre mais, derrière eux, la ville grouillait encore d'activité. Les gens rentraient chez eux après le travail, sortaient dîner, finissaient leurs entraînements ou leurs répétitions. La mère d'Abel venait sans doute tout juste de sortir de l'usine et débutait le long vol en bus qui la ramènerait chez elle.

Les lumières de la ville ondulaient sur le verre coloré qui entourait Abel. La vue était à couper le souffle. La voûte étoilée lui rappelait Karak, resté dans l'entrepôt. Il contemplait des galaxies lointaines en forme de spirales, des tourbillons et des queues d'étoiles filantes, ainsi que des constellations qu'il ne voyait jamais depuis la fenêtre de sa chambre, en ville.

— Wahou, fit-il.

— Tu l'as dit, renchérit Roa.

— Grave, soupira Topher.

Même lui ne pouvait rester sarcastique quand l'univers tout entier dansait au-dessus d'eux.

— Hé, baissez les yeux, aboya Jusif. Vous êtes l'équipe au sol, pas l'équipe tête en l'air. Et toi, lança-t-il à Topher. Va aider Olus à porter le matériel avant que je te donne en quatre heures aux dragons.

Topher se précipita vers le chef des Ailes du Tonnerre, qui triait tout un tas d'outils, de fournitures et d'armes amovibles pour améliorer les performances de leur dragon. C'était comme un deck de cartes DrakoTek grandeur nature.

— File-moi la clé Allen, espèce de salamandre baveuse, cracha Olus à Topher. Sinon je me sers de tes dents pour desserrer ce boulon !

Le pauvre Topher fila vers la caisse à outils et fouilla bruyamment.

— Notre boulot, c'est de garder Zoonia en état de voler, expliqua Jusif. Roa, tu assures les soins, évidemment. Moi, je fais le guet et je préviens Ally en cas de problèmes. Olus, c'est le mécano, il s'occupe de réparer et d'améliorer l'équipement quand elle revient dans l'arène.

— Votre mécano, c'est votre chef? s'étonna Abel en lorgnant le meneur qui grondait Topher car il lui avait apporté une clé de la mauvaise taille.

— Les Ailes du Tonnerre valorisent l'intelligence plus que tout le reste, expliqua Roa. Certains clans idolâtrent leurs dragonniers mais, nous, nous admirons nos mécanos et nos soigneurs. Ce qui explique pourquoi on te laisse monter Karak sans... aucun entraînement. Moi, je devrai rester en apprentissage des années.

— Je me suis entraîné! protesta Abel. Et c'est Karak qui me laisse le monter, pas les Ailes du Tonnerre.

— Mais oui, bien sûr.

Abel soupçonna Roa de se moquer de lui.

Ils avaient équipé le Dard Jaune d'une armure et d'armes. Les aiguillons de sa queue étaient à présent coiffés de grenades. Pour bien viser sa cible, Zoonia portait un casque pourvu d'un pointeur laser et de câbles reliés à l'arrière de sa mâchoire. Les

Dards Jaunes crachaient du feu, ce qui était le plus commun chez les dragons, mais ce feu n'était pas aussi chaud que celui de nombreux adversaires. Pour améliorer son attaque, les Ailes du Tonnerre avaient donc inventé une espèce de masque qui couvrait le mufle de Zoonia. Lorsque sa flamme passait à travers ce masque, elle s'imprégnait d'un produit chimique semblable à du sirop. Quelle que soit la cible visée par la boule de feu, la flamme s'y collait et brûlait lentement, à très haute température, et longtemps, très longtemps. Elle était capable de faire fondre une armure. Abel frémit à l'idée de ce qu'elle pourrait infliger à un être humain.

Tout à coup, une ombre aux larges ailes déployées glissa sur eux. La silhouette dentelée d'un dragon éclipsa la lumière des étoiles. La bête se mit à tournoyer et atterrit sur les Plaines de Verre dans un cliquètement de griffes. Puis, après s'être redressée sur ses pattes arrière, elle lança un terrible rugissement.

Leur adversaire des Griffes Rouges était arrivé sur le dos d'un Faiseur de Veuves Rubis.

Le dragon rouge vif était équipé d'une armure ventrale tout aussi rouge que lui et des lance-missiles avaient été placés à la base de ses ailes. Il avait glissé ses pattes avant dans des gants géants spéciaux surmontés de lance-flammes et ses pattes arrière portaient d'énormes lames, deux fois plus longues que les griffes qu'elles couvraient. Son casque était aussi rouge que ses écailles et une visière arc-en-ciel lui couvrait complètement les yeux. Les Faiseurs de Veuves étaient des dragons minéraux et, comme arme de souffle, ils crachaient des fragments de pierres précieuses tranchants comme des lames de rasoir. Ces éclats pouvaient facilement ricocher et blesser le dragon lui-même, ce qui expliquait qu'on ne pouvait pas jouer un Faiseur de Veuves à DrakoTek si on n'avait pas aussi une carte d'équipement spéciale pour lui protéger les yeux. C'était l'un des rares dragons si puissants qu'ils risquaient de se blesser eux-mêmes.

Le dragonnier était recouvert de la tête aux pieds d'une armure rouge et portait un casque à effet miroir. Il mit pied à terre et l'enleva très lentement pour ménager son effet. C'était Sax, le voyou qui avait ravagé l'appartement d'Abel. Il lui sourit de toutes ses dents jaunes.

— Ta sœur nous a volés, hurla-t-il. Et maintenant, le dragon est tombé entre les mains des Ailes du Tonnerre. Rendez-le-nous.

— On ne rendra rien du tout, beugla Olus à la place d'Abel. Et je suis insulté qu'ils t'aient envoyé, toi, pour nous combattre. Où est ton boss ?

— Les meneurs des Griffes Rouges ont mieux à faire que se battre pour des miettes, rétorqua Sax.

Olus cracha au sol et dit :

— Démonte-moi ce crétin.

— Pigé, répondit Ally en inclinant la tête, avant de se tourner vers Sax : Vos conditions ?

— Nous voulons le Faucheur de l'Aube.

— Non. Vous ne pouvez remporter que le dragon qui participe au combat. C'est comme ça. Le vainqueur remporte le dragon de l'autre.

— Dans ce cas, je veux affronter le Faucheur de l'Aube !

— Son dragonnier n'est pas encore prêt. C'est moi que tu affronteras.

— Bon, très bien. Voici nos conditions : quand nous aurons gagné, nous aurons le droit d'affronter le Faucheur de l'Aube la semaine prochaine, qu'il soit prêt ou non.

— Et si tu perds ?

Sax éclata de rire si fort qu'il faillit s'étouffer.

— *Si* je perds, tu gagnes Zuk. (Il pointa du doigt son dragon rouge vif.) Et… nous blanchirons la sœur de ce garçon.

Le cœur d'Abel fit un bond dans son poitrail. Voilà qui pourrait peut-être régler *tous* les problèmes de sa famille et, en plus, il n'aurait pas besoin de se battre !

— Sa sœur est une Chevalière du Ciel, soupira Olus. Pourquoi voudrions-nous l'aider ?

Le moral d'Abel tomba dans ses chaussettes mais Ally se tourna vers l'homme et leva les pouces. Olus opina.

— D'accord, grogna-t-il à l'intention de Sax. J'accepte pour faire plaisir au gamin.

Abel sourit.

— Ne te réjouis pas trop, lui murmura Olus. Si on tire ta sœur de ses problèmes, ça veut dire que tu nous devras une faveur, comme ton ami Topher.

— C'est pas mon…

— La gentillesse a toujours un prix, dans cette ville, mon gars, l'interrompit Ally. Tu vas devoir t'y faire.

Abel n'avait aucune envie de s'y faire. Pour lui, la vraie gentillesse ne se marchandait pas. C'était un cadeau. Et il n'appréciait pas du tout la façon dont les membres des gangs détournaient cette qualité…

Une petite silhouette surgit des ténèbres entre deux projecteurs à la frontière de la ville. Elle filait dans leur direction au-dessus du verre lisse, grandissant à vue d'œil.

Abel se crispa.

— C'est l'Œil du Dragon ? hoqueta-t-il.

Il était terrifié à l'idée de finir à la Prison de Windlee mais encore plus à l'idée que ses parents découvrent que Roa, lui-même *et* leur prof leur avaient menti. Il ne voulait pas les décevoir. Ils avaient suffisamment de soucis comme ça.

— Non, les officiers de l'Œil du Dragon volent sur des wyvernes, répondit Roa. *Ça,* c'est Fitz.

La silhouette s'agrandit de plus en plus tandis que Fitz, le propriétaire de Chimère & Cie, survolait les Plaines sur le dos d'un dragon-serpent coloré. La créature possédait un corps long et fin, quatre pattes puissantes couvertes d'écailles et une épaisse crinière blanche qui flottait au vent. La bête s'arrêta en tourbillonnant entre les deux équipes et Fitz sauta du dos de sa monture avec une grâce surprenante pour un homme de sa corpulence.

Fitz était une légende dans la cité. Même si tout le monde pensait que c'était un ancien voyou, personne ne savait à quel clan il avait appartenu. Il avait les symboles des gangs principaux tatoués sur les phalanges d'une des mains, et les lettres du mot « UNITÉ » sur celles de l'autre. Les tatouages qui couraient tout le long de son bras racontaient des histoires dont certaines se passaient de l'autre côté des Plaines de Verre, où il aurait voyagé avec la Légion Draconique, d'autres dans la Prison de Windlee, où il se serait porté volontaire pour être infirmier à l'hôpital pénitentiaire. Il avait une dent en verre draconique qui scintillait dès qu'il laissait échapper l'un de ses éclats de rire tonitruants, ce qui arrivait souvent.

— Désolé d'être en retard. C'était l'heure du conte à la librairie. Vous n'imaginez pas le nombre d'histoires que peut réclamer un groupe d'enfants de trois ans ! Bon, comme il restait des beignets, je les ai apportés ! Quelqu'un en veut ?

Il tendit la main vers ses sacoches, d'où dépassait une boîte rose vif. Abel en eut aussitôt l'eau à la bouche.

— Moi, fit Topher.

Olus lui tapa aussitôt sur la main et le força à ranger ses outils par ordre alphabétique.

— C'est une bataille, pas un goûter, grogna Sax. Allez !

— Évidemment. (Fitz s'inclina devant lui.) Pour information, je ne sais rien de cet événement et je ne suis venu ici que pour ma promenade du soir.

Lorsqu'il remonta en selle, il croisa le regard d'Abel et abandonna son sourire radieux pour froncer un instant les sourcils. Il ne s'attendait visiblement pas à le voir. Il s'éclaircit alors la gorge, reprit son expression joviale et s'adressa à tous de sa voix tonitruante habituelle :

— CHALLENGER ! PRÉSENTEZ VOTRE TRÉSOR !

Sax, en tant que challenger des Griffes Rouges, s'avança en brandissant un grand objet qui évoquait un bouclier, sauf qu'il semblait fait d'or massif et qu'il était couvert de pierres précieuses. C'était l'emblème des Griffes Rouges, reproduit avec des rubis d'un côté et des diamants de l'autre. Il devait valoir une fortune. Et il paraissait aussi très lourd.

— Dragons, à vos antres ! cria Fitz.

Les concurrents allèrent monter leur dragon.

— Comme d'habitude, je placerai ce trésor sur un toit dans les limites de la ville et j'enverrai ce signal lorsqu'il sera en place.

Fitz tira doucement sur ses rênes. Son dragon pencha la tête en arrière et ouvrit grand la gueule. Une boule de feu violet se forma au fond de sa gorge puis fusa vers le ciel telle une comète brillante. Au firmament, elle explosa en rosace arc-en-ciel qui retomba telle une pluie d'étincelles colorées.

— Scrutez l'horizon, reprit Fitz avant de tirer sur les rênes en criant : Ep ep !

Deux fines ailes violettes surgirent des flancs de sa monture, qui prit son envol d'un bond avec une vitesse impressionnante. Bientôt, l'homme disparut parmi les lumières de la ville.

Maintenant, ils devaient attendre le signal. Dès qu'il apparaîtrait, ils devraient retrouver le trésor quelque part dans la ville avant l'autre équipe, s'en emparer et rejoindre leur antre. Quiconque rapportait le trésor dans son antre en premier remportait la bataille.

Chaque camp possédait une équipe au sol capable de donner des conseils et des instructions, faire des réparations et apporter des soins rapides. Seuls le dragonnier désigné et son dragon de combat pouvaient participer à l'affrontement. Toute intervention d'un autre dragon était considérée comme de la triche et entraînait une défaite immédiate. De plus, les équipes au sol n'avaient pas le droit de se battre entre elles.

Voilà à quoi se résumaient les règles.

— Fitz a combien de temps pour cacher le trésor ? demanda Abel. Et pourquoi c'est lui qui s'en charge ?

— Parce que c'est le seul à qui toute la ville fait confiance, expliqua Roa. Mais ça ne signifie pas que tout le monde le respecte. Les gangs ont des espions qui observent ses va-et-vient, si bien qu'il doit être très discret. Il ne faut pas qu'on voie où il cache le trésor et il ne faut pas non plus qu'il envoie le signal depuis la cachette. Il est vraiment très doué. Personne n'a jamais réussi à le surprendre pendant qu'il le planquait.

— Est-ce que les Ailes du Tonnerre l'espionnent aussi ?

— Bien sûr. Nous plaçons la connaissance au-dessus de tout. Qu'est-ce qu'un espion, sinon quelqu'un qui recueille des informations ?

— C'est de la triche.

— Non, vu que ça ne va pas à l'encontre du règlement, intervint Jusif. Détends-toi. Ça va être drôle !

— C'est un combat mortel et illégal, lui rappela Abel.

— Exactement ! fit Jusif en brandissant le poing. C'est ce que je dis, ça va être drôle ! Hé, Topher le Gaffeur, passe-moi une cannette.

Abel fronça les sourcils pendant que Topher apportait un Dracola pris dans la glacière avant de retourner auprès d'Olus. Il avait l'air vraiment malheureux. Abel ne voulait pas finir comme lui, piégé, obligé de servir d'esclave à ces criminels perfides. Il se tourna vers Roa, ne sachant pas ce qu'il devait faire.

— C'est mon premier combat aussi, lui confia son ami. J'ai trop hâte ! C'est magnifique, ici, non ?

Abel leva la tête vers les étoiles puis contempla leur reflet sur les Plaines de Verre. L'idée de voir les ailes scintillantes de Karak déployées dans ce décor lui fit battre le cœur. Il serait bien mieux, là, à voler librement au grand air, au lieu de rester enfermé, à l'étroit, dans l'entrepôt. L'air semblait plus frais, en plus, loin du mélange d'odeurs de sueur, de métal et de crotte de dragon qui flottait dans la ville. Et, à cette distance, la cité elle-même paraissait magnifique. Il ne l'avait jamais vue de l'extérieur. De là, on ne voyait pas la crasse, ni les bâtiments en ruine ni les plates-formes fendues. On aurait dit un endroit magique où tous les enfants rêveraient de grandir. Abel éprouva soudain une bouffée de gratitude, parce qu'il avait simplement la chance d'être né là-bas, d'être jeune et en vie, et de s'être fait embarquer dans une sacrée aventure. C'était beau, effrayant et, d'accord… Jusif avait peut-être raison… Un peu drôle aussi.

— Hé, concentre-toi ! cria Olus pour attirer son attention. Guette le signal !

Il le vit presque aussitôt. Une boule de feu violet fusa dans le ciel avant d'éclater en étincelles arc-en-ciel.

Le Faiseur de Veuves des Griffes Rouges décolla en premier. Ally, sur son Dard Jaune, s'envola un instant plus tard, filant dans le ciel pendant que sa monture hurlait.

Un canon accroché au flanc du Faiseur de Veuves et braqué vers l'arrière cracha une épaisse fumée orange. Le Dard Jaune dut l'esquiver par un piqué en spirale qui le ralentit et laissa au dragon des Griffes Rouges l'occasion de se retourner pour le mordre. Des serres crissèrent sur du métal dans un déluge d'étincelles qui illumina la nuit. Les dragons s'affrontèrent en rugissant avant de s'écarter pour filer vers la ville. Ally ralentit et se retrouva derrière le combattant des Griffes Rouges. Zoonia cracha un jet de feu qui percuta l'armure ventrale du Faiseur de Veuves. Ce dernier rugit puis changea de direction brusquement pour s'échapper. Ally prit de la vitesse et tourna dans la direction opposée.

C'est une course, un vol et un duel, se rappela Abel. Il fallait donc être rapide, intelligent et fort. À l'évidence, Ally possédait ces trois qualités. *Et moi?* se demanda-t-il en pensant au jour où il devrait lui aussi se battre.

Les deux dragons disparurent dans les lumières éblouissantes de la ville.

C'est ainsi que commença le premier combat de dragons d'Abel.

15

— Ne perds pas leur dragon de vue, lui expliqua Roa. Nous devons savoir où ils cherchent, s'ils trouvent quoi que ce soit et s'ils font demi-tour pour attaquer Ally.

Iel lui tendit des jumelles high-tech pourvues d'un bouton pour activer la vision nocturne, d'un autre pour la vision infrarouge et même d'un troisième qui permettait de voir à travers les immeubles et de détecter l'énergie unique que dégageaient les dragons.

— Ne les fais pas tomber ! hurla Olus. Elles valent plus cher que n'importe laquelle de nos vies.

Abel les attrapa aussi délicatement que s'il tenait un œuf de dragon. Elles se réglèrent automatiquement lorsqu'il les porta à ses yeux, ce qui était assez cool, et il vit le Faiseur de Veuves Rubis comme s'il était encore devant lui. L'animal décrivait des cercles paresseux au-dessus d'un quartier périphérique. Pas comme s'il cherchait quoi que ce soit, mais plutôt comme s'il attendait.

— Les Griffes Rouges n'aiment que le pouvoir, déclara Roa. Ils attaquent toujours dès le début, pour intimider l'adversaire… mais, en fait, c'est juste pour installer un mouchard.

Iel pointa le doigt vers Zoonia, qui volait au-dessus d'un toit, puis d'un autre, à l'affût, dans un quartier intermédiaire. À travers les jumelles, Abel aperçut le gadget clignotant que Sax avait attaché discrètement à Zoonia lors de la collision entre les deux dragons.

— Ally, tu as un mouchard sur le ventre, lui apprit Roa dans l'oreillette, avant de s'adresser à Abel. Toi, tu dois fixer *leur* dragon, pas le nôtre.

Abel scruta la voûte nocturne pour retrouver le Faiseur de Veuves mais il ne put s'empêcher de revenir sur Ally : s'aidant des anneaux fixés partout sur son harnais, sa prof descendit sous Zoonia pour enlever le mouchard. Dès que le gadget tomba dans le vide, Sax éperonna son dragon pour qu'il prenne de la vitesse et commença à chercher le trésor par lui-même.

— Bien tenté! hurla Jusif à l'équipe au sol des Griffes Rouges, dont les membres répondirent par un geste grossier.

Le Faiseur de Veuves disparut entre deux immeubles abritant des fermes verticales. Abel appuya sur un bouton pour passer en mode Vue Draconique. Des gratte-ciel, il ne voyait plus que les contours. En revanche, il distinguait les silhouettes vert vif de centaines de dragons qui volaient partout entre les tours. Lorsqu'il appuya sur d'autres boutons, les jumelles affichèrent automatiquement les noms des espèces de tous les dragons qu'il voyait, ce qui l'aida à repérer les deux qui l'intéressaient. Un autre bouton permettait même de les verrouiller pour que leurs silhouettes brillent davantage afin qu'il ne les perde pas au milieu des taxis, des cargos et des bus nocturnes.

Alors qu'il observait le Faiseur de Veuves qui faisait des zigzags au-dessus du sol, ce dernier partit soudain en flèche vers le ciel pour survoler un quartier résidentiel.

— Des infos? demanda Ally dans l'oreillette d'Abel.

— Euh… Leur dragon est au-dessus d'un immeuble d'habitation.

Ally répondit d'un ton sec et impatient, comme lorsque Topher donnait une mauvaise réponse à une question facile en classe :

— Est-ce qu'ils se déplacent comme s'ils avaient trouvé quelque chose ou est-ce qu'ils foncent vers moi ?

— Je ne sais pas, admit-il en se sentant bête. Ils se contentent de… voler, quoi.

— Abel, sers-toi de ta tête ! s'énerva sa prof. Que sais-tu sur eux ?

— Eh bien, Sax, le pilote, est débile.

— *On est tous débiles*, ricana Jusif. C'est pour ça qu'on s'amuse.

— Non, Sax est tellement débile qu'il menace de frapper des enfants, insista Abel. Je parie qu'il ne cherche même pas le trésor. Il attend juste que tu le trouves pour te le voler.

Il abaissa ses jumelles et jeta un coup d'œil à l'équipe technique des Griffes Rouges. Ils parlaient à Sax grâce à leurs propres oreillettes sans quitter Abel des yeux.

— Bien, fit Ally. C'est sans doute vraiment sa stratégie.

— Ou alors il veut te faire *croire* qu'il ne cherche pas, pour que tu ne remarques rien quand il le trouvera, alors que, en fait, il le recherche *vraiment*, ajouta Roa.

— Toi, tu réfléchis trop, lui répondit Ally. Parfois, ça peut être pire que ne pas réfléchir du tout.

Iel grogna et Abel se retint de sourire. Il était rare qu'un prof lui fasse un compliment au détriment de Roa.

— Je passe à l'offensive, annonça Ally. Pigé ?

— Pigé, répondit Olus.

— Ça veut dire qu'elle pense avoir trouvé le trésor, traduisit Roa pour Abel.

— Ça vient ! hurla Olus. Abel, fais ton boulot !

Abel remit les jumelles devant ses yeux mais ne parvint pas à trouver le Faiseur de Veuves tout de suite. Puis il l'aperçut, filant au-dessus des hauts toits d'un district d'entrepôts, droit vers le Dard Jaune d'Ally, qui tournait autour d'une école.

— Qu'est-ce qui se passe si une équipe neutralise le dragon adverse ? demanda Abel. Ou, genre, qu'elle tue l'autre dragonnier ?

— Alors elle aura tout le temps du monde pour trouver le trésor. Mais elle doit quand même le trouver pour gagner.

— Même si l'autre participant est…

— Mort, intervint Jusif. Ouaip. Ça rend les choses bien plus faciles, du coup.

— C'est une stratégie qu'apprécient les Griffes Rouges, confirma Roa en haussant les épaules. D'abord, ils tuent le dragonnier adverse, ensuite, ils cherchent tranquillement le trésor.

— C'est brutal.

— C'est pourtant ce qui se passe dans toutes les vieilles histoires, expliqua Roa. Des chevaliers tuant des dragons pour leur prendre leur trésor. Des dragons tuant des chevaliers pour la même raison. Au moins, ici, le combat est équitable… à peu près. Et, mon boulot, c'est de m'assurer que notre dragon ne se fait *pas* tuer. Ce sont des créatures coriaces, et j'arrive bien à les soigner. De toute façon, quand on gagne, on remporte souvent le dragon adverse. Et comme personne ne veut perdre son butin, les dragons se font rarement tuer dans ces batailles.

— Et les cavaliers ?

— Ça… oui, ça arrive. (Roa haussa de nouveau les épaules.) Mais Ally ne risque rien. Détends-toi.

— Me détendre ? Maintenant ?

Abel secoua la tête et regarda les deux dragons fondre l'un sur l'autre, les armes brandies.

Le Faiseur de Veuves se trouvait au-dessus du Dard Jaune. Il tira en premier, crachant une salve de gemmes scintillantes vers Ally. Pour l'esquiver, elle entraîna son dragon dans un piqué en spirale puis bloqua l'attaque avec son armure ventrale, ce qui fit grimacer Roa et Abel. L'armure était résistante, mais pas impénétrable, et le ventre était le point faible des dragons.

Le Dard Jaune rugit. La plupart des gemmes avaient raté leur cible et avaient criblé de trous un immeuble de bureaux derrière eux. Zoonia releva sa queue en passant sous son opposant, et deux des grenades fixées à ses aiguillons partirent vers leur cible. Elles explosèrent sur le gros dragon rouge, qui s'écrasa brutalement contre le mur d'un gratte-ciel voisin. Sax reprit le contrôle de sa monture et plongea vers le toit d'un centre commercial en arrachant au passage deux passerelles d'atterrissage.

Abel espérait vraiment que personne ne travaillait tard dans ces immeubles. Un combat de dragons, c'était suffisamment dangereux comme ça pour les cavaliers ; inutile qu'il y ait d'innocentes victimes en plus.

— Patate ! hurla l'un des techniciens au sol des Griffes Rouges, ce qui fit se tourner Abel et les autres Ailes du Tonnerre dans sa direction.

— Pourquoi est-ce qu'il vient de crier « patate » ? demanda le garçon.

— Ça doit être un code, répondit Roa.

— Pour quoi ? s'enquit Abel, qui eut sa réponse lorsque le Faiseur de Veuves chargea une nouvelle fois Ally et Zoonia.

— Ça veut dire qu'ils savent qu'elle a trouvé le trésor...

— Derrière toi ! cria Jusif lorsque le gros dragon fondit sur elle.

Zoonia vola d'un côté puis de l'autre et fouetta l'air avec sa queue hérissée pour lancer des grenades. Les lance-flammes du Faiseur de Veuves neutralisèrent les grenades avant qu'elles aient le temps d'exploser puis il cracha des éclats de gemmes acérés. Ally esquiva l'attaque de souffle et ordonna à son dragon de faire demi-tour.

Mais pas assez vite.

Des éclats frôlèrent une patte de Zoonia, qui hurla si fort qu'ils l'entendirent même depuis les Plaines de Verre.

— Elle est blessée ! cria Roa en regardant dans ses propres jumelles. Elle saigne !

— Ally ou Zoonia ? demanda Abel.

— Zoonia, crétin, cracha Jusif. Si les gemmes avaient touché Ally, elle tomberait du ciel en mille morceaux.

— J'ai besoin de récupérer des grenades, prévint Ally alors qu'Abel l'imaginait encore en train de se faire déchiqueter par des pierres précieuses quelque part au-dessus de la ville. Avant ma prochaine tentative. Surveille-les, Abel.

Voyant qu'elle battait en retraite vers les Plaines de Verre, le Faiseur de Veuves cessa de la poursuivre et partit à la chasse au trésor. Il tourna en cercle au-dessus de la zone qu'elle survolait pour tenter de repérer ce qu'elle avait vu.

Le Dard Jaune atterrit près d'eux dans un cliquètement de griffes tout en projetant des éclats de verre lisse dans son sillage. Olus, qui portait une grosse ceinture à outils, surgit à côté de son harnais avant même qu'il se soit immobilisé. Aussitôt, il se mit à attacher de nouvelles grenades à la queue de l'animal, à redresser à coups de marteau l'armure cabossée et à boucher les trous à l'aide d'un petit chalumeau tout en hurlant sur Topher pour qu'il lui tende les bons outils. Le voir à l'œuvre était vraiment stupéfiant.

Pendant ce temps, Roa, à genoux sous le dragon, déployait la même énergie que lorsqu'iel répondait à des questions en cours. Iel utilisait une grosse pince à épiler motorisée pour ôter de la patte blessée des fragments sanglants de verre rouge. Ally mit pied à terre pour s'approcher d'Abel.

— Qu'as-tu appris ?

— Que ces combats sont brutaux.

— Les dragons sont des créatures brutales, dès leur naissance. Même si nous les dressons pour qu'ils portent nos bus et fournissent de l'énergie à nos usines, ce sont des combattants-nés. Ces combats leur donnent une chance d'être eux-mêmes. Ne te laisse pas apitoyer. Dis-moi ce que tu as appris en matière de tactiques et de stratégies.

— Les Griffes Rouges ne jurent que par la violence. Du coup, leur équipe ne sait pas comment chercher, ni même par où commencer.

Il tendit le doigt vers la ville, où le dragon rouge allait et venait, scrutant le même paysage encore et toujours, sans succès. Les techniciens adverses échangeaient des messes basses en gesticulant, comme s'ils se disputaient.

— Ils sont forts mais pas malins.

Ally opina.

— Nous, nous sommes intelligents, mais pas assez forts pour vaincre leur dragon. Alors qu'est-ce qu'on fait ?

— Euh… on ruse ?

— Exactement, répondit Ally en lui claquant le dos avant de remonter sur son dragon.

— Paré ! cria Olus.

Il attacha une dernière grenade et sauta au sol.

— Paré ! cria Roa en s'écartant du dragon.

Zoonia se mit aussitôt à courir pour prendre son essor, mais pas dans la direction d'où elles venaient. Ally ne rebroussait pas du tout chemin. Pourquoi ? En quoi se rendre au mauvais endroit permettrait-il de les battre par la ruse ?

Oh.

Abel comprit ce qu'elle mijotait. Les Griffes Rouges étaient des tricheurs. Ils comptaient vraiment la laisser faire tout le boulot et lui piquer le trésor au dernier moment – comme un tricheur au collège qui copie sur nous sans essayer de réfléchir par lui-même. Et comment on peut berner un copieur ?

En faisant exprès d'écrire la mauvaise réponse et en la changeant au dernier moment lorsqu'il regarde ailleurs.

— Corneguidouille ! hurla Abel.

Roa et Olus se tournèrent vers lui. Jusif garda ses jumelles braquées vers la ville mais grommela :

— À quoi ça sert de crier n'importe quoi ?

— Je veux qu'ils pensent que *nous aussi* on a un code, murmura Abel dans le micro pour qu'ils ne l'entendent que par leurs oreillettes… et pour que son instructrice sache à quel point il pouvait être utile. Je veux qu'ils pensent qu'elle a trouvé le trésor par là-bas.

Roa sourit de toutes ses dents lorsque les Griffes Rouges marmonnèrent dans leurs propres oreillettes en jetant des coups d'œil vers Abel. Son plan marchait à merveille.

Le Faiseur de Veuves se lança à la poursuite d'Ally. Le Dard Jaune se tourna en plein vol pour cracher vers lui une boule de feu collant, qui rata sa cible et s'écrasa sur un immeuble.

De la fumée s'échappa lorsque les flammes dévorèrent l'acier, firent fondre le métal et le verre sur les poutrelles. Des fils électriques dénudés crachèrent des étincelles en se tortillant dans tous les sens.

Ally prit Sax en chasse en pleine rue, effrayant les dragons-taxis et les dragons-livreurs et manquant de renverser un bus du dos d'un autre. Le Faiseur de Veuves finit par s'écraser au milieu d'un marché à ciel ouvert, sur la véranda qui coiffait l'un des bâtiments. Ally le survola en évitant le désastre que Sax avait laissé dans son sillage.

— Comment se fait-il que la police n'intervienne pas ? se demanda Abel. Ils détruisent des bâtiments et blessent peut-être même des gens !

— Le gang paie la police pour qu'elle ferme les yeux, expliqua Roa. Elle ne viendra que si le combat devient hors de contrôle.

À cet instant, le Faiseur de Veuves donna un coup d'aile dans la façade d'un immeuble pour briser toutes les fenêtres, créant un nuage d'éclats de verre qu'Ally dut traverser. Tous ces éclats retombèrent en pluie sur la place en contrebas, où des gens couraient partout pour se mettre à l'abri.

— C'est pas déjà *assez* hors de contrôle ? s'étrangla Abel devant l'étendue des dégâts.

Il espérait que le combat finirait bientôt pour que personne ne soit blessé. Il se moquait même de savoir qui allait gagner !

… jusqu'à ce qu'il se souvienne que, si c'était les Griffes Rouges qui l'emportaient, ce serait à *lui* de les affronter la semaine suivante.

— Allez, Ally ! murmura-t-il.

— Je fais ce que je peux ! beugla l'instructrice.

Il oubliait sans cesse qu'elle pouvait l'entendre.

Alors qu'Abel avait perdu de vue le Faiseur de Veuves, ce dernier se laissa soudain tomber des nuages entre deux gratte-ciel.

— Attention ! la mit en garde Jusif. Il est juste derrière toi !

— Je sais.

Ally fit pivoter son dragon et se retrouva face à Sax. Même sans jumelles, Abel vit les jets de gemmes rouges scintiller dans les lumières de la ville. Ils engloutirent Ally et Zoonia.

— Ally ! hurla Roa.

Les techniciens au sol des Griffes Rouges éclatèrent de rire en les narguant : leur dragon avait tapé en plein dans le mille.

Dans ses jumelles, Abel vit le Dard Jaune tomber comme une pierre entre les deux immeubles. Zoonia hurla dans sa chute et Abel eut l'impression de tomber avec elle. Son cœur se serra, pour le dragon et pour Ally. Et pour lui-même. Une défaite aurait de graves conséquences pour lui aussi…

Mais le Dard Jaune se redressa juste avant de heurter le trottoir. Zoonia tourbillonna en battant gauchement des ailes afin de rester en l'air. Elle était blessée mais Ally avait l'air indemne et semblait toujours contrôler son dragon. À cause de ses ailes endommagées, Zoonia volait par à-coups, et de travers. Elle avançait moins vite qu'un bus de maternelle sans dents mais, au moins, elle *avançait.*

— À ce rythme-là, tu ne seras jamais rentrée à temps pour les réparations, déclara Olus.

— Je ne rentre pas.

— Ton dragon est blessé.

— C'est ma couverture.

Puis, feignant de rebrousser chemin à cause des blessures de sa monture, elle tira sur les rênes pour rediriger Zoonia vers l'école où elle s'était attardée au début du combat. C'était bien là qu'elle avait vu le trésor. Pendant que les Griffes Rouges cherchaient au mauvais endroit, elle appuya sur un bouton qui fit apparaître deux énormes réacteurs sur le dos de son dragon. Elle les mit en route et Zoonia n'eut plus besoin de battre des ailes, juste de se diriger. C'était devenu un dragon-fusée !

Une course, un vol et un duel, se souvint Abel avant de comprendre que ces trois choses n'arrivaient pas dans cet ordre, mais simultanément !

Le dragon survola la ville à toute vitesse, passa en rase-mottes au-dessus de l'école et reprit de l'altitude. Ally revint ensuite vers les Plaines de Verre à une vitesse à vous décoller les ailes.

— Sax, espèce d'idiot ! C'était une ruse ! beugla l'un des techniciens au sol des Griffes Rouges.

Tandis que Zoonia fendait le ciel, Abel vit entre ses griffes l'imposant artéfact doré dont les pierres précieuses scintillaient sous les néons.

Sax fit volte-face pour tenter de rattraper le dragon.

— Ne jamais sous-estimer l'intelligence et la technologie, leur dit Olus. La jugeote des Ailes du Tonnerre battra toujours la force brute.

— Nous n'avons pas encore gagné, rétorqua Abel.

Le Faiseur de Veuves, qui volait plus vite que tous les dragons qu'Abel avait pu voir, allait tenter de couper la trajectoire d'Ally, qui fonçait vers son cercle.

Tout à coup, les réacteurs de Zoonia se mirent à crachoter avant de s'arrêter complètement. Ally perdit aussitôt de la vitesse. Les Dards Jaunes étaient faits pour les sprints, pas pour de longs vols. Zoonia allait devoir battre des ailes de nouveau pour finir le trajet.

Comme elle se rapprochait, Abel baissa ses jumelles pour la regarder de ses propres yeux. Il voyait les efforts qu'elle faisait pour voler. La tactique d'Ally était peut-être une ruse, mais les blessures de Zoonia étaient réelles. L'instructrice avait délibérément laissé son dragon se faire blesser pour gagner.

Cette idée révolta Abel. Il regarda Roa du coin de l'œil : iel se mordillait la lèvre, mal à l'aise, en préparant les bandages et les onguents pour soigner le dragon dès son atterrissage.

— Elle est mal, annonça Jusif.

Le Faiseur de Veuves gagnait du terrain rapidement, la gueule ouverte pour cracher une nouvelle salve d'éclats de gemmes acérés.

— *On* est mal ! hurla Abel lorsqu'il comprit qu'ils se trouvaient dans la ligne de mire du dragon offensif.

Si son attaque ratait Ally, elle frapperait de plein fouet l'équipe au sol. D'ailleurs, on aurait dit que le dragon adverse *visait* l'équipe au sol !

Ils plongèrent juste avant que l'attaque frappe leur antre et réduise à néant leur équipement et leur nécessaire médical.

— AAAAHH ! hurla Jusif. (À voir comme il se tortillait par terre, les mains sur la tête, il avait dû se faire blesser.) Mes cheveux ! (Il ôta ses mains et les autres virent qu'un éclat, en lui frôlant le crâne, avait rasé une bande de cheveux.) Je vais vous arracher les yeux ! hurla-t-il.

Il fonça vers les techniciens des Griffes Rouges hilares, un couteau à cran d'arrêt à la main.

— Tout doux, mon garçon ! lança Olus en le retenant. Pas de violence entre les équipes au sol dans un combat de dragons ! Garde ça pour les combats de rue !

L'un des adversaires tira la langue à Jusif, qui pleurait presque de rage.

— Lâche-moi ! hurla Roa à Topher.

Dans un geste protecteur, ce dernier s'était jeté sur Roa.

— De rien, grommela Topher en l'aidant à se relever.

L'attaque sur la zone d'atterrissage avait forcé Ally à dévier sa trajectoire si bien que les deux dragons se tournaient autour, juste au-dessus des cercles. Dès qu'Ally tentait de se placer au-dessus du symbole peint des Ailes du Tonnerre pour lâcher l'artéfact et gagner la partie, le Faiseur de Veuves l'en empêchait. Elle feinta à gauche pour virer à droite, mais le dragon rouge surgit au dernier moment. Elle plongea et fit une roulade mais, de nouveau, l'autre s'interposa à coups de griffes. Zoonia fatiguait et des gouttes de sang de dragon tombaient au sol en grésillant.

Le Faiseur de Veuves lança l'assaut final. Le dragon d'Ally chargea, et les deux bêtes rugirent si fort que le verre vibra sous les pieds d'Abel. Il ferma les yeux, incapable de regarder les deux grosses bêtes s'écraser l'une contre l'autre.

Il avait toujours les yeux clos lorsque ses coéquipiers crièrent de joie tandis que les Griffes Rouges beuglaient des jurons.

— On a gagné, Abel le Rebelle ! hurla Jusif. Ouvre les yeux !

Abel entrouvrit ses paupières et vit Ally assise sur son dragon dans l'antre des Ailes du Tonnerre, les bras levés en signe de victoire. Zoonia, ensanglantée, serrait avec avidité l'artéfact entre ses griffes. Elle haletait, les yeux mi-clos. Roa accourut aussitôt pour la soigner. Ally sauta à terre et s'approcha d'Abel.

— T'as bien travaillé, ce soir, dit-elle. Tu t'es servi de ta tête et tu m'as aidée à berner les Griffes Rouges. Ce genre de raisonnement te sera très utile.

— Et votre dragon ? s'inquiéta-t-il.

— Les dragons sont coriaces. Elle guérira. Qu'as-tu appris ce soir, Abel ?

Le garçon réfléchit un instant. Il regarda les Griffes Rouges, qui se criaient les uns sur les autres, puis Olus. Ce dernier emportait une énorme muselière vers le Faiseur de Veuves, qui appartenait à présent aux Ailes du Tonnerre. Abel scruta ensuite le Dard Jaune blessé puis la chevelure ravagée de Jusif et enfin Topher, qui ramassait les restes d'équipements cabossés et cassés.

Pour finir, il reporta son attention sur son instructrice, dont l'épaule saignait.

— Dans un combat de gangs, il n'y a pas vraiment de vainqueur ? hasarda-t-il.

Ally le gratifia d'un sourire triste, sans pour autant le détromper.

16

D'autres mauvaises nouvelles attendaient Abel lorsqu'il arriva chez lui : sa sœur était rentrée.

— Lina!

Il courut vers elle dès qu'il la vit sur le canapé et faillit la faire tomber en la prenant dans ses bras.

— Par tous les cieux sulfureux sanguinaires, tu pues!

Elle le repoussa et se pinça le nez d'un geste théâtral.

— Tu vas bien! se réjouit-il.

Ce que, évidemment, elle savait déjà. Il jeta un coup d'œil à ses parents, tous deux assis sur des chaises face à sa sœur. Ils semblaient sous le choc, et pas à cause de son odeur à lui.

— Qu'est-ce qui s'est passé? demanda-t-il.

Sax n'avait pas été content de perdre face aux Ailes du Tonnerre. Et s'il s'en était pris à sa famille? Pourtant, ils avaient remporté le combat et les Griffes Rouges devaient maintenant pardonner à Lina. C'était l'enjeu du combat! Abel avait tellement envie de tout raconter à sa sœur… Et surtout de lui dire qu'il avait contribué à son sauvetage.

— Est-ce que les Griffes Rouges sont parties? s'enquit-il. Est-ce que tu as été à l'Aile Brisée? Ils disaient que tu devais absolument t'y rendre! Et t'es vraiment une…

— Calme-toi, Abel, ordonna son père.

— Et si tu allais prendre une douche? suggéra sa mère. Ensuite, tu pourras nous raconter ce que tu as fait aujourd'hui avec ta prof.

— Mais je…

— À la douche. Maintenant.

Impossible de négocier avec sa mère.

Lorsqu'il ressortit de la salle de bains, propre et changé, Lina s'était enfermée dans sa chambre. Même s'il était tard, Abel lui en voulut de ne pas l'avoir attendu. Il avait tant de choses à lui raconter et de questions à lui poser!

— Elle n'a pas dormi depuis des jours, expliqua son père. Laisse-la tranquille.

— Mais je…

Il mourait d'envie de lui dire : « Je m'entraîne à monter le dragon qu'*elle* a volé et je viens d'aider un gang à remporter un combat qui a sauvé toute notre famille des Griffes Rouges. » Au lieu de quoi, il gémit :

— Mais je voulais la voir… Qu'est-ce qui s'est passé?

— Ne t'inquiète pas pour ça, voulut le rassurer son père. Tout est arrangé.

— Vraiment? Comment?

— Ne t'inquiète pas pour ça, répéta son père.

Comme si Abel pouvait cesser de s'inquiéter à propos des gangs, de la police secrète ou de leurs dettes juste parce que son père le lui disait!

— Ta journée s'est bien passée? Tu as dîné?

Abel croisa les bras avant de lâcher :

— Ne t'inquiète pas pour ça.

Il tourna les talons et retourna dans sa chambre. Son estomac gargouillait mais, comme il venait de faire une sortie théâtrale, il ne pouvait pas retourner tout de suite dans la cuisine.

Il s'assit sur son lit, tapota ses genoux avec ses doigts puis se releva pour faire des étirements. Il tournait en rond. Il envisagea d'aller réveiller Lina pour qu'elle lui raconte sa vie de voleuse de dragons, ce qu'elle savait des Griffes Rouges et ce qu'il était censé faire maintenant que Karak l'avait choisi, lui.

À la place, il s'allongea dans son lit et vérifia ses e-mails. Il y en avait un d'Ally, avec un lien vers les devoirs du week-end. *Sérieusement ?* songea-t-il. *Même après cette journée, j'ai des devoirs à faire ?*

Les devoirs, c'était comme nourrir un dragon. On avait à peine le temps de se débarrasser de l'odeur de chèvre grillée sur nos vêtements qu'il était déjà temps de recommencer. Ça ne finissait jamais.

Lorsqu'il ouvrit le document qu'il était censé lire, il découvrit une suite de pages couvertes de lettres, de chiffres et de symboles qui ne ressemblaient à rien. Il fixait l'écran depuis une minute lorsqu'une petite fenêtre de dialogue apparut pour qu'il entre un mot de passe.

— C'est codé, murmura-t-il.

Le document était protégé pour que ceux qui ne possédaient pas le mot de passe ne puissent pas le déchiffrer. Le seul problème, c'est qu'il ne l'avait pas, le mot de passe, et il ne se souvenait pas que son instructrice le lui ait donné. Est-ce qu'il s'était perdu dans ses pensées au moment où elle le lui avait dit ou bien était-ce un nouveau test, comme lorsqu'elle lui avait ordonné de seller Karak sans lui expliquer comment ?

Il allait envoyer un texto à Roa pour lui demander de l'aide lorsqu'il comprit une chose : si sa prof lui envoyait un document codé, c'était parce qu'elle ne voulait pas que quiconque à part lui sache ce qu'il contenait. Est-ce que ça signifiait que *quelqu'un d'autre* lisait *déjà* ses e-mails ?

Les Ailes du Tonnerre étaient le seul clan suffisamment avancé en technologie pour y parvenir. Abel ne voyait pas pourquoi ils vérifieraient les e-mails qu'un élève de cinquième recevait de son propre gang… mais l'Œil du Dragon, lui, en était bien capable.

Si la police secrète cherchait toujours Lina, elle surveillait sans doute les e-mails de *toute* la famille, et même les textos. Il ne voulait pas mêler Roa à tout ça : iel risquerait de finir en prison. D'un autre côté, Abel risquait la même sanction.

Mais si l'Œil du Dragon surveillait ses e-mails, il espionnait aussi sans doute son appartement… ce qui signifiait qu'il savait déjà que Lina était là.

Alors pourquoi n'avaient-ils pas déjà débarqué pour l'arrêter ?

Abel tendit un instant l'oreille, comme si le simple fait d'y penser avait pu invoquer la brigade tactique, qui allait défoncer la porte pour embarquer toute sa famille. En vrai, il n'entendit qu'un audiolivre encourageant à « trouver son dragon intérieur », que son père écoutait dans la cuisine. Des cris, des rugissements et des insultes entre pilotes lui parvenaient de l'extérieur – les bruits normaux de la circulation – tandis que les dragons de transports en commun, les dragons cargos et les dragons privés s'entrecroisaient dans la ville tentaculaire. Mais il n'entendit rien qui ressemble à un raid de police. Pour le moment, du moins.

Abel fixa le curseur qui clignotait dans la barre vide du mot de passe.

Concentre-toi, se dit-il. *Rappelle-toi tout ce qu'Ally t'a dit.*

Au collège, elle était sévère, mais juste, et elle ne tendait jamais de piège à ses élèves. Lorsqu'elle présentait un problème en classe, c'est qu'il y avait toujours une solution. « Enfin, à condition d'utiliser le reste de cervelle que vous ne vous êtes pas grillé en jouant aux jeux vidéo », disait-elle.

Ici, pareil. Elle voulait qu'il se serve de sa tête, comme pendant le combat de dragons. Parmi ses connaissances, qu'est-ce qui pourrait fonctionner comme mot de passe ? Il fit une tentative :

AILES DU TONNERRE

La réponse s'afficha en clignotant sur son écran :

MOT DE PASSE INCORRECT

TENTATIVE N° 1 SUR 3.

— Qu'est-ce qui se passe au bout de trois ? marmonna-t-il.

Il fixa le curseur et son cerveau bugga. Il avait zéro idée. Non, moins que zéro. Enfin, si seulement c'était possible. Il avait l'impression de devenir bête rien qu'en restant assis là, à essayer de réfléchir. Il tapota le clavier au hasard, ce qu'il regretta aussitôt.

;HGPWEUR!HFBDL!

La réponse s'afficha en clignotant sur son écran :

MOT DE PASSE INCORRECT

TENTATIVE N° 2 SUR 3.

Il se prit la tête entre les mains. Percy, perché au bout du lit, leva les yeux vers lui, lui renifla le pied puis se roula en boule en roucoulant.

Comment était-il censé trouver la solution ? Il ne pouvait pas faire ses devoirs s'il était incapable d'ouvrir le document. Et s'il ne faisait pas ses devoirs, est-ce qu'Ally allait lui coller un zéro ? Ou pire ? Il repensa à la façon dont elle avait laissé son dragon se faire blesser pour gagner le combat. Or, pour les Ailes du Tonnerre, un dragon avait bien plus de valeur que lui. En plus, comme ils avaient débarrassé Lina des Griffes Rouges, il avait une dette envers eux. S'il les décevait, est-ce que ces brutes les donneraient à manger à leurs dragons, Roa et lui ?

Dans ce cas, qu'arriverait-il à ses parents ? Et à Lina ? Est-ce que les Griffes Rouges viendraient leur faire la peau ? Est-ce que Silas serait chassé de l'Académie parce que son frère et sa sœur étaient impliqués dans des activités illégales ? Devraient-ils engager un avocat qu'ils n'avaient pas les moyens de payer ? Son père serait-il obligé de retourner travailler dans les fermes verticales, où il respirerait de nouveau les émanations toxiques qui l'avaient rendu malade ? Finiraient-ils tous dans la Prison de Windlee ? Ou exilés ou enterrés dans un trou perdu au milieu des Plaines de Verre ?

Tous ces destins épouvantables surgirent dans son esprit comme le feu de la gueule de Karak. Abel ne pouvait pas s'empêcher de les imaginer dans leurs moindres détails. Ces idées noires avaient planté leurs serres dans son cerveau.

Le psychologue scolaire qu'il avait vu lorsque son père était tombé malade lui avait expliqué qu'on appelait ça le « catastrophisme ». Son esprit imaginait les pires scénarios possibles et s'y cramponnait. Ça lui arrivait tout le temps, ce qui ne lui rendait franchement pas service. Heureusement, ce qu'il s'imaginait ne se produisait presque jamais. Le psychologue lui avait appris des stratégies pour briser ces boucles catastrophistes et arrêter de dramatiser. Inspirer profondément. Observer ces idées mais les laisser passer comme la circulation devant sa fenêtre. Essayer de se concentrer sur une solution différente, plus positive – qui était tout aussi inventée que les négatives, de toute façon. « Si tu peux imaginer des tempêtes, tu peux imaginer des arcs-en-ciel, lui avait déclaré le psy. Inspire. Compte jusqu'à quatre. Expire. Imagine l'arc-en-ciel. Quel est ton arc-en-ciel ? »

Parfois, Abel pensait à Dr Drago, et à ce qu'il ferait. Drago ne paniquerait pas. Il ne dramatiserait pas. Que ferait le Dr Drago ? Il trouverait le code.

QFDD. QFDD.

Se concentrer sur cette simple phrase, encore et encore, l'aidait beaucoup. Le but était de briser la boucle de pensées négatives.

La boucle.

Son esprit s'accrocha à ce mot.

Tout a un sens, avait dit Ally pendant l'entraînement, lorsqu'elle les avait interrogés sur la boucle OODA. *Observer. S'Orienter. Décider. Agir.*

Elle l'avait aussi dit lorsque Roa et lui s'étaient répété QFDD.

Tout a un sens.

Il inspira profondément puis tapa dans l'encart du mot de passe :

OODA QFDD

Tout à coup, le charabia à l'écran se réarrangea pour former de vrais mots et de vraies illustrations.

— Youhou ! fit-il en levant le poing.

VICTOIRE !

Mais sa joie fut de courte durée.

— Oh, super, grommela-t-il en découvrant que le document n'était qu'un traité de biologie draconique. C'est vraiment des devoirs.

Des heures plus tard, Abel se réveilla en sursaut. Un fil de bave reliait son visage à son écran, où il avait découvert les différences de température entre plusieurs armes de souffle. En cours de lecture, il s'était rendu compte qu'il s'agissait d'un manuel volé des cadets de l'Académie, qui ne devait être lu par personne *en dehors* de l'Académie.

Ça ne le rendait pas plus palpitant pour autant. Abel avait lu trois théories différentes expliquant l'accumulation compulsive de trésors pratiquée par les dragons ailes-moyennes de la classe des Faucheurs, ainsi que leurs implications « sur le terrain », ce qu'il ne comprenait pas vraiment. Ensuite, il avait dévoré un chapitre parlant des sécrétions des glandes odoriférantes des dragons, qui produisaient « des événements générés par le gaz », ce qui, devina-t-il, n'était qu'une expression barbante pour parler « d'armes de souffle ».

Il ne voyait pas en quoi savoir tout ça le rendrait meilleur lorsqu'il se battrait sur le dos de Karak.

Il ne voyait pas non plus comment il avait pu passer une partie de la nuit à lire. La pendule indiquait 01 h 02. Dehors, les néons du panneau publicitaire illuminaient sa fenêtre. Il scruta le ciel au-dessus de la ville, apaisé par les lumières clignotantes, les feux de circulation et l'animation sans fin qu'il voyait dans les gratte-ciel. Abel adorait la ville. C'était comme un dragon d'un autre genre. Chaque habitant était comme une écaille – unique, mais connecté aux autres, et plus résistant qu'il n'y paraissait. Il espérait qu'il était lui aussi plus résistant qu'il ne le paraissait. Il le faudrait, s'il voulait sortir sa famille du pétrin dans lequel elle était plongée.

Il entendit soudain un bruit devant sa porte. Au début, il crut que c'était Percy qui grattait doucement le battant pour qu'il le fasse rentrer mais a) les pangolins ne grattent pas « doucement » et b) Percy dormait déjà à ses pieds. Il lui sembla alors entendre sa sœur parler.

Abel se glissa hors de son lit, traversa la pièce et jeta un coup d'œil dans le couloir. Juste à temps pour voir sa mère ouvrir la porte de l'entrée en robe de chambre pendant que son père serrait longuement, et tristement, Lina dans ses bras. Lina portait une combinaison orange, rouge et bleu pleine de coutures visibles et de poches zippées. C'était l'une de ses tenues préférées. Où allait-elle, habillée comme ça à 01 h 02 du matin ? Et pourquoi leurs parents la laissaient-ils partir ?

— Promets-moi qu'elle sera en sécurité, dit sa mère à une silhouette sur le seuil. Promets-moi qu'elle peut compter sur toi.

— Bien sûr. (Le cœur d'Abel fit un bond dans sa poitrine lorsque son frère, Silas, entra dans l'appartement dans son long manteau des cadets. Il serra leur mère dans ses bras.) C'est vraiment la meilleure chose à faire. Tant qu'elle coopère.

— Bien sûr que je vais coopérer, rétorqua Lina. Tant que tes chefs fascistes respectent leur part du marché.

— Arrête de les traiter de fascistes, grogna Silas. C'est faux, et c'est dangereux, de parler comme ça.

— Je préfère dire des trucs dangereux que de me laisser laver le cerveau.

— Obéir à la loi, ce n'est pas se faire laver le cerveau.

— La loi de qui ?

— Il n'y a qu'une loi, et elle va te sauver la…

— Ça suffit ! coupa leur père. Entre frère et sœur, vous devez prendre soin l'un de l'autre. En *toute* circonstance. Il n'y a rien de plus important que la famille.

— C'est pour cette raison que je fais ça, papa, répondit Lina. Pour notre famille.

— Moi aussi. (Silas regarda sa montre – un gadget vert et argent avec un écran tactile noir qui était bien plus sophistiqué que tout ce qu'ils possédaient dans l'appartement. Il tapa du pied, impatient, puis tapota plusieurs fois l'écran de sa montre.) Il faut y aller.

Lina opina et serra leur mère dans ses bras.

— Vous expliquerez tout à Abel ?

— Nous lui dirons que tu as pris la bonne décision, répondit leur mère.

— Vous pouvez aussi lui dire la *vérité*, suggéra Lina d'une voix triste. Il peut encaisser plus que vous ne le croyez.

— Il a assez de soucis comme ça, rétorqua leur mère. Avec la fermeture du collège et le travail qu'il fait avec sa professeure… C'est à nous de décider de ce qu'il peut encaisser.

— Vous faites confiance à sa prof ?

— Évidemment, fit leur père.

— D'accord… soupira Lina, sceptique.

Savait-elle qu'Ally appartenait aux Ailes du Tonnerre ?

— Mieux vaut ne rien lui dire de tout ça, intervint Silas. Ce qu'il ignore ne peut lui nuire.

Abel aurait voulu surgir de sa chambre et leur demander des explications mais il savait qu'ils ne lui diraient rien.

De toute façon, c'était trop tard. Silas prit Lina par le bras et ils partirent. Abel regarda sa mère verrouiller la porte puis poser son front contre le montant et se mettre à pleurer. Son père la tint contre lui en lui murmurant des paroles qu'il n'entendit pas.

Personne ne devrait voir ses parents pleurer, se dit Abel. Ça ne lui plaisait pas du tout.

Pourquoi Lina était-elle rentrée à la maison alors qu'elle fuyait les forces de l'ordre *et* les gangs ? Pourquoi partait-elle avec Silas au milieu de la nuit ? Et *que* cachaient-ils à Abel ?

— Il n'y a qu'une façon de le découvrir, se murmura-t-il.

Il regarda ses parents regagner leur chambre en traînant les pieds puis refermer leur porte.

Il n'attendit pas longtemps. Ses chaussures à la main, il quitta discrètement l'appartement, en suivant son frère et sa sœur. En sortant, il entendit ses parents murmurer dans leur chambre. Ils dormiraient bientôt.

Du moins, il l'espérait. S'il se faisait prendre en train de filer en douce, il n'aurait plus à s'inquiéter des Griffes Rouges ou des Ailes du Tonnerre ou de l'Œil du Dragon… Ses parents le tueraient en premier !

17

Abel n'était jamais sorti dehors si tard. La nuit, les rues appartenaient aux néons, aux panneaux clignotants et aux publicités holographiques qui tremblotaient sous le crachin printanier. Des flaques sur le bitume reflétaient à l'envers les gratte-ciel scintillants, comme s'il existait une ville infinie sous la chaussée que l'on apercevait uniquement par des trous d'eau dans le trottoir.

Abel regarda la flaque dans laquelle il venait de marcher et qui trempait ses baskets aux lacets défaits. L'entrelacs du néon du restaurant de nouilles sur le trottoir d'en face se muait en bouillie rose. Derrière son propre reflet, Abel vit l'ombre d'un dragon cargo, un ailes-longues, glisser au-dessus des tours, traînant des marchandises en suivant un itinéraire solitaire. Il repensa au dragon blessé d'Ally et à toutes les façons dont les humains utilisaient ces créatures puissantes.

Peut-être que ce n'est pas du tout pour leur bien, finalement, songea-t-il. *Peut-être qu'on continue à se raconter ces histoires pour ne pas avoir à se remettre en question.*

Il s'arracha à la contemplation de ses pieds au moment où Silas et Lina tournaient au coin de la rue, vers une zone d'atterrissage publique. Il remonta sa capuche sur sa tête et les prit en filature en tentant de rester dans l'ombre des immeubles.

— Il n'est pas trop tard pour toi, disait Lina à Silas tandis qu'il la tirait par le bras. Tu peux encore devenir quelqu'un de bien.

— Je suis *déjà* quelqu'un de bien, Li, rétorqua Silas. Ce n'est pas parce que je ne partage pas ton « code moral » que je n'en ai pas.

— Ton code moral, c'est ce qu'on t'a fait gober à l'Académie.

— Tu es injuste. Je crois en plus de...

Abel perdit le fil de leur conversation lorsqu'ils tournèrent de nouveau, vers une rue plus large. La dix-septième avenue. Ou bien la dix-huitième ? Il était désorienté, alors que c'était son propre quartier. De nuit, rien n'était pareil.

La pancarte holographique devant la zone d'atterrissage indiquait les tarifs de stationnement pour un dragon privé, mais la machine qui délivrait des tickets et contrôlait l'ouverture du portail était enveloppée de gros scotch jaune. Cette zone était fermée. Silas entra sans même y jeter un coup d'œil.

— J'essaie de te protéger, dit Lina à Silas.

— Inquiète-toi pour toi, rétorqua ce dernier. Si tu dis toute la vérité, tout sera bien plus facile pour toi. Et pour maman et papa.

— Laisse-moi partir. Dis-leur que je me suis enfuie. L'Œil du Dragon ne pourra pas te punir parce que tu as été maîtrisé par ta sœur... *plus forte que toi.*

Cette réplique fit rire Abel intérieurement. Lorsque Silas avait quatorze ans et Lina onze, il lui avait pris un de ses livres et l'avait déchiré. Ils s'étaient battus et Lina n'avait pas juste gagné face à Silas. Elle l'avait *écrasé.* Il avait dû faire appel à sa pitié et à sa mère, les deux choses qu'un garçon aussi fier que Silas ne voulait surtout pas faire. Il ne s'en était jamais remis. Abel, lui, ne s'était jamais battu de toute sa vie.

— Tu n'es *pas* plus forte que moi, grommela Silas. Et, de toute façon, l'Œil du Dragon ne me punira pas. Tu ne sais pas de quoi tu parles.

— J'en sais bien plus que tu ne le penses.

Abel marcha dans une flaque plus profonde qu'il n'y paraissait et faillit trébucher sur un morceau de trottoir brisé. Le bruit fit se retourner son frère et sa sœur, si bien qu'il dut se cacher derrière le premier truc venu – une benne à ordures puante devant une sandwicherie bon marché. Silas scruta la chaussée pendant qu'Abel retenait son souffle. Lina, elle, était complètement détendue.

Ça, c'était vraiment bizarre. Alors que Silas l'arrêtait, *elle,* et sans doute pour la livrer à l'Œil du Dragon, elle ne semblait pas du tout inquiète. Au contraire, Silas, lui, paraissait terrifié. Il tira sa sœur par le bras pour se remettre en route. Ils tournèrent encore une fois, dans l'une des ruelles sans nom qui tournicotaient dans le quartier. Comme elles étaient protégées par des dalles de béton, elles étaient invisibles vues du ciel, si bien que les dragons de surveillance ne savaient même pas qu'elles existaient. Abel repensa à la vieille fable qu'apprenaient les tout-petits, celle qui disait que les dragons volaient dans le ciel mais que les fleurs poussaient toujours sur la terre.

Au coin de la rue, un néon vert brillait dans la vitrine d'une diseuse de bonne aventure. La porte suivante montrait des hologrammes lumineux d'enfants jouant avec des dragonnets et des dracs nouveau-nés : c'était l'entrée d'une garderie qui en vrai ne possédait sans doute qu'un seul IDIOTS à la retraite pour que les enfants jouent avec.

Alors qu'Abel allait se remettre en route pour suivre son frère et sa sœur, une voix l'alpagua depuis une boutique ouverte sur le trottoir d'en face.

— Hé, gamin, qu'est-ce que tu fais dehors à une heure pareille? Tu devrais être au lit.

Il leva les yeux, une main au-dessus des sourcils pour se protéger de la lumière qui se déversait du Casino-Laverie Duvrell ouvert 24 h/24. Une hôtesse vêtue d'une longue robe rouge imitant des écailles de dragon était appuyée au montant de la porte, un vieux livre de poche à la main. Comme il n'y avait pas de clients à l'intérieur, elle devait s'ennuyer.

— Ça ne vous regarde pas, lança-t-il.

Abel reconnut l'hôtesse car il l'avait souvent vue dans le quartier. Elle était gentille et donnait toujours les restes de son petit-déjeuner aux pangolins errants, aux dracs et aux vouivres qui venaient traîner là à l'aube, à l'affût de nourriture.

Elle éclata de rire lorsque Abel jeta un coup d'œil vers l'allée où Silas et Lina avaient disparu. Il les avait perdus.

— Si c'est ton frère que tu suis, je peux te dire tout de suite où il est parti, lui dit l'hôtesse. Ça t'évitera de raser les murs. Viens par ici. Inutile de crier dehors des histoires personnelles. Les rues ont des yeux et des oreilles, tu sais.

Abel hésita. En temps normal, il n'était pas censé parler aux hôtesses des petits casinos-laveries automatiques du quartier. Elles travaillaient toutes pour les Griffes Rouges. Mais il avait déjà enfreint toutes les règles qu'il connaissait, alors une de plus ou de moins…

Il traversa la rue.

— T'es Abel, c'est ça ?

Elle était si grande qu'elle dut se pencher pour lui parler. Elle affichait le tatouage des Griffes Rouges sur le côté du cou et son parfum était sucré, comme le glaçage d'un gâteau. Son maquillage pailleté aux couleurs de l'arc-en-ciel scintillait à la lumière des néons qui l'entouraient. Comme ses yeux étaient d'un violet vif, Abel comprit qu'elle devait porter des lentilles de contact car *personne* n'a les yeux violets.

— Je m'appelle Shivonne.

— Enchanté, répondit-il en se souvenant de ses bonnes manières, même s'il était plus d'une heure du matin et qu'elle était hôtesse dans une laverie automatique-casino.

Les bonnes manières, c'est comme les tee-shirts noirs, disait son père. *C'est toujours approprié.*

— Comment vous connaissez mon nom ?

— J'ai commencé à travailler dans cette laverie avant même que tu sois né, lui apprit-elle. D'ici, je vous ai vus grandir, tous les trois. (Elle secoua la tête avec tristesse.) Et vous éloigner les uns des autres. Je savais que ça finirait mal entre Lina et Silas. Je le savais depuis le jour où j'ai vu ta sœur taguer un mur et ton frère la dénoncer.

— Comment savez-vous où ils vont ? demanda-t-il.

Il n'avait pas le temps de la suivre dans les allées tortueuses de sa mémoire. Elle plissa les lèvres et lui glissa à l'oreille :

— C'est mon boulot de le savoir.

— Mais je pensais que vous étiez…

Elle le coupa en faisant claquer sa langue contre son palais.

— Je suis bien des choses pour bien des gens. Mais, dans cette rue, je suis une paire d'yeux qui voit tout, une paire d'oreilles qui entend tout et une bouche qui reste bien fermée.

Elle lui fit un clin d'œil en collant l'un de ses longs ongles vernis sur ses lèvres. Ses bracelets descendirent soudain sur son bras, et Abel aperçut un petit tatouage, le symbole d'un autre gang sur son poignet : le dragon hilare des Largue-Vents. Elle remit ses bracelets en place pour le couvrir et lui fit un nouveau clin d'œil.

— Hé, Shiv ! lança une autre voix dans la laverie. Arrête de jacasser avec ce gosse et aide-moi à bouger ce truc ! Grackle veut qu'on le mette de l'autre côté de la boutique.

Lorsqu'il entendit le nom de Grackle, Abel sentit son ventre faire du yoyo. Il chercha la touffe de cheveux bleus du regard mais Shivonne lui posa la main sur l'épaule.

— Détends-toi, il n'est pas là. Sax et lui sont partis harceler d'autres innocentes familles au milieu de la nuit. Sax était d'une de ces *humeurs*… J'ai entendu dire qu'il avait perdu un dragon précieux au combat, cette nuit… enfin, tu es trop jeune pour savoir de quoi je parle, pas vrai ?

Est-ce qu'elle m'a encore fait un clin d'œil ? Est-ce qu'elle sait ?

— Bref, reprit-elle. Ton frère a choisi cette heure-ci pour filer parce qu'ils seraient occupés. Malgré ce qu'en pense ta sœur, Silas n'est pas si bête.

Au même instant, une wyverne aux écailles argentées sortit d'une allée au bout de la rue. Ses yeux dorés luisants regardèrent d'un côté, puis de l'autre. Ils se plissèrent dans la direction d'Abel. Shivonne se plaça devant lui pour que le dragon ne le voie pas.

La wyverne portait un harnais dont les rênes étaient attachées à la selle du dragonnier, juste derrière son crâne. Seule la silhouette noire du cavalier se découpait sur la lumière des néons, mais Abel l'aurait reconnu n'importe où : Silas.

Derrière la selle se trouvait un module blindé, où avaient été percées des voies d'aération, fermé par de lourds cadenas sur les côtés. C'était un transporteur de prisonnier. Abel était sûr et certain que sa sœur se trouvait à l'intérieur. Sur le dos de la wyverne, juste à la base de sa queue, un harnais équipé d'un énorme lance-flammes était dirigé vers l'arrière. Une autre silhouette y était installée, dos à la route. Elle scrutait la rue avec ses lunettes de vision nocturne.

— C'est une wyverne d'assaut de l'Œil du Dragon, hoqueta-t-il.

La wyverne argentée s'élança sur ses deux pattes et bondit dans l'air. Elle battit des ailes et s'éleva au-dessus de la boutique de la diseuse de bonne aventure, filant droit dans une énorme publicité holographique présentant le prochain film de la Garde Draconique : *Drakonia et le Désert des Mensonges.* Puis elle disparut dans la nuit.

— Ton frère n'est pas seulement un cadet de l'Académie, chuchota Shivonne. C'est aussi un agent de l'Œil du Dragon. Il emmène ta sœur à leur quartier général, pour un interrogatoire.

— Non... fit Abel, aussi choqué que s'il venait de se prendre une bourrasque de vent glacial sur la figure. Il ne peut pas... il ne ferait pas...

— Si elle coopère avec l'Œil du Dragon et qu'elle dénonce d'autres membres des Chevaliers du Ciel, alors le gouvernement pourra protéger ta famille des Griffes Rouges. C'est le marché qu'ils ont conclu.

— Non. (Abel secoua la tête.) Je m'en suis déjà occupé. *On a gagné.* Ils n'avaient pas besoin de faire ça.

— J'ai entendu Sax le dire en personne à Grackle. Ils ont dû laisser ta famille tranquille pour éviter d'avoir eux-mêmes des ennuis avec l'Œil. C'est une trêve inhabituelle, entre la loi et les gangs.

— Silas ne ferait *jamais* ça...

Pourtant, à l'instant même où il prononça ces mots, Abel comprit que c'était exactement le genre de chose dont était capable son frère.

— Il essaye de vous protéger, tes parents et toi. Tout comme Lina. (Elle serra l'épaule d'Abel.) Tu ferais mieux d'arrêter de le suivre. Drakopolis, la nuit, c'est pas fait pour les enfants.

Abel leva la tête vers le ciel où son frère avait disparu, puis se tourna dans la direction de son immeuble. Lina était une criminelle et Silas un membre de la police secrète. Et ses parents avaient laissé l'un arrêter l'autre. Il savait qu'il aurait dû retourner se coucher, mais il avait envie de vomir. Sa famille se déchirait. Quelqu'un devait intervenir et Abel se dit qu'il était le seul à pouvoir le faire.

Enfin, lui et son Faucheur de l'Aube.

— Je peux me débrouiller, dit-il en se redressant et en relevant sa capuche. Est-ce que je pourrais éventuellement vous emprunter un peu d'argent pour un taxi ? J'ai un dragon qui m'attend à l'autre bout de la ville.

L'hôtesse soupira et jeta un coup d'œil par-dessus son épaule. Elle sortit un petit téléphone couvert de strass d'une poche cachée de sa robe et appuya sur plusieurs boutons. Le téléphone d'Abel vibra dans sa veste. Elle lui avait appelé un taxi.

— Merci, dit-il. Je vous rembourserai.

— Inutile. Ton père me sourit toujours lorsqu'il vient faire sa lessive et ta sœur me donne gratis les romans à l'eau de rose que j'adore. Veille sur eux, et on sera quittes. Mais… est-ce que je peux te donner un dernier conseil ?

— Oui ?

— La ville ne sera pas tendre avec toi. Ne la laisse pas te corrompre.

Même si Abel ne comprit pas ce qu'elle voulait dire, il la rassura :

— Promis, j'y veillerai.

Peu après, un Souffleur Vert – un ailes-courtes – atterrit devant lui. Abel grimpa dans le harnais passager.

— On va où ? demanda le pilote. (Abel lui donna l'adresse.) Ah… c'est un quartier mal fréquenté, ça. Il n'y a que des entrepôts et ces vauriens des Ailes du Tonnerre. Qu'est-ce qu'un gamin comme toi irait faire là-bas, en pleine nuit ?

— Tu perds ton temps, il ne répondra à aucune question, lança Shivonne au pilote. Laisse-le tranquille.

Elle tapota de nouveau son téléphone et l'écran du cavalier bipa. Shivonne venait de lui donner un gros pourboire.

— Merci ! lança Abel tandis que le dragon courait devant elle afin de prendre de l'élan et de décoller.

Lorsqu'ils prirent leur essor dans le ciel nocturne, Abel s'étonna qu'une personne dont on lui avait toujours appris à se méfier s'avère si généreuse et ouverte, alors que d'autres, à qui il avait toujours fait confiance, accumulaient des secrets comme un dragon des trésors.

Les gens sont compliqués, se dit-il. Et il comprit en volant au-dessus de la ville illuminée que, lui aussi, il devenait compliqué.

Et ça, c'était pas pour lui déplaire.

18

Lorsqu'il arriva à l'usine désaffectée à l'autre bout de la ville, le taxi se hâta de le déposer et de repartir. Et tant mieux, car Abel était pressé.

On disait qu'aucun plan échafaudé après minuit ne pouvait bien se passer mais, comme c'était le *premier* plan qu'Abel imaginait, il espérait profiter de ce qu'on appelait la « chance du débutant ».

Il ignorait aussi qui se cachait derrière ce « on » et il préférait rester en dehors de leur dicton. Il n'était jamais bon d'être le sujet d'un dicton, de toute façon.

Abel scruta les alentours à la recherche de Jusif et des autres Ailes du Tonnerre : ils s'étaient tous regroupés dans l'allée principale, où ils fêtaient encore bruyamment la victoire de leur clan. Abel se servit de son pass pour se glisser dans le bâtiment puis il s'orienta le long des passerelles grâce à la lumière de son téléphone : il n'osait pas allumer les néons.

Karak était lui aussi bien réveillé, assis sur son magot de boîtes de haricots. À l'aide de l'une de ses longues griffes, il était en train d'ajouter une cannette à son énorme pyramide de conserves.

Il rata sa cible au moment où Abel arrivait et rugit de frustration avant de remarquer la présence du garçon sur la passerelle. Comme le mufle du dragon vira du noir profond au gris clair, Abel se demanda si c'était sa manière à lui de rougir.

— C'est rien, dit-il sans savoir ce que la bête comprenait vraiment. Moi aussi, parfois, je m'ennuie et je me laisse distraire.

Le dragon redevint tout noir et tourna la tête pour le regarder droit dans les yeux.

— Tu veux faire une balade en ville? lui lança-t-il.

Avant même qu'il eût fini sa phrase, Karak avait tendu le cou pour qu'Abel puisse grimper sur lui.

Il parvint à installer le harnais dans le noir et se réjouit d'avoir subi l'entraînement d'Ally. Il s'arrêta un instant pour se demander si c'était vraiment raisonnable de partir au beau milieu de la nuit à la poursuite d'une wyverne de l'Œil du Dragon suréquipée alors que personne à part une hôtesse de laverie-casino ne savait où il allait.

D'un autre côté, personne n'avait jamais accusé Abel d'être raisonnable.

Il éperonna Karak pour qu'il s'envole. Le dragon entama sa course pour prendre de l'élan puis bondit en l'air, filant à travers l'entrepôt vers les portes géantes menant au quai de chargement, et surgit dans la nuit.

Ils volèrent à pleine vitesse, juste au-dessus du district des entrepôts, dans l'ombre des panneaux délabrés et des gratte-ciel à moitié en ruine, traversant des publicités holographiques pour des films, des médicaments et des gigamarchés qui vendaient de tout, y compris ces films et ces médicaments.

Ils se glissèrent entre des grues rouillées, devant des immeubles neufs jamais terminés et d'autres abandonnés mais jamais démolis. Sur l'un de ces bâtiments, il manquait une façade entière, si bien qu'Abel vit que des centaines de personnes y vivaient dans de petites cabanes et autres logements de fortune fabriqués avec tous les débris qu'elles avaient pu trouver. Du linge pendait sur des fils dans de grands espaces où, à l'origine, quelqu'un avait prévu d'installer des bureaux chics.

Les habitants de ce quartier avaient bâti des ponts branlants entre les derniers étages de certains bâtiments en ruine. Ça ressemblait un peu à la jolie passerelle de verre des beaux quartiers de la ville, sauf que ces ponts-là avaient l'air d'avoir été bricolés avec les chaînes et les cordes que les plus favorisés avaient jetées. Abel découvrait une autre ville au cœur de la cité qu'il connaissait, une ville clandestine.

Il étudia les graffitis qui couvraient les ponts et les murs décrépits. Il y retrouva les surnoms habituels des artistes, des mots d'argot qu'il ne connaissait pas et des jurons qu'il n'était pas censé connaître. Et il remarqua surtout des peintures au pochoir du dragon hilare du clan des Largue-Vents qui, *a priori*, ne contrôlait aucun territoire. Ces bâtiments constituaient une zone de non-droit, qui échappait à l'autorité de l'Œil du Dragon et du Conseil Municipal, mais aussi à celle des autres gangs.

La cité où il avait vécu toute sa vie ressemblait beaucoup aux gens qu'il avait connus toute sa vie : elle était pleine de secrets et de surprises dont il n'avait jamais soupçonné l'existence, et ces secrets l'effrayaient autant qu'ils le fascinaient.

Ils volèrent dans le noir, invisibles pour les patrouilles sur ailes-longues qui surveillaient les toits, comme pour les officiers sur ailes-courtes qui quadrillaient les rues en contrebas. Les hauteurs intermédiaires de la ville étaient le terrain des dragons aux ailes moyennes – comme les wyvernes et les Faucheurs – et des membres des gangs qu'ils portaient.

Les agents de l'Œil du Dragon, eux, allaient où bon leur semblait. La police secrète avait des informateurs dans tous les coins et en savait bien plus que le Conseil Municipal lui-même, pour qui elle travaillait pourtant. Abel avait encore du mal à croire que son frère en fasse partie.

Il aperçut la wyverne argentée de Silas qui volait au-dessus des jeux de lumières colorées et tournoyantes du District d'Extasia, où l'on trouvait tous les cinémas, les théâtres et les boîtes de nuit de la ville. Il se pencha pour accélérer et guider Karak dans cette direction.

Il aperçut alors les Quartiers Généraux de l'Œil du Dragon qui se dressaient au cœur de la Cité Centrale. C'était un énorme bâtiment en forme de tire-bouchon, entièrement bâti en verre draconique. Selon l'heure et la manière dont la lumière l'éclairait, il pouvait briller d'un éclat orange, rouge, vert ou bleu. Même la nuit, il reflétait les lumières de la ville. Des dragons en sortaient et y rentraient à toute heure. L'Œil ne dormait jamais. Il ne relâchait jamais sa surveillance. Cette idée fit frissonner Abel.

Il devait intercepter la wyverne de son frère avant qu'il arrive aux Quartiers Généraux, sinon il risquait de ne plus jamais revoir sa sœur. Les lumières vives roses et vertes du Cirque du Dragon Dansant se reflétaient sur les écailles argentées de la wyverne. Abel détourna soudain Karak de sa trajectoire. S'il arrivait juste derrière la wyverne, l'artilleur, qui était équipé de lunettes de vision nocturne et du lance-flammes, le verrait. Il devait le prendre à revers et…

Et quoi ?

Il n'avait pas bien mûri son plan. Il ne voulait blesser personne, ni Silas, ni Lina, ni la wyverne, ni l'artilleur. Mais il devait les ramener au sol pour qu'il puisse au moins parler à Silas. *Comment force-t-on une wyverne à atterrir sans blesser personne ?*

La réponse lui apparut soudain clairement. C'est ce qu'il faisait toujours avec Silas. Il allait chercher la bagarre sans avoir l'intention de la gagner.

Abel se pencha complètement sur le dos de Karak pour qu'ils ne puissent pas l'identifier et prit de la vitesse. Le dragon battit encore plus rapidement des ailes – il s'amusait comme jamais. Ils fondirent sur la wyverne, les cheveux d'Abel flottant au vent tandis que ses yeux le piquaient (Il devait vraiment se trouver une paire de lunettes d'aviateur comme tous les dragonniers).

Au bord du District d'Extasia, ils foncèrent à travers un hologramme qui faisait la publicité des Gaufrettes wyvernes Piment et Cacao, pile au moment où un biscuit se faisait briser. Si l'un des fêtards du quartier avait levé la tête à cet instant, il n'aurait vu qu'une grosse miette sombre un peu plus large que les autres s'arracher de la publicité pour disparaître dans un scintillement.

Abel tira sur le cou de Karak pour le faire voler presque à la verticale. Il visait l'espace entre deux panneaux lumineux du cirque pour que le corps de Karak reste invisible dans le noir. Dès qu'ils arrivèrent juste au-dessus de la wyverne, Abel se pencha en avant.

Karak hésita.

— Allez, mon grand, c'est le moment, l'encouragea-t-il. Plonge !

La bête plaqua ses ailes contre son corps. L'espace d'un instant, ils restèrent immobiles et Abel eut l'impression de ne plus rien peser. Puis vint la chute.

Tandis que le museau de Karak pointait vers le pied des immeubles, les jambes d'Abel volaient derrière lui et tout son corps se retrouva au-dessus du dragon. Seules ses mains accrochées à une corne de Karak l'empêchaient de partir en vrille dans le ciel noir. Au milieu des lumières colorées et des lasers intempestifs, Abel avait du mal à suivre des yeux l'éclat argenté de la wyverne, mais Karak savait quoi faire. Il la doubla en lui effleurant tout juste les ailes et en poussant un rugissement à vous faire bouillir le sang.

— AHHHHHH !

Abel ne se rendit compte qu'il criait que lorsqu'ils eurent dépassé leur cible et qu'il vit le sol se rapprocher bien trop vite. Au dernier moment, Karak se redressa pour éviter de s'écraser et, en frôlant la chaussée, ses griffes produisirent des étincelles. Sur la place, les wyrms terrestres qui tiraient des food trucks et des transports légers eurent si peur qu'ils détalèrent dans tous les sens.

Karak volait à présent en rase-mottes et Abel faisait de son mieux pour le guider dans les rues encombrées. Il hasarda un coup d'œil par-dessus son épaule pour s'assurer que Silas le suivait. Mais tourner la tête en pleine vitesse l'étourdit et il comprit également pourquoi les pilotes de dragons possédaient des rétroviseurs à l'intérieur de leurs lunettes. Regarder en arrière alors qu'on volait sur un dragon lancé à pleine vitesse, c'était le meilleur moyen d'obtenir un vomi supersonique.

Abel regarda donc droit devant lui et inspira profondément par le nez, comme lorsque le bus scolaire traversait des perturbations.

Sous ses mains, il sentit les cornes de Karak s'échauffer et vit une lumière orange filtrer entre ses écailles noir de jais. Le dragon fit mine de se tourner vers la wyverne et…

— Non, non, non, non, non, non, non ! l'implora Abel en tirant sur les rênes pour qu'il se redresse. Pas de feu… on ne tue personne… un point c'est tout !

Sans ralentir, le dragon tourna la tête pour foudroyer Abel du regard. Le garçon aperçut une lueur dans sa gueule. Il craignit un instant que son nouveau partenaire ne l'incinère sur place, mais se raccrocha à l'idée qu'il se trouvait sur le dos de la bête. Même si les dragons ne pouvaient sans doute pas s'enflammer eux-mêmes, il doutait que Karak ait très envie de tenter l'expérience.

La bête cracha alors de la fumée et des étincelles par les naseaux, puis elle redressa la tête et allongea son corps au maximum pour gagner un peu plus de vitesse. Comme dans DrakoTek, la wyverne au lance-flammes était plus maniable que le Faucheur, mais elle était bien moins rapide en ligne droite. Abel dut ralentir pour ne pas les semer. Il se pressa le plus possible sur le dos de Karak en espérant rester incognito.

Le jet de poison vert qui lui passa soudainement juste au-dessus de la tête lui confirma que son frère ne l'avait pas reconnu. À moins que Silas essaye de tuer son propre petit frère, ce qui était peu probable… mais pas impossible, cela dit.

Le dragonnier se pencha sur le côté pour éviter l'attaque suivante de la wyverne et Karak se mit à tourbillonner de haut en bas. Abel s'accrocha fermement. Sa tête manqua de peu le trottoir et ses jointures étaient blanches à force de se cramponner à la selle. Il avait oublié de se clipser à la ligne de vie ! Seule la force de la vrille l'empêchait de tomber. Karak vola alors droit vers l'entrée monumentale en pierre et en verre d'un restaurant chic pourvu de sa propre plate-forme d'atterrissage, à mi-hauteur du bâtiment.

— AHH ! hurla Abel avant de tirer sur les rênes.

À l'instant où ils allaient s'écraser sur le restaurant, Karak se redressa brusquement et longea la façade brillante de l'immeuble, si près qu'il frôlait le reflet de son ventre.

La manœuvre leur avait fait perdre de la vitesse. Grâce à l'effet miroir de la façade, Abel vit que la wyverne se trouvait juste derrière eux, au point qu'elle aurait presque pu mordre la queue de Karak. Une autre lueur verte empoisonnée se forma dans sa gueule.

D'après ce qu'il avait appris en lisant le manuel envoyé par Ally, le poison d'une wyverne était inoffensif pour les dragons mais il pouvait paralyser un adulte humain pendant trois jours. Enfin, ça, c'était si la wyverne ne préférait pas le manger immédiatement ou petit bout par petit bout. L'orbe verte grandit dans la gueule de l'animal. Abel aurait pu avoir une chance s'il avait porté une combinaison de protection mais, là, il ne pouvait se raccrocher qu'à son sweat à capuche et au peu d'espoir qu'il lui restait.

Il prit le risque de regarder de nouveau en arrière. Cette fois-ci, il fallait que Silas voie son visage. Comme ils volaient à la verticale, regarder par-dessus son épaule revenait en fait à regarder *en bas*. Alors que la manœuvre lui avait déjà donné un peu le tournis à l'horizontale, là, il eut franchement la nausée. Les gens qui grouillaient devant les restaurants et les cinémas de la place ressemblaient à des fourmis. Les lumières de la ville tournoyaient, dansaient, virevoltaient. S'il tombait, il ne serait pas surpris de chuter pour toujours sans jamais heurter le sol.

Ce n'est pas « si » je tombais, corrigea son esprit pessimiste, *mais « quand » je tomberai.*

Évidemment, c'est là que ses mains glissèrent.

Abel chuta droit vers la gueule ouverte de la wyverne et le visage stupéfait de son frère.

19

Abel tomba à la renverse en se maudissant de ne pas avoir clipsé la ligne de vie à son harnais. Il roula en arrière, cul par-dessus tête, le long de l'épine dorsale étincelante de son dragon.

Dès qu'il lâcha prise, Karak hurla. La wyverne cracha un long jet empoisonné, droit vers l'endroit où Abel se tenait l'instant d'avant. S'il n'était pas tombé, il se serait pris l'attaque de plein fouet.

Au lieu de quoi, dans sa chute, il passa sous le poison puis sous le nez de son frère. Malgré le rugissement du vent dans ses oreilles, il l'entendit crier :

— Abel !

Aussitôt son Faucheur *et* la wyverne firent demi-tour. Dans leur course vers le garçon, ils se donnèrent des coups de crocs, chacun tentant à la fois de l'attraper et d'empêcher l'autre de le faire.

Ils essaient tous les deux de me sauver, songea Abel dans sa chute. *Et aucun des deux n'y arrivera.*

— Karak ! Arrête ! hurla-t-il à pleins poumons.

À son grand étonnement, Karak obéit. Son dragon se laissa distancer et autorisa la wyverne argentée à l'attraper dans son énorme patte. Celle-ci fit demi-tour et fila au-dessus des lumières éblouissantes de la ville, jusqu'au sommet du gratte-ciel au pied duquel il avait failli s'écraser. Là, elle le lâcha brutalement sur la terrasse.

Karak atterrit juste devant lui et baissa la tête devant la wyverne, la gueule ouverte, une flamme couvant dans sa gorge, comme pour la défier de faire un seul geste. La wyverne prépara un nouveau jet de poison. Abel se tenait juste entre les deux, sur ses jambes tremblantes. Il leva les bras en l'air.

— S'il vous plaît, nobles dragons. Arrêtez !

Abel savait qu'il devait être poli avec ces fiers animaux. Son frère, lui, n'en méritait pas tant.

— Silas, espèce de détritus de fond de poubelle dégénéré, dis à ton dragon de se calmer.

— Tout doux, Wondla, obéit son frère en tapotant sa monture. Gentille fille.

La flamme de Karak s'éteignit et la wyverne ravala son poison.

Silas sauta hors de son harnais et atterrit au sol en même temps que son artilleur, qui n'avait pas lâché son lance-flammes. Il le braqua vers Abel.

— Mains derrière la tête ! hurla-t-il d'une voix déformée par son casque.

Avec leur éclat vert, ses lunettes de vision nocturne semblaient le foudroyer du regard.

Abel leva les mains en l'air. Il pouvait lancer autant de gros mots à son grand frère qu'il le voulait mais il n'était pas assez bête pour insulter un lance-flammes braqué sur lui à bout portant.

— Non, Kai, je gère, dit Silas à son coéquipier. C'est bon. C'est… mon *petit frère.*

Il articula ces mots comme s'il s'agissait des pires jurons imaginables. Malgré tout, Kai baissa son arme et s'écarta pour s'adosser à la wyverne. Il ôta son casque, d'où s'échappa une cascade de dreadlocks qui retomba de part et d'autre de son visage sombre et doré. Il leva les yeux au ciel devant Silas et Abel.

— T'as vraiment une famille à problèmes, mec.

Silas se plaça juste devant Abel, ce qui fit gronder Karak, qui plissa les yeux. En réponse, la wyverne se mit à cracher.

— Au nom de tous les cieux calcinés, qu'est-ce que tu fiches ici ? éructa Silas. Et où as-tu trouvé ce dragon ? Et comment as-tu appris à le faire voler ? Et… enfin… (Il fit claquer ses bras le long de son corps.) Qu'est-ce qui se passe à la fin ?

— Tu me sembles *éberlué*, répondit Abel, le sourire jusqu'aux oreilles.

Il tentait d'avoir l'air cool, mais ça aurait sûrement été plus efficace s'il n'avait pas eu autant envie de vomir. Ses jambes tremblaient toujours et ses oreilles bourdonnaient. Et il ne pouvait pas être sûr à 100 % qu'il n'avait pas fait pipi dans son pantalon durant sa chute. Malgré tout, il fit de son mieux pour garder contenance… et se souvint de l'énorme dragon noir qui le couvrait.

QFDD, se récita-t-il comme un mantra. *QFDD.*

— Tu n'es pas le seul à avoir des secrets, Silas. D'ailleurs, est-ce que c'est Cadet Silas ou Agent Silas ?

— Crois-moi, tu ne veux pas le savoir, rétorqua Silas, impassible.

— Relâche Lina. Tu ne peux pas l'arrêter.

— C'est une voleuse et une criminelle. Elle a enfreint la loi et mis notre famille en danger. La meilleure chose qu'elle puisse faire, maintenant, c'est révéler aux autorités les noms de tous ceux qui sont liés de près ou de loin à son gang. Le jury fera *peut-être* preuve de clémence parce qu'elle a moins de dix-huit ans.

— Les Chevaliers du Ciel se moquent bien qu'elle soit mineure. Si elle les balance, ils s'en prendront à nous tous. Elle ne sera pas en sécurité, même dans la Prison de Windlee.

— L'Œil du Dragon la protégera, et vous tous aussi.

— C'est vrai qu'ils y sont merveilleusement parvenus jusqu'à présent. (Abel repensa à Topher et à sa famille, que l'Œil du Dragon était aussi censé protéger.) Les Griffes Rouges ont frappé papa.

— Tu n'as plus à t'en faire pour ces vauriens. Ils ne vous embêteront plus. Ça fait partie de l'arrangement.

— Quel arrangement ? Tu veux dire que l'Œil du Dragon est de mèche avec les Griffes Rouges ?

— Ça non plus, tu ne veux pas le savoir.

— Je t'en supplie, laisse-la partir, implora-t-il. (Il pouvait s'abaisser à supplier, tant que ça pouvait marcher.) Arrêter des membres de sa famille, ça se fait pas ! Il doit y avoir un autre moyen.

— T'as de la chance que je ne te coffre pas aussi sur-le-champ. Rentre à la maison et on oubliera peut-être toute cette histoire. Envoie-moi par texto l'adresse où tu laisseras ce dragon volé. On dira que Lina nous a indiqué où le trouver et on le rendra à son propriétaire. Ton nom n'a pas besoin d'être mentionné dans le rapport, d'accord ? Tu n'étais pas là ce soir.

— Moi, j'ai rien vu, ajouta nonchalamment Kai. Et surtout pas de collégien pilotant un Faucheur de l'Aube volé au-dessus d'un district réservé aux adultes, si tard dans la nuit que c'est presque le matin. Non, j'ai rien vu du tout…

— Je vais compter jusqu'à cinq, le mit en garde Silas.

— Tu n'as pas le droit de me donner des ordres, rétorqua Abel en croisant les bras. T'es ni papa ni maman.

— Bien sûr que si, j'ai le droit de te donner des ordres, Abel. (Silas tapota l'insigne sur son blouson de vol : un dragon cyclope brandissant une épée, l'emblème de l'Œil du Dragon.)

C'est nous qui faisons respecter la loi, dans cette ville, ce qui signifie que tu *dois* m'obéir, sinon gare à toi.

— Tu n'es qu'une brute qui a trahi sa famille.

— Tu veux bien arrêter de faire du cinéma, pour une fois? fit Silas en secouant la tête. C'était l'idée de Lina. Elle savait qu'elle finirait par se faire prendre, que ce soit par les Griffes Rouges ou par nous. Elle s'est livrée pour vous protéger, les parents et toi. Tu crois que tu l'aides, mais c'est l'inverse! Rentre à la maison, fais mumuse avec tes cartes et laisse les grands régler ça.

— C'est *son* idée?

Abel scruta le module de transport de prisonnier sur le dos de la wyverne. Il se souvint que Lina était très détendue lorsque Silas l'avait fait sortir de l'appartement. Et qu'elle avait essayé de le mettre en garde, comme si elle savait quelque chose que lui ignorait, alors que c'était elle qui se faisait arrêter.

Lorsqu'ils étaient petits, Silas n'arrivait jamais à battre Lina à DrakoTek. Elle parvenait toujours à prédire la carte qu'il allait jouer. Tour après tour, elle le conduisait droit dans un piège. Puis elle l'écrasait à l'instant même où il pensait avoir gagné. Silas avait fini par refuser de jouer contre elle parce qu'il détestait perdre. C'est pour ça que Lina avait appris les règles à Abel. Lui aussi, il perdait toujours face à elle. Malgré tout, c'était plus fort que lui, il fallait qu'il joue, encore et encore.

Abel se souvint soudain du bruit qui l'avait fait sortir de sa chambre à 01 h 02, avant que sa sœur se fasse emmener. C'était la voix de sa sœur qui l'avait réveillé. Alors qu'elle pouvait être très discrète quand elle le voulait.

Son cœur s'emballa.

Sa sœur l'avait réveillé exprès… parce qu'elle savait que ce serait plus fort que lui, qu'il la suivrait. À cet instant, ses deux frères, qu'elle battait si facilement à DrakoTek, étaient réunis au sommet d'une tour avec non pas *un* mais *deux* dragons inestimables.

Même si ce n'était plus un jeu, Lina employait les mêmes stratégies.

— Elle nous a tendu une embuscade ! hoqueta Abel. Pour récupérer Karak – et ta wyverne avec !

— Qu'est-ce que tu racontes ? pouffa Silas. Il n'y a pas d'embu…

— Désolée, frérot, le coupa Lina, qui n'était plus dans le module.

Elle se tenait devant Kai, qu'elle menaçait avec son propre lance-flammes.

— C'est sympa de te voir, Kai, ajouta-t-elle. Désolée que ce soit dans de telles circonstances vu que, bien sûr, si tu bouges, je te crame.

— Lina, soupira Kai.

— Lina ! cria Silas.

— Lina ! hurla Abel tandis qu'un Dragon Moussu atterrissait sur le toit.

Deux Demi-wyvernes noires identiques descendirent alors vers eux en tourbillonnant entre les lumières qui dansaient dans le ciel. Elles se mirent à tournoyer juste au-dessus d'eux ; chacune portait un pilote et un artilleur, ces derniers braquant vers eux de gros lasers anti-dragons.

Un Faucheur Aile d'Acier bleu et gris se posa face au Dragon Moussu. Son cavalier sauta à terre en remontant sur son front ses lunettes de pilote.

Il portait un manteau d'officier supérieur de l'armée à haut col dont il avait remplacé tous les boutons argentés par des boutons fluos, rouges, orange et bleus. L'emblème des Chevaliers du

Ciel avait été peint au pochoir partout sur le manteau, au milieu de médailles que son clan avait remportées, ou d'écussons simplement à l'effigie de groupes qu'il adorait. Les autres Chevaliers du Ciel arboraient les mêmes couleurs et leurs vêtements étaient recouverts du même symbole reproduit dans des tas de tissus et de styles différents. Abel se dit que la vie d'un gang devait reposer sur deux choses : le crime et le style.

Le dragonnier en manteau de capitaine vint se placer juste devant Silas et Abel. Son regard allait et venait entre eux et leurs dragons.

— Tiens, tiens, tiens, Lina. Ce sont deux beaux spécimens. Tu t'es surpassée.

Celle-ci jeta l'arme vers Kai puis ouvrit une fermeture éclair sur sa propre combinaison pour révéler un rabat portant le dragon infini.

— Si tu penses que c'est ton jour de chance, tu peux toujours essayer de te servir de ce lance-flammes, lança-t-elle à Kai, comme pour le défier.

Ce dernier posa son arme au sol en grognant. Lina se tourna vers le chef des Chevaliers du Ciel.

— Merci, Capitaine Drey, d'avoir cru en moi. (Elle fit un étrange petit geste avec ses mains, ses index posés sur ses pouces, afin de former le signe de l'infini.) Je sers le chevalier éternel.

— Bien sûr, le chevalier éternel, bien sûr, répondit le capitaine.

Il joignit rapidement les doigts pour accomplir le même symbole puis les écarta aussitôt.

Lina ne sembla pas s'en offusquer. Son regard brûlait du même feu qui l'animait lorsque, jadis, elle décrivait le livre censuré qu'elle était en train de lire. Ses frères, eux, levaient les yeux au ciel et leurs parents riaient nerveusement. Tout le monde possédait quelques livres censurés chez lui, mais personne n'en parlait autant que Lina.

De toute façon, le gouvernement passait son temps à censurer puis à décensurer des trucs, si bien qu'il était compliqué de savoir ce qui était légal ou pas. Le Conseil Municipal adoptait des lois arbitraires que les gens finissaient par enfreindre malgré eux, ce qui donnait une excuse aux agents de l'Œil du Dragon pour arrêter tous ceux qu'ils voulaient. Puisque tout le monde enfreignait la loi d'une façon ou d'une autre, ils pouvaient traiter *tout le monde* comme des criminels. Certains, comme sa sœur, trouvaient ça injuste. Abel, lui, était en cinquième. Toute sa vie de collégien lui semblait injuste.

Ensuite, Lina avait vu les choses en plus grand, passant de la lecture de livres censurés au vol de dragons. Ça, c'était un *vrai* crime.

— OK, les gars, on harnache ces deux grosses bêtes et on déguerpit avant que les flics débarquent. (D'un geste, Drey fit signe à quatre de ses hommes de s'emparer de Karak et à quatre autres de prendre la wyverne de Silas.) Ensuite, balancez-moi les pilotes du toit.

— Quoi ? Non ! protesta Lina. Capitaine ! C'est pas ce qu'on avait dit !

— Euh… c'est vrai, grogna Drey. J'avais oublié. C'est ta famille. Ah, les voleurs sentimentaux sont les pires. (Il se tourna vers ses hommes.) Attachez-les et laissez-les là. Ne boudez pas ! On ira en ville pour trouver des Griffes Rouges à balancer d'un toit.

Ses hommes s'esclaffèrent mais, lorsqu'ils s'approchèrent de Karak, l'énorme dragon lança un énorme rugissement qui leur fit passer l'envie de rire.

Drey soupira et sortit de l'une des nombreuses poches de son manteau un énorme collier scintillant. Le bijou était un mélange d'argent, de diamants et d'éclats de verre draconique de formes rares, du genre qu'on ne trouve qu'au-delà des Plaines de Verre. Il valait sans doute plus que ce que les parents d'Abel payaient chaque année pour leur appartement. Et sans doute plus que ce que *tous les locataires* de l'immeuble payaient chaque année. Il l'agita devant Karak et la wyverne.

— Vous voulez l'ajouter à vos trésors ? Il y en aura d'autres pour vous, si vous venez avec nous. (Il adressa un grand sourire à Lina.) J'ai commencé dans le clan comme toi, en volant des dragons. Parfois, il n'en faut pas plus.

Les yeux écarquillés de la wyverne trahissaient son avidité. Elle se mit à haleter, son énorme langue fourchue pendouillant de sa gueule.

— Wondla, non, gémit Silas, mais son dragon baissa la tête pour frotter son museau contre le corps tout entier de Drey, signe de sa soumission.

Elle lui appartenait, à présent. Elle laissa ses hommes se hisser en vitesse sur son dos, ajuster le harnais et la faire décoller.

Silas se dégonfla comme un ballon d'anniversaire oublié pendant une semaine dans une poubelle. Abel eut vraiment pitié de lui.

Drey agita le collier étincelant devant Karak.

— Allez, ma petite Aube. Tu sais que tu le veux. Il est à toi, si tu deviens l'un des nôtres…

— Karak, ne l'écoute pas ! osa protester Abel.

Drey le toisa puis lança vers Lina un regard qui signifiait : « Tu es sûre que je ne peux pas le balancer du haut du toit ? »

Karak renifla, crachant des étincelles par les naseaux, ce qui remplit Abel de fierté. Contrairement à la wyverne de Silas, son dragon était loyal.

— Évidemment, quand cette méthode ne marche pas, il y en a d'autres, gronda Drey.

L'une de ses acolytes s'approcha de Karak par-derrière avec une grande perche qu'elle avait décrochée du harnais du Dragon Moussu. Elle était équipée d'une seringue à son extrémité, rattachée à un tuyau et à une bouteille d'oxygène. Lorsque la femme appuya sur un bouton, la seringue fut éjectée et se planta entre deux écailles.

Le dragon d'Abel hurla. Des flammes orange fusèrent de sa gueule et rougeoyèrent entre ses écailles et les os de sa colonne vertébrale. Ses yeux lançaient des éclairs lorsqu'il se dressa sur ses grosses pattes arrière, déployant ses ailes comme un drap étoilé tendu sous un ciel embrasé. Et puis… plus rien.

Il se rassit.

Ses flammes s'éteignirent et la lueur entre ses écailles vira au blanc, comme ses yeux. Il s'immobilisa sur le toit, le regard braqué droit devant lui. Les lumières de la ville dansaient dans le blanc immaculé de ses yeux fixes.

— Ça ne dure pas longtemps, mais ça suffira pour qu'on l'emmène d'ici, lança Drey à Lina. Tu pourras le gérer.

Le regard de celle-ci s'attarda un instant sur Abel, comme si elle voulait s'excuser. Au lieu de quoi, elle se tourna vers son chef.

— Pigé, dit-elle.

Elle grimpa sur le dos du dragon drogué et l'éperonna pour qu'il s'envole. Il bougea comme s'il était somnambule mais il obéit.

Les deux Demi-wyvernes noires se placèrent de chaque côté de lui pour l'aider à prendre de la hauteur.

— Karak, réveille-toi, l'implora Abel.

Le dragon ne l'entendit pas.

— Désolé, les mômes, fit Drey en remontant sur son Dragon Moussu. Voyez le bon côté des choses, personne ne vous a jetés dans le vide !

Il s'envola en riant et disparut dans le chaos coloré de la ville juste avant qu'un énorme spot éclaire le toit, aussi clair que le jour.

— PAS UN GESTE, hurla une voix mécanique. VOUS ÊTES EN ÉTAT D'ARRESTATION POUR VIOLATION DE DOMICILE ET DESTRUCTION DE BIEN PRIVÉ. CECI EST UNE INTERVENTION POLICIÈRE. PAS UN GESTE.

— C'est un peu tard, les gars, grommela Silas tandis qu'une douzaine de wyvernes les encerclaient sur le toit.

C'était un ailes-longues qui braquait le spot vers eux, très haut dans le ciel.

— VOUS ÊTES EN ÉTAT D'ARRESTATION, répéta la voix. PAS UN GESTE.

Le temps que Silas et Kai leur montrent leur badge de l'Œil du Dragon, Abel s'était déjà fait passer les menottes, à plat ventre contre le sol.

Il avait perdu le dragon qu'il était censé mener au combat pour les Ailes du Tonnerre et sa sœur avait échappé à l'Œil du Dragon et sans doute enfreint leur marché avec les Griffes Rouges au passage. Si Abel ne finissait pas à la Prison de Windlee avant le lever du soleil, il serait sans aucun doute consigné dans sa chambre jusqu'à la fin de ses jours.

20

Ses parents vinrent le chercher au cinquante-septième étage de la plate-forme d'atterrissage, devant les Quartiers Généraux de l'Œil du Dragon juste après le lever du soleil. Silas, qui se tenait près de lui dans la lumière de l'aurore, le remit à sa mère et son père. Il avait raconté à ses supérieurs de l'Œil du Dragon que Lina avait kidnappé son petit frère pour le prendre en otage, et Kai avait confirmé sa version. C'est ce qui avait sauvé Abel de la salle d'interrogatoire.

À présent, il allait devoir répéter ce mensonge, ce qui ternirait un peu plus l'image de Lina aux yeux de leurs parents.

— C'est une criminelle, lui murmura Silas à l'oreille pendant que ses parents signaient des papiers pour sa sortie. Une délinquante de bas étage et une voleuse de dragons. Je n'ai jamais compris pourquoi tu l'admirais.

— Tu veux dire, pourquoi je l'admirais elle et pas toi ?

Silas lui donna un coup de coude, durement, puis le poussa vers leurs parents.

— Et Lina ? fit leur père à voix basse. Elle est en garde à vue ? Elle va bien ?

— Votre fille est encore dans la nature, renifla Silas. Sa tête est mise à prix, maintenant.

— Tu ne peux plus la protéger ? C'est toujours ta sœur, tu sais.

Silas secoua la tête et rentra dans le bâtiment.

Abel donna la main à ses parents comme un petit garçon.

— Maman, papa, je suis désolé… je…

— Ce n'est pas ta faute, le rassura sa mère avant de l'entraîner vers l'arrêt de bus.

Sauf que si, c'était bel et bien *sa* faute. Tout. Il leur mentait depuis la nuit où Lina avait débarqué par sa fenêtre et maintenant il venait d'aggraver la situation. Et ils n'allaient même pas le punir, parce qu'ils ignoraient la vérité. Il se serait au moins senti un peu mieux s'ils l'avaient enguirlandé et consigné dans sa chambre. Mais ses parents pensaient qu'il était une *victime*. La culpabilité le rongeait de l'intérieur.

Ils ne lui dirent rien de tout le trajet dans le bus 27 (un ailes-longues express qui leur fit traverser la ville), et ils ne parlèrent pas non plus lorsqu'ils prirent une correspondance pour le bus local, un ailes-courtes lunatique de l'espèce des Orteils Gris qui ondulait dans la brise. L'animal criait sans cesse sur les embouteillages, ce qui faisait toujours sursauter Abel. Ils gardèrent aussi le silence pendant les longues minutes de marche qui séparaient la tour d'atterrissage de leur appartement.

Lorsqu'ils passèrent devant Shivonne, toujours postée sur le seuil de la laverie avec son livre de poche, elle sourit à Abel d'un air triste. Derrière elle, Sax et Grackle les foudroyèrent d'un regard si brûlant qu'il aurait pu changer le sable en verre.

Lorsqu'ils rentrèrent enfin chez eux, son père s'avachit comme Silas lorsqu'il avait perdu sa wyverne. Il s'effondra dans le canapé. Percy s'approcha de lui, grimpa sur ses genoux et y posa son long museau. Comme l'homme ne le gratouillait pas, Percy lui griffa doucement les genoux. Sans succès.

La mère d'Abel s'arrêta entre le canapé et la cuisine.

— Lina… comment a-t-elle pu ? s'émut-elle. Et Silas ? Un membre de l'Œil du Dragon ?

Elle secoua la tête. Abel aurait tellement voulu la réconforter !

— Désolé, maman. Je…

Elle lui tourna le dos pour ouvrir le frigo sans le laisser finir.

— Je vais faire des pancakes, dit-elle.

D'habitude, Abel adorait les pancakes de sa mère, épais, moelleux et délicieux mais, là, il n'avait pas faim. Il ne savait pas quoi faire, mais il savait qu'il ne pourrait pas y arriver seul. Plus il regardait sa mère cuisiner et son père végéter, plus il se sentait mal.

Que ferait le Dr Drago ?

Il s'arrangerait pour ne pas être un élève de cinquième.

C'était trop pour lui. Il devait tout avouer à ses parents, en espérant qu'ils auraient une idée pour arranger les choses.

— Maman, arrête de cuisiner, s'il te plaît, dit-il. Papa, euh… en fait… j'ai quelque chose à vous dire. Je… vous savez, l'autre nuit, quand…

C'est alors que son téléphone vibra. C'était un message de Roa.

T'ES OÙ ?!

Puis un autre :

URGENCE. APPELLE-MOI !

Puis un autre d'Ally qui le fit frissonner :

OÙ EST KARAK ? TU FERAIS MIEUX D'ÊTRE
EN ROUTE. SI TU NE RAMÈNES PAS
TOUT DE SUITE TES FESSES,
TU FINIRAS DANS LE VENTRE DE NOS DRAGONS.
ENFIN, SI LE TIEN T'A PAS DÉJÀ BOUFFÉ.

— Qu'est-ce qu'il y a, Abel ? demanda sa mère. Tu es blessé ? Tu dois t'allonger ?

Tout à coup, on tambourina à la porte si fort qu'ils sursautèrent tous les trois. Son père se leva et Percy se roula en boule sur le canapé jusqu'à ressembler à un coussin décoratif.

— Ouvrez ! aboya Grackle. Nous savons que vous êtes chez vous !

— Ne me forcez pas à défoncer la porte, ajouta Sax. J'ai pas envie de rayer mes bottes toutes neuves.

La mère d'Abel alla ouvrir et les deux criminels entrèrent dans l'appartement comme s'ils étaient chez eux. Sax, les mains dans les poches de son manteau rouge, sifflotait.

— Vous avez bien nettoyé, dites donc, depuis notre dernière visite, lâcha-t-il avant de renverser d'un coup de pied le portemanteau.

Il n'était pas cassé, mais c'était quand même malpoli.

— Lina n'est pas là, cracha le père d'Abel, comme pour les défier.

Grackle traversa le salon d'un pas lourd et lui colla un coup dans le ventre qui le fit se plier en deux. Il s'efforça de se redresser, les poings serrés.

— Arrêtez ! hurla la mère d'Abel. Toliver, calme-toi, tu vas te faire tuer.

Sa mère n'appelait jamais son père par son prénom, sauf quand elle était furax. Parfois, c'était la seule manière de savoir qu'elle l'était. Elle se tourna brusquement vers Sax et lui montra à quel point elle était en colère.

— Est-ce que je peux vous offrir une tasse de thé pendant que nous discutons ?

Par contre, elle ne leur proposa pas de biscuits.

Ce n'était pas grand-chose, mais ça restait une petite victoire.

Elle jeta la pâte à pancakes à moitié finie à la poubelle et se mit à préparer du thé pour les intrus. Ces derniers ordonnèrent à Abel de s'installer à côté de son père sur le canapé. Sax s'assit dans le fauteuil d'en face, furibond. Grackle alla fouiller la chambre de Lina pour trouver des indices.

— Elle a plein de livres censurés, annonça-t-il. *Le ventre vulnérable : une histoire inversée de Drakopolis.* Ça a l'air barbant.

— Elle a aussi toute la série du *Lycée des Cœurs Brisés*, suggéra Abel, sarcastique. Ça devrait vous plaire. Ça se passe dans un monde imaginaire sans dragons où tous les personnages sont beaux et n'arrêtent pas de tomber amoureux les uns des autres. Quand ils ne vivent pas avec des maladies rares. À lire avec un mouchoir, ça fait pleurer.

Grackle sortit la tête de la chambre de Lina, le premier tome à la main.

— Vraiment ? J'aime bien les histoires émouvantes.

— Il se fiche de toi, cracha Sax. Repose ce livre, on n'est pas à la bibliothèque. On est venus chercher Lina. C'est le grand jour.

— Mais vous n'avez pas le droit de faire ça ! protesta Abel alors que ses parents le foudroyaient du regard pour qu'il se taise.

Il devait pourtant rappeler à ces babouins qu'ils avaient *perdu,* et qu'ils devaient donc laisser Lina tranquille.

— Tu crois vraiment qu'il y a des règles, petit ? se moqua Sax. La seule règle que les Griffes Rouges suivent, c'est celle du pouvoir et, là tout de suite, c'est nous qui l'avons, pas vous. Ici, pas d'Ailes du Tonnerre pour vous protéger.

— Qu'est-ce que les Ailes du Tonnerre viennent faire là-dedans ? s'étonna Toliver.

— Demandez à votre fils.

— Nous vous l'avons dit, Lina n'est pas là, intervint sa mère, au grand soulagement d'Abel.

Elle plaça deux tasses de thé sur la table basse. Grackle les rejoignit (le roman jeunesse toujours à la main), et s'assit sur le canapé à côté d'Abel et de son père. Il renifla le thé une fois.

— Fleur Griffue ? demanda-t-il.

— Avec des Baies-du-Soleil, répondit sa mère.

C'était leur meilleur thé, même si Abel le trouvait trop amer. Grackle aussi, visiblement. Il y lâcha quatre morceaux de sucre. Sax sirota le sien nature.

— Arrêtons de tourner autour du pot, dit Sax. Votre fille nous a volé quelque chose avant d'enfreindre l'arrangement qu'elle avait passé avec l'Œil du Dragon pour payer sa dette. Maintenant, notre boss est furax.

— Les Griffes Rouges ont sans doute des tas de dragons de rechange, non ? suggéra sa mère.

— Nos effectifs draconiques ne vous concernent pas, grogna Sax. Ce qui devrait vous préoccuper, c'est le sort de votre fille, qui a volé un dragon très important à l'un de nos mécènes.

Abel fronça les sourcils et regarda sa mère du coin de l'œil. Il ignorait le sens du mot « mécène ».

— C'est comme un supporter riche, lui murmura son père.

— Le coup porté à nos finances n'est rien comparé au coup porté à notre fierté, reprit Sax. Notre fierté est blessée. Et les dragons blessés sont les plus dangereux. Ils attaquent à l'aveuglette. Des immeubles entiers brûlent. Vous ne voudriez pas que ça arrive, n'est-ce pas ? Que diraient les voisins ? Vous ne voulez pas plutôt nous aider à soigner notre fierté blessée ?

— Nous le ferions si nous le pouvions, répondit la mère d'Abel en sirotant son propre thé, et Abel crut discerner une pointe de malice dans sa voix. Mais il n'y a rien que *nous* puissions faire pour aider un gang aussi puissant que le vôtre.

Sax ignora son sarcasme et poursuivit :

— Appelez votre fille. Faites-la revenir chez vous. Et on pourra peut-être lui éviter de se faire écarteler. Si on la trouve par nos propres moyens, eh bien… ce sera plus douloureux pour elle. Quant à vous trois… (Il fit claquer sa langue sur son palais.) Si elle ne se rend pas à l'Aile Brisée d'ici deux heures, Grackle et moi avons reçu l'ordre de commencer à vous arracher les doigts avec les dents.

— À commencer par les tiens, lança Grackle à Abel en faisant claquer ses mâchoires.

— C'est vraiment dégoûtant, gémit le garçon.

— C'est pas parce que t'aimes pas qu'il faut en dégoûter les autres, pouffa Grackle avant de mettre le nez dans son roman. De toute façon, on doit encore attendre.

Il tendit sa tasse pour demander à nouveau du thé sans quitter le livre des yeux.

La mère d'Abel soupira. Elle prit la tasse, ainsi que celle de Sax, alla déposer le tout dans la cuisine et revint les mains vides.

— Hé ! beugla Grackle. Je reveux du thé ! Tout de suite !

— Vous en avez eu assez, rétorqua la mère d'Abel. Si vous en prenez plus, ça risque de vous tuer.

— Quoi ? fit Grackle pendant que sa touffe bleue sur le haut de son crâne frémissait.

— Il y a quelque temps, le médecin a prescrit à Abel un médicament pour l'aider à se concentrer, expliqua-t-elle calmement. Comme les effets secondaires étaient plutôt violents, nous avons arrêté de le lui donner, mais j'ai gardé ce qui restait. Vous venez tous les deux d'en avaler une bonne dose dans votre thé… et, eh bien… ça peut causer…

Elle sortit le petit flacon de comprimés de la poche de sa veste et lut :

— Confusion, maladresse, somnolence soudaine et sévère. Ne pas piloter de dragons de grande taille pendant votre traitement.

— Comment avez-vous… qu'est-ce que… grogna Sax avant de tenter de se lever et de trébucher sur ses propres pieds, ce qui le fit retomber dans le fauteuil.

— Ça, c'est la confusion et la maladresse, commenta la mère d'Abel.

— Vous allez avoir des problèmes, gronda Grackle. On ne plaisante pas avec les Griffes Rou…

— Et ça, c'est la somnolence subite, ajouta-t-elle lorsque l'homme aux cheveux bleus perdit connaissance.

Deux secondes plus tard, les deux malfrats ronflaient en chœur.

— Voilà qui nous donnera un peu de répit pour réfléchir à tout ça, déclara la mère d'Abel.

Elle enleva sa veste et alla relever le portemanteau pour l'y accrocher. Puis elle se tourna vers Toliver.

— Mon pangolin au miel, dit-elle en employant le surnom mignon qu'elle lui avait donné. Tu veux bien m'aider à ligoter ces deux-là ? On va devoir se servir des draps mais c'est pas grave, demain, c'est jour de lessive.

Le père d'Abel acquiesça puis se leva.

— Et, Abel, reprit sa mère. Tu devrais appeler ta prof pour la prévenir que tu ne pourras pas l'aider aujourd'hui.

— On est samedi, protesta Abel. Je n'étais pas censé l'aider de toute façon ! Pourquoi est-ce que je devrais l'appeler ?

Il ne savait plus quelles règles s'appliquaient. Comme le collège était fermé, est-ce que le week-end n'existait plus ?

— J'aimerais que tu te montres courtois avec elle.

— Je…

Abel était sidéré que a) sa mère vienne de mettre deux criminels hors d'état de nuire alors qu'il n'était même pas 8 heures et que la plupart des gens avaient à peine avalé leur première tasse de thé, et b) qu'elle lui dise à présent d'appeler celle qui venait de le menacer de le donner à manger à un dragon s'il ne se ramenait pas à l'autre bout de la ville sur-le-champ.

— Euh…

« Je » et « euh » étaient en train de devenir ses mots fétiches. Il aurait vraiment préféré avoir autre chose à dire.

Il sortit son téléphone au moment où il vibrait de nouveau. Il était terrifié à l'idée de lire le sort qu'Ally et les Ailes du Tonnerre lui réservaient, mais le texto venait d'un numéro masqué.

C'était une photo de la couverture du comics que Lina lui avait donné avec la clé magnétique et l'adresse de l'entrepôt : le Dr Drago, serré entre les griffes d'une wyverne, tirait au pistolet laser sur le Cavalier Masqué. Le comics était toujours sous film plastique et quelqu'un avait écrit au marqueur une heure de rendez-vous à côté de l'étiquette portant le prix et le nom de la librairie qui le vendait (Chimère & Cie, *comics et café à toute heure*).

Il reconnut l'écriture. C'était la même qui avait dessiné des cœurs dans les marges du roman de la série *Lycée des Cœurs Brisés* qui gisait maintenant par terre à côté de Grackle.

C'était celle de Lina.

Elle voulait qu'Abel se rende à la librairie dans moins d'une heure. Est-ce que les fugitifs et les agents secrets prenaient tous leur rendez-vous comme ça? Était-ce un piège ou une main tendue?

La boutique n'était pas si loin. Il pourrait y arriver à temps à pied en coupant par la route cachée où se trouvait la diseuse de bonne aventure. Mais comment faire? Il ne pouvait pas partir en douce alors que ses parents étaient en train de ligoter deux criminels inconscients. Il ne pouvait pas non plus ignorer Roa, Ally et les Ailes du Tonnerre sinon ils allaient tous se lancer à ses trousses. Et il pouvait encore moins poser un lapin à sa sœur, parce qu'elle avait *son* dragon *à lui.*

Comment était-il censé aller à trois endroits différents et contenter trois clans à la fois?

Une idée le frappa soudain. Il se mordit la lèvre.

Le moment était venu. Il devait faire l'impensable.

— Maman, papa, dit-il. J'ai besoin de votre aide.

Puis Abel inspira profondément et leur raconta tout.

Troisième partie

Faites des gâteaux, pas la guerre…

21

Toutes les têtes se tournèrent vers Abel lorsqu'il passa la porte de Chimère & Cie.

Derrière la caisse, un adolescent visiblement fatigué, avec plus de piercings que de peau sur le visage, se redressa sur son tabouret. Le pangolin bien nourri de la boutique se roula en boule près de lui sur le comptoir. Dans la partie bar, la serveuse arrêta un instant de battre la crème du café au lait qu'elle préparait et détailla Abel de la tête aux pieds par-dessus ses lunettes rose doré. Elle avait le crâne rasé et un dragon noir enroulé autour d'une wyverne blanche était tatoué sur sa tête. Elle portait à tous les doigts des bagues en forme de serpent de couleurs différentes.

Les clients qui attendaient leur café dans la file de l'autre côté de la vitrine se tournèrent eux aussi vers Abel. C'était un mélange coloré de tous les habitants de la ville : il y avait des hommes et femmes d'affaires bien habillés, des étudiants en sweats à capuche et en pyjamas et même un groupe de punks. Tous étaient unis par le même besoin pressant de prendre leur café du matin avec une pâtisserie.

Abel se dirigea vers le côté librairie car, comme il était tôt, les clients s'y faisaient plus rares. Les étagères débordaient de livres – des comics, des romans et des essais. Il y avait des guides sur tous les sujets possibles, des méthodes de divination basées sur les cartes DrakoTek jusqu'à l'histoire du commerce du verre à Drakopolis. On y trouvait aussi des albums, des romans jeunesse et toute une section d'histoires d'amour entre humains et dragons étiquetées H/D, ce qu'Abel trouvait très étrange. Mais c'était pour ça qu'il aimait cet endroit : il y en avait littéralement pour tout le monde, même pour ceux dont les vies et les goûts lui étaient incompréhensibles.

Il se demanda si Lina était là et si elle l'observait en cachette. Si c'était le cas, elle ne se montra pas. Il déambula dans la première allée de la section comics en feignant de s'intéresser aux nouveautés de la semaine. Puis il se rendit compte qu'il avait justement raté le jour de la sortie des nouveautés, et que ça l'intéressait *vraiment*. Abel prit le dernier numéro de *Pirates du Ciel*, une série sur un groupe de marginaux issus de tous les clans de la ville qui s'unissent pour affronter leurs anciens chefs afin de leur dérober leurs richesses et de les donner aux pauvres et aux affamés. En le feuilletant, il se rendit compte qu'il ne parvenait pas à se concentrer. C'était peut-être dû au stress, ou alors lire des histoires inventées sur les gangs ne l'amusait plus depuis qu'ils les terrorisaient, sa famille et lui, pour de vrai.

— Tu as besoin d'un renseignement, mon garçon ? J'ai des livres sur les pirates plein la boutique. Des histoires, des aventures et même des guides pratiques.

En se tournant, Abel vit que Fitz, le propriétaire de l'endroit, se tenait juste derrière lui. Pour un homme de sa corpulence, Fitz se déplaçait très silencieusement. Il affichait un grand sourire et rien dans son expression ne trahissait le fait qu'il avait vu Abel lors du combat de dragons de la nuit passée. Il lui tendit un sachet contenant un gâteau aux haricots rouges confits.

— C'est la maison qui régale, déclara-t-il. Personne ne devrait chercher un livre le ventre vide.

Abel sourit en retour. Il mourait de faim.

— Merci beaucoup.

— De rien, ça n'empêchera pas mon dragon de voler, répondit Fitz en balayant ses remerciements d'un geste de la main.

Contrairement aux chefs des gangs, Fitz comprenait la gentillesse.

À l'époque où leur père était très malade, Abel et Lina avaient passé de longues heures dans cette boutique, à lire, à écouter des histoires, à découvrir de nouveaux groupes de musique, de nouveaux auteurs et de nouvelles pâtisseries que Fitz leur faisait parfois goûter gratis. L'endroit était connu pour ses « crocs de dragons » remplis de crème et ses beignets « griffe collante ». Comme le café était un terrain neutre pour tous les clans, Abel et Lina pouvaient y traîner en toute sécurité lorsqu'ils n'étaient pas à l'école.

Le temps que leur père sorte de l'hôpital, Lina avait déjà dévoré la moitié des livres de la librairie, ce qui expliquait pourquoi Fitz l'avait embauchée. Il avait l'habitude d'engager tous les ados du quartier qui en avaient besoin et, bizarrement, il ne semblait jamais à court d'argent. Abel ne s'était jamais interrogé sur la question mais, maintenant qu'il savait que la cité regorgeait de secrets, il n'était plus certain de pouvoir lui faire confiance. La moitié du temps, il laissait les gens partir avec des livres sans les leur faire payer s'il pensait qu'ils étaient faits pour eux. Même à treize ans, Abel savait que ce n'était pas comme ça qu'on tenait un commerce.

— Alors, les pirates ne t'intéressent pas, aujourd'hui ? demanda Fitz en feignant l'innocence. C'est bien dommage. Tu peux apprendre *beaucoup* des pirates. Ma préférée, c'était Hazel la Folle, dite la Maraudeuse. Avec sa flotte de dragons, elle a régné sur la moitié du ciel de Drakopolis il y a cinq cents ans. Elle chevauchait un dragon doté d'une crinière blanche magnifique qui était connu dans *toute* la ville. Quand elle a fini par se faire prendre, elle a tressé la superbe crinière de son dragon avec des rubans dorés, elle a enfilé sa plus belle cape, mis ses bijoux les plus somptueux puis elle a ordonné à son dragon de brûler son palais.

— Elle a incendié sa propre maison ? s'étonna Abel. Pourquoi ?

— J'imagine qu'elle préférait voir ses richesses partir en fumée plutôt que de laisser ses ennemis s'en emparer. À moins que les pirates soient juste imprévisibles ?

— Peut-être.

Abel ne comprenait pas pourquoi Fitz lui racontait cette histoire.

— Bref, tu ne veux pas de pirates. Qu'est-ce que tu cherches ? Je suis un expert pour donner le bon livre à la bonne personne au bon moment, tu sais ?

— Je… euh… je regarde juste.

Fitz fit la moue et hocha la tête.

— C'est ton droit. Je vais m'occuper de mes affaires.

Il parcourut sa boutique du regard pour s'assurer que personne ne l'épiait même si, évidemment, il y avait *toujours* des indiscrets. Toute librairie comptait au moins *un* espion de l'Œil du Dragon parmi ses clients, et on ne pouvait jamais l'identifier.

— Mais si tu cherches un numéro précis de Dr Drago, sache que j'ai tout vendu.

Il lui fit un clin d'œil.

— D'accord…

— La personne qui m'a acheté le dernier numéro vient juste de traverser la rue pour entrer au Drag On Lounge… si jamais tu veux lui en parler. Je crois que c'est un membre de ta famille.

— De ma famille ? Comme…

— De la famille des amoureux des comics.

Fitz lui fit un nouveau clin d'œil et Abel comprit. Sa sœur l'attendait au Drag On Lounge, la boîte de nuit d'en face.

— Si le videur te fait des misères parce que tu es trop jeune, dis-lui juste que Fitz t'envoie.

Et, avant qu'Abel comprenne ce qui se passait, ce dernier le raccompagna dehors.

— Une dernière chose. Ils servent un milk-shake au thé vert délicieux. Ne pars pas sans l'avoir essayé.

Il tapota Abel sur l'épaule et disparut dans sa librairie.

Planté sur le trottoir, Abel cligna des yeux, ébloui par le soleil matinal qui se reflétait dans les vitrines des boutiques alentour.

Tout à coup, un dragon rose à ailes courtes descendit juste au-dessus de lui, manquant de peu de lui arracher la tête avec ses griffes. Le pilote sur son dos cria : « Regarde où tu vas, minus ! », comme si c'était sa faute. Un dragon Mille-Pattes sans ailes déboula soudain, son long dos chargé de paquets à livrer. Il était dirigé par un cavalier à la mine revêche posté sur une selle au niveau de ses épaules. Le dragon Mille-Pattes fonça dans une flaque et éclaboussa Abel vingt fois avant qu'il ait le temps de reculer d'un bond. Il soupçonnait le conducteur de l'avoir fait exprès. Les gens n'étaient pas polis si tôt le matin dans ce quartier. Comme dans tous les autres, en fait.

L'enseigne en néon du Drag On Lounge clignotait en grésillant de l'autre côté de la rue. Abel épousseta son pantalon et traversa après avoir regardé à droite et à gauche – et en haut – très prudemment. Il tentait de marcher d'un pas assuré tout en craignant que ça ne soit pas très convaincant.

Il espérait que, de leur côté, ses parents s'en sortaient avec leur partie du plan.

Ils l'avaient préparé ensemble, le matin même, après sa confession.

À cet instant précis, ces deux débiles des Griffes Rouges devaient se réveiller dans l'appartement, ligotés et bâillonnés, et sa mère devait exiger de rencontrer leur chef. Son père, lui, était censé envoyer un texto à Ally pour la convier à la même réunion. Pour que son plan fonctionne, Abel devait réunir les chefs de *tous* les gangs et, pour ça, il devait convaincre Lina d'inviter les Chevaliers du Ciel. Il avait aussi besoin de récupérer son dragon, et là encore, il comptait sur l'aide de sa sœur.

En priant pour qu'elle ne l'attire pas dans un autre coup fourré.

Dans tous les cas, il était temps d'y aller. Il n'était jamais rentré dans une boîte de nuit et il ignorait ce qui s'y passait. *D'ailleurs, est-ce que c'est encore une boîte de nuit, quand il fait jour ?*

Comme promis, dès qu'il annonça au videur que Fitz l'envoyait, on le laissa entrer malgré la pancarte lumineuse qui indiquait INTERDIT AUX MINEURS, à côté d'un dragon qui mangeait un bébé. L'enseigne était si vieille qu'elle grésillait et que la moitié des néons ne marchaient plus.

À l'intérieur, il faisait sombre et l'endroit était presque désert. Des box arrondis pourvus de fauteuils en velours rouge bordaient une grande salle en arc de cercle, face à une scène qui prenait un mur entier. D'élégants rideaux de velours vert dissimulaient l'arrière de la scène tandis que des rideaux dorés cachaient les côtés. Abel vit que l'un de ces rideaux recouvrait la porte d'un placard à balais, ce qui ruinait un peu l'effet chic.

— Va t'asseoir, gamin ! Le spectacle du matin va commencer ! cria quelqu'un en lui faisant signe de s'installer dans un box.

L'homme était vêtu d'un costume sombre et ses longs cheveux étaient ramenés en queue de cheval. Il n'avait rien d'exceptionnel, à part son visage couvert d'un maquillage élaboré qui évoquait une tête de dragon.

Tout à coup, on bouscula Abel. C'était un drac – un dragon miniature – qui voulait passer devant lui. Ses écailles étaient violettes et ses pieds dorés mais on l'avait habillé pour qu'il ait l'air d'être en smoking – il portait même un nœud papillon noir et quatre petites manches lui couvraient les pattes. Deux milk-shakes vert pétant étaient posés sur le plateau argenté sanglé à son dos.

Ne pars pas sans l'avoir essayé, lui avait dit Fitz. Ce n'était pas une suggestion, mais un indice!

Il suivit le dragon vers un box vide dans un recoin sombre et s'assit pendant que le serveur à écailles posait une aile sur la table et se penchait de côté pour que les milk-shakes glissent jusqu'à destination. Il n'en renversa pas une goutte.

— Merci, dit Abel en repensant à la fierté légendaire des dragons.

La créature renifla avant de s'éloigner. Les lumières s'éteignirent alors et un spot éclaira la scène.

Une chanson entraînante surgit des enceintes, un vieux tube parlant d'une personne amoureuse d'un membre d'un autre gang. Les beats se mirent à pulser en rythme avec les paroles.

Notre gang est en guerre, mais je t'aime plus fort
Qu'un dragon aime son trésor
Les cieux vont bouillir tant je brûle de désir
Pour tooiiiiiii... pour toiiiiiii... pour TOIIIII!

Au dernier « TOIII », un rideau doré voleta et l'artiste entra en scène telle une vision sortie d'un rêve.

C'était une humaine, déguisée et maquillée pour ressembler à un immense et magnifique Dragon Pailleté, avec des ailes en tissu couvertes de pierres précieuses et une robe en sequins imitant des écailles arc-en-ciel. Ses bottes avaient des talons si hauts qu'Abel avait le vertige rien qu'en les regardant et elles étaient recouvertes de mini miroirs qui renvoyaient la lumière du spot en centaines d'arcs-en-ciel partout dans la boîte de nuit déserte. Bien qu'humaine, elle avait saisi à la perfection l'effet que produisait un Dragon Pailleté. Elle écarta les bras pour déployer ses grandes ailes et chanta en playback la suite de la chanson avec une passion telle qu'Abel en eut des frissons dans le ventre. Il n'avait jamais vu une telle performance.

Montre tes crocs, tes aiguillons!
Pour toi, je briserai les murs de ma prison!
Je serai ta reine dragon,
Plus forte que tous les bataillons!
Ta Reine Dragon!
Ta Reine Dragon!

— Son nom d'artiste, c'est Raina Terreur, lâcha Lina en s'asseyant en face d'Abel sans même un bonjour. (D'où sortait-elle?) Elle est géniale, non?

— Euh…

Abel craignait que « euh » ne devienne *vraiment* sa phrase fétiche.

— Détends-toi. Je lui ai demandé de jouer ce matin parce qu'elle est si douée que personne ne peut détourner les yeux de sa performance.

— Donc personne ne nous verra. Malin.

— Merci. Et merci d'être venu me voir. Je suis désolée, pour hier soir. Je devais récupérer Karak.

— Tu ne *devais* pas, rétorqua Abel en prenant une grosse gorgée de son milk-shake, qui était *vraiment* délicieux. Tu as *choisi* de le faire.

Lina tapota le bord de son verre.

— Suivre les ordres, c'est la première leçon qu'on apprend chez les Chevaliers du Ciel.

— J'imagine que tu les as laissés te corrompre avec leurs leçons, répondit Abel en se souvenant des paroles de l'hôtesse de la laverie-casino.

— J'ai fait quoi ? s'indigna Lina, sourcils froncés. C'est une réplique d'un de tes comics ? (Elle secoua la tête et changea de sujet.) Voilà le problème : on a un combat de prévu, et j'étais censée y participer avec Karak, pour les Chevaliers du Ciel… Mais il refuse de me laisser le monter, maintenant.

— Ton chef n'aurait peut-être pas dû lui injecter du poison, pas vrai ?

— Je n'approuve pas ce que Drey a fait, mais il devait agir vite, avant que les flics arrivent.

— On n'a pas le droit de traiter les dragons comme ça, lâcha Abel. C'est cruel. Et ça les vexe. Karak est très pointilleux avec les bonnes manières.

— Je sais.

Elle jouait avec la paille de son milk-shake sans prendre une seule gorgée. Sur scène, Raina Terreur tournoyait et ses grandes ailes couvertes de pierreries projetaient mille couleurs sur les murs.

— C'est à toi que Karak est loyal. Il t'a choisi, Abel, et nous avons besoin de toi pour le faire voler.

— Quoi ? s'étrangla Abel, qui faillit recracher son milk-shake par le nez.

— Nous devons absolument gagner ce combat. Il nous faut davantage de dragons. Les Griffes Rouges sont trop puissants, ils complotent pour gagner d'autres quartiers. S'ils y parviennent, ça déclenchera une guerre que personne ne pourra remporter. Si nous parvenons à récupérer certains de leurs dragons, ils y réfléchiront peut-être à deux fois avant de provoquer un conflit et nous pourrons assurer la paix dans la cité.

Abel grogna.

— Tu parles d'une paix. Qu'est-ce que ça change, que ce soit un gang ou un autre qui contrôle le quartier ? Ce n'est pas comme s'il y avait des gentils, dans cette histoire.

— Les gentils, c'est nous. Les Chevaliers du Ciel œuvrent pour le bien. Nous ne sommes pas juste des hors-la-loi. Nous sommes… (Elle baissa d'un ton.)… des révolutionnaires.

Abel fronça les sourcils.

— Viens avec moi, dit-elle. Je vais te montrer.

Elle se leva de table et se dirigea vers une sortie de secours dans un coin de la pièce. Lina ne regarda même pas en arrière pour s'assurer qu'il la suivait. Elle n'en doutait pas, parce qu'elle était sa grande sœur et qu'elle savait que ce serait plus fort que lui.

Elle avait raison, évidemment, même si ça lui coûtait de l'admettre.

Abel prit une dernière gorgée de milk-shake, jeta un ultime coup d'œil vers l'artiste sur scène qui faisait semblant de chanter à pleins poumons un chagrin d'amour. Puis il suivit sa fugitive de sœur dans l'allée en espérant qu'elle ne l'entraînait pas dans une nouvelle embuscade.

22

C'était bien une embuscade qui l'attendait, mais d'un autre genre que ce qu'il avait imaginé.

Lina avait laissé un dragon Pied Bleu à ailes courtes dans l'allée. Le Pied Bleu était l'un des dragons les plus communs de la ville. Ils n'avaient pas d'armes de souffle et il en existait de toutes les couleurs, mais leurs pieds demeuraient toujours… bleus. Quand on voulait voler discrètement, c'était le dragon idéal.

Abel hésita mais sa sœur lui assura que tout irait bien. Elle voulait juste qu'il jette un coup d'œil à quelque chose qu'il n'avait, selon elle, jamais vu de sa vie.

— Et tu m'emmèneras voir Karak ?

— Promis.

— Jure-le.

— Tu ne me fais pas confiance ?

Abel essaya de hausser un sourcil, façon de dire « à ton avis ? », mais il n'était pas très doué pour ça. Il avait sans doute juste l'air perplexe. Malgré tout, elle comprit le message.

— Je le jure, dit-elle.

— Sur un secret, ajouta-t-il. Jure sur… Kai Parchuli ?

— Kai… comment tu… T'as lu mon journal ! hoqueta-t-elle.

Abel haussa les épaules.

— T'as mon dragon. J'avais besoin d'une monnaie d'échange.

Kai Parchuli n'était pas *seulement* le coéquipier de Silas. Lina craquait pour lui depuis l'école primaire. Elle lui avait dédié de longs paragraphes fleuris dans son journal, comme s'il était le héros de l'un de ses romans sentimentaux. Les cheveux de Kai... Les yeux de Kai... Les épaules rondes de Kai, si bien mises en valeur par ses tee-shirts de groupes obscurs.

À vomir. D'un autre côté, ça pourrait devenir utilement embarrassant si Kai le découvrait un jour.

— J'ai écrit un message avec des captures d'écran qui partira automatiquement dans la boîte mail de Silas si je n'annule pas l'envoi, précisa Abel. Juste pour être sûr que je rentre sain et sauf à la maison.

Alors qu'il pensait que Lina serait folle de rage, elle éclata de rire.

— C'est très intelligent de ta part, petit frère. Enfin, c'est aussi répugnant, et je vais devoir me venger un jour ou l'autre. Mais, quand même, bien joué. Ton destin est peut-être de devenir le cerveau d'une organisation criminelle.

— J'en ai pas vraiment envie.

— Tant mieux. Parce que moi non plus. Allons-y.

Il grimpa dans le harnais derrière Lina. Elle fit avancer son dragon puis il s'envola pour rejoindre la circulation difficile de ce milieu de matinée.

Ils s'insérèrent dans un énorme boulevard qui suivait un tracé en spirale, depuis l'Hôtel de Ville au centre de la cité jusqu'aux fermes verticales et aux Plaines de Verre périphériques, traversant ainsi tous les quartiers de la ville. Sur le Boulevard Spirale, la voie centrale de Drakopolis, il y avait toujours de la circulation dans tous les sens. Mais Lina s'y glissa sans peine, son petit dragon se faufilant entre deux ailes-longues verts portant des containers sur le dos. Au même moment, un ailes-moyennes, un Traqueur Orange, se posta au-dessus d'eux et les plongea dans l'ombre.

Tout à coup, les deux dragons verts se rapprochèrent de chaque côté, leur bouchant la vue. Une corde tomba du gros panier de marchandises ventral du Traqueur Orange qui volait toujours au-dessus de leurs têtes.

— Nous devons changer de monture très vite, déclara Lina. Au cas où nous serions suivis.

Une fille qui ressemblait beaucoup à Lina, et qui était habillée comme elle, descendit à la corde et atterrit sur le dos de leur dragon, dont elle prit les rênes. Lina remonta tout aussi vite à la corde. Dès qu'elle arriva en haut, un garçon portant les mêmes vêtements qu'Abel glissa jusqu'à eux et lui sourit avant de faire le signe de l'infini avec ses mains. Comme Abel se contentait de le regarder sans rien dire, Lina lança en chuchotant et en criant à moitié :

— Abel, dépêche !

Même s'il était au milieu de la circulation, et très haut sur le boulevard tourbillonnant, Abel grimpa à la corde à toute vitesse. Il eut des fourmis dans les pieds et les mains jusqu'à ce qu'il se retrouve en sécurité dans le panier de marchandises, plongé dans le noir. Il jeta un coup d'œil par les trous d'aération et vit les dragons verts partir dans des directions opposées pendant que le Pied Bleu descendait à un niveau plus bas de circulation. Le dragon qui les portait resta tranquillement dans sa voie.

— Manœuvres d'évitement, déclara Lina. On apprend ça aussi très vite chez les Chevaliers du Ciel.

— Ce garçon avait les mêmes vêtements que moi ! s'étonna Abel. Comment c'est possible ?

— T'es toujours habillé pareil, rétorqua sa sœur. Je me suis servie dans ta chambre.

— Depuis combien de temps, exactement, tu voles pour eux ?

— Depuis le jour où Silas est parti à l'Académie, répondit-elle en souriant. Je me suis dit que quelqu'un devait contrebalancer le mal qu'il ferait en servant le Conseil.

— Mais c'est le gouvernement : il nous dirige et assure notre sécurité. Et tu étais super jeune !

— J'étais assez grande pour savoir que quelque chose ne tourne pas rond à Drakopolis. Le Conseil ne sert pas le peuple : il sert les puissants. Je voulais changer les choses. C'est pour ça que j'ai rejoint les Chevaliers du Ciel. Nous ne sommes pas comme les autres gangs, nous ne cherchons pas à gagner du territoire, de l'argent ou du pouvoir. Nous ne sommes pas des criminels : nous nous battons pour libérer tout le monde, qu'ils en soient conscients ou non.

— Pas tout le monde, la reprit Abel. Tu as volé Karak et dérobé la wyverne de Silas. Eux, ils ne sont pas libres.

— Pour libérer *tous les êtres humains*, corrigea Lina. Grandis un peu. En fait, on ressemble aux pirates de tes comics. On vole pour le bien de la communauté. Je vais te montrer.

Leur dragon quitta le boulevard principal pour s'engager dans les rues sinueuses de Drakopolis qu'il parcourut jusqu'à un haut immeuble d'habitation semblable à tous les autres. Un symbole géant des Chevaliers du Ciel peint à la bombe ornait l'une des zones d'atterrissage où le dragon les déposa.

À l'intérieur de l'immeuble, Abel vit tout… sauf des appartements normaux.

Tandis que Lina l'entraînait dans les couloirs, il aperçut des bureaux des Chevaliers du Ciel, des salles d'entraînement, des casiers à armes et même une crèche. Sa sœur le guida jusqu'à l'ascenseur et le fit monter vers la clinique où les gens recevaient des traitements gratuitement, de la brûlure de dragon jusqu'à la gastro.

— Ce n'est pas ce que je m'attendais à voir dans le quartier général d'un gang, admit-il.

— Où crois-tu que je trouvais les pilules pour soigner le Poumon d'écailles de papa, la moitié du temps ? On tient une épicerie dans les étages supérieurs et il y a aussi une bibliothèque gratuite. Ce n'est pas notre seul bâtiment. Nous avons des centres comme celui-ci dans tous les quartiers que nous contrôlons. Nous utilisons nos gains acquis pendant les combats de dragons pour aider les gens.

Abel regarda le personnel médical dont les masques portaient le symbole des Chevaliers du Ciel. Puis il étudia le mur, où étaient peints non seulement le même symbole mais aussi des dictons comme *La liberté n'est pas donnée par les puissants, elle est prise par les êtres libres* et *Sans ses griffes, un dragon n'a que faire de ses ailes.* Ces phrases, censées être inspirantes, résonnaient un peu comme des menaces. Il n'arrivait pas à comprendre *pourquoi* il se sentait oppressé par elles. C'était peut-être à cause des gardes aux couleurs des Chevaliers du Ciel postés partout, qui surveillaient tout le monde derrière leurs lunettes noires.

— Tu vois cette petite fille ?

Lina lui désigna une fillette à l'air souffrant assise sur une chaise en plastique, qui attendait son tour de voir l'infirmière. Lina alla lui donner du gingembre confit en lui ébouriffant les cheveux pour la faire rire. Puis elle sortit un comics – le nouveau numéro de *Pirates du Ciel* – et le donna à la malade avant de revenir voir Abel.

— Ses parents ont eu des problèmes avec les Griffes Rouges. Ils sont allés voir l'Œil du Dragon, comme ils étaient censés le faire. Au lieu de les protéger, l'Œil du Dragon a fermé les yeux en leur disant de s'occuper de leurs affaires. Ensuite, il a averti les Griffes Rouges que cette famille les avait dénoncés. Ses parents ont perdu leur travail et se sont fait chasser de chez eux. Quand ils sont venus nous trouver, nous ne les avons pas renvoyés. Nous ne renvoyons personne. Tout ce que nous demandons, c'est que ceux qui peuvent se battre combattent à nos côtés.

— Et ceux qui ne veulent pas devenir des révolutionnaires, alors ? Ou ceux qui vivent sur le territoire d'un autre gang ?

— Tout le monde a un rôle à jouer dans la révolution. Si quelqu'un a la chance de pouvoir nous soutenir et choisit de ne pas le faire, alors il est contre nous… et nous nous occupons de nos ennemis.

— C'est dur.

— Libérer le peuple de Drakopolis de la tyrannie, c'est dur. Il faut de la dévotion et du courage : on doit mettre de côté nos propres sentiments pour servir la révolution des Chevaliers du Ciel. On nous inculque dès l'enfance que le vol, c'est mal. Mais qu'est-ce qui est le plus répréhensible ? Voler un dragon aux riches pour aider les plus pauvres à manger ou laisser ces gens mourir de faim ?

Il repensa à Topher, à la façon dont les Ailes du Tonnerre le *forçaient* à travailler pour eux juste parce que sa mère avait respecté la loi en les dénonçant. Il voyait bien que les Chevaliers du Ciel, eux, aidaient les gens. Par contre, ils attendaient que ces gens se battent pour eux en retour, et ça ne lui semblait pas juste non plus. De l'aide attribuée sous condition, ce n'était plus de la gentillesse. Juste une autre forme de commerce.

— Vous forcez vraiment les gens à rejoindre votre cause en échange de médicaments et de nourriture ?

— Toutes les maladies ne sont pas dans le corps, et toutes les faims ne sont pas dans le ventre, répondit-elle en se tapotant la tempe. Réfléchis. L'esprit des gens a faim de liberté, même s'ils ne le savent pas. Nous leur ouvrons les yeux.

— D'accord, tu es une membre de gang avec des valeurs, mais ça ne te donne pas le droit de me voler mon dragon pour autant.

— Je vais t'emmener voir Karak. Il est tout près d'ici… En échange, je veux que tu fasses quelque chose pour moi, maintenant que tu as vu par tes yeux ce qu'étaient les Chevaliers du Ciel.

— Et c'est quoi ?

— Je veux que tu aides *notre* dragon à gagner. Je veux que tu perdes ton prochain combat exprès.

— Je n'ai aucun combat de prévu.

— Ça viendra. Je te connais.

— Mais alors vous gagneriez Karak.

— Il est *déjà* ici. Ça nous permettrait juste de le garder. Il finira par laisser un autre cavalier le chevaucher, si nous sommes patients. En fait, nous voulons surtout gagner le dragon des Griffes Rouges… et celui des Ailes du Tonnerre aussi. Nous devons *tous* les gagner.

— Donc, tu veux que je triche, que je perde *encore une fois* mon dragon et que je me mette à dos *tous* les gangs ?

— La dévotion exige des sacrifices. La cause est plus importante que n'importe quel individu.

Elle fit le symbole de l'infini avec ses doigts puis le conduisit dans un escalier de béton. Ils grimpèrent quelques étages jusqu'à une énorme salle de bal pourvue de hauts plafonds d'où pendaient trois lustres. L'un des murs était ouvert sur le ciel.

Karak était lové autour d'un quatrième lustre, par terre, profondément endormi. Mais lorsque Abel entra dans la pièce, ses naseaux frémirent et ses yeux s'ouvrirent. Il s'assit si vite que sa tête se cogna au plafond, provoquant une averse de plâtre. Le dragon éternua des étincelles. Une lourde chaîne pendait à son cou et deux autres lui entravaient les pattes arrière.

— Vous l'avez *enchaîné*? s'indigna Abel.

— On n'avait pas le choix. Mais on l'a installé confortablement, et on lui a servi un bon repas.

Des emballages de fast-food recouvraient le sol : il y en avait tellement qu'on aurait pu en remplir un bus.

— Vous lui avez donné des *tacos*?

Lina hocha la tête.

— Quand le sérum a cessé de faire effet, il nous en voulait à mort, donc il a fallu l'amadouer. Il adore les tacos.

Le dragon renâcla.

— Je crois qu'il est encore en colère.

— Comme je te l'ai dit, je n'approuve pas ce qu'a fait Drey pour le maîtriser. On n'avait pas le choix! On ne pouvait pas risquer qu'il tombe dans d'autres mains, et surtout pas celles de l'Œil du Dragon.

— Et maintenant, tu acceptes de me le rendre comme ça? s'étonna Abel, méfiant.

Elle lui tendit un autre pass magnétique et lui montra un lecteur sur le mur.

— Fais glisser le pass devant le lecteur. Ça ouvrira les chaînes et vous pourrez partir, tous les deux. Personne n'essaiera de vous suivre.

— Je n'ai pas dit que j'acceptais de perdre au prochain combat, lui rappela-t-il.

— Je sais, répondit-elle en reculant vers la porte des escaliers. (Elle ne voulait visiblement pas être là lorsque son dragon serait déchaîné.) Je te connais, Abel. Et je sais que tu feras ce qui est juste.

Après son départ, Abel tapota les naseaux de Karak doucement. À vrai dire, il ne savait plus très bien ce qui était juste et ce qui ne l'était pas.

23

Il était midi et Abel mourait de faim, si bien qu'il se réjouit lorsqu'il reçut un message de sa mère lui disant que le déjeuner était servi au restaurant l'Aile Brisée.

C'était un code qu'ils avaient mis au point ce matin-là : il signifiait qu'Abel devait mettre Karak et son père, qui tenait toujours Grackle en otage, en lieu sûr. Sa mère avait emmené Sax avec elle jusqu'au restaurant où tous les chefs des gangs devaient se réunir. Le message codé voulait dire qu'elle était arrivée là-bas saine et sauve.

Sinon, elle lui aurait dit par message de se préparer à manger tout seul. Un code simple et malin : c'était vraiment le genre de texto qu'une mère enverrait à son fils, même si toute la famille n'était pas surveillée par des criminels et des agents de la police secrète.

Heureusement, Abel avait une idée de l'endroit où il pourrait cacher son père, leur otage et un dragon volé de dix tonnes. Avec son père et Grackle sanglés sur la selle derrière lui, il survola la ville en restant autant que possible dans les voies à basse altitude et les allées secondaires. Toliver, depuis l'arrière, n'arrêtait pas de lui dire comment piloter et Karak dut lui décocher un regard de dragon méchant pour qu'il la boucle et laisse son fils le conduire en lieu sûr.

Dès qu'Abel vit le dragon rieur des Largue-Vents sur le côté d'un gratte-ciel à moitié en ruine, il sut qu'il était arrivé au bon endroit.

À l'instant où il atterrit sur l'un des niveaux supérieurs, les gens déguerpirent en voyant l'énorme Faucheur. Ils avaient dressé leurs tentes dans les anciens espaces de coworking et ils avaient transformé des bureaux en cuisines et en salles de jeux communes. Là, pas de dictons sur les murs ni de gardes qui scrutaient tout le monde. D'après ce qu'il savait du clan des Largue-Vents, ils n'avaient ni chefs ni règles. Leur seul but, à en croire la rumeur, c'était le chaos. Ils étaient qualifiés de terroristes alors que, à sa connaissance, ils n'avaient jamais blessé personne. Même l'attaque de son collège avait été un coup monté des Chevaliers du Ciel pour leur faire porter le chapeau. Les Largue-Vents ne faisaient que semer le désordre, pas la destruction.

Il était prêt à parier qu'ils seraient tous ravis de semer la pagaille dans un combat de gangs.

— Il y a quelqu'un ? lança-t-il. (Des visages l'observaient en cachette tandis que le vent soufflait sur le linge étendu et que des câbles sectionnés crachotaient des étincelles.) Euh… Je suis un ami de Shivonne ? hasarda-t-il en se souvenant de son tatouage secret à l'image des Largue-Vents. Eux, c'est mon père et Karak.

Son père était descendu, laissant un Grackle mécontent ligoté et bâillonné dans le harnais. Il tenait Percy dans ses bras.

— Quoi ? fit-il face au regard réprobateur de son fils. Je ne pouvais quand même pas le laisser tout seul à la maison !

Abel, son père et le pangolin attendirent. Les autres restaient cachés : ils avaient peur.

— On a besoin…

Il tenta de trouver les mots adéquats. Il voulait leur faire comprendre qu'il n'exigeait rien d'eux et qu'il voulait juste leur demander de l'aide. Et que même si un dragon terrifiant se tenait derrière lui avec une boule de feu rouge vif qui grandissait tel un soleil levant dans sa gorge, ils avaient le droit de refuser. Il voulait leur laisser le choix.

— … d'un sanctuaire, finit-il par dire.

Les dragons sont puissants, songea-t-il. *Mais le pouvoir est une chose compliquée. Qu'on l'ait ou qu'on ne l'ait pas d'ailleurs. Donc, avoir un dragon, c'est compliqué.*

Il attendit encore. Il devait leur laisser le temps de réfléchir, le temps de décider s'il était quelqu'un de confiance. Quoi qu'ils choisissent, ce n'était pas à lui de les commander, même s'il en avait le pouvoir. Il ne voulait pas devenir ce genre de personne. Comme l'avait dit Shivonne : « La ville ne sera pas tendre avec toi. Ne la laisse pas te corrompre. »

Il tendit le bras en arrière pour poser la main sur le poitrail de Karak, apaisant la boule de feu qui grandissait dans la gueule de la bête. Après de longues minutes où ils n'entendirent pour toute réponse que le souffle rauque de Karak et le vent hurlant à travers les murs ouverts, Abel se dit que ces gens devaient avoir trop peur, et il ne pouvait pas vraiment leur en vouloir. S'il avait pu éviter d'attirer l'attention de tous les gangs et de l'Œil du Dragon, il l'aurait fait, lui aussi.

Il fit demi-tour, décidé à chercher un nouveau plan et un autre endroit où se cacher.

— Attends ! lança quelqu'un.

Une vieille femme apparut, ses cheveux ramenés en arrière en une longue natte grise nouée par un fil de cuivre qui avait sans doute été arraché aux murs de cet immeuble. Sa longue robe ondulait dans le vent.

Elle s'avança, ses bras nus écartés. Son visage évoquait une déesse dans un livre d'images – son expression était à la fois sage, endurcie, bienfaisante et redoutable, et ses yeux sombres étaient perçants et affûtés. Cependant, lorsqu'elle prit la parole, elle ne parla pas du tout comme Abel aurait imaginé que le ferait une déesse.

— Vous pouvez rester. Par contre, ce gros bestiau, là, il a pas intérêt à bouffer mes gâteaux.

Derrière elle, d'autres personnes sortirent de leurs cachettes en écartant des rideaux et des rabats de tentes. Abel aperçut une table couverte de gâteaux de toutes les formes et de toutes les couleurs. Il y en avait tant qu'il en eut l'eau à la bouche.

— C'est un carbonivore, expliqua-t-il. Il ne mangera pas vos gâteaux s'ils ne sont pas brûlés, et vous avez l'air trop bonne cuisinière pour que ça arrive.

La femme fronça les sourcils. Alors qu'Abel regrettait sa plaisanterie, elle éclata soudain de rire et l'accueillit dans ce qu'elle décrivit comme leur « coopérative de quartier ». Elle s'appelait Sippa et elle vivait là avec ses huit fils et leurs familles, ainsi qu'avec plusieurs autres familles encore. Comme c'était la plus âgée et la meilleure cuisinière, ça lui donnait, selon elle, l'autorité nécessaire pour prendre des décisions pour le groupe.

— Pour choisir un chef, il faut faire des gâteaux, pas la guerre.

Elle sourit. Elle sortit une friandise de sa poche et laissa Percy la manger dans sa main. Karak toisa le petit pangolin d'un air jaloux.

Elle expliqua également que, si les autres refusaient que Karak se réfugie auprès d'eux, le dragon devrait partir.

Beaucoup de monde s'était approché, une cinquantaine de personnes, peut-être, de tout âge. Abel dut expliquer leur situation.

— Bon, les gangs sont après nous, et l'Œil du Dragon aussi. Ma famille et moi, on essaie d'arranger les choses, mais nous avons besoin de nous poser un peu en attendant, et c'est le seul endroit qui me soit venu à l'esprit. À part ici, je ne sais pas où aller.

Les Largue-Vents échangèrent des murmures puis ils votèrent à main levée. À l'unanimité, ils autorisèrent Karak, son père et leur otage à rester.

Toliver lui sourit de toutes ses dents, comme s'il venait de recevoir une bonne note.

— Ça ne sera pas pour longtemps, leur assura Abel. Je reviendrai dès que j'aurai trouvé comment…

— On ne veut pas savoir, le coupa Sippa. C'est pas nos oignons. Nous, on n'est pas sur les cartes du gouvernement et on n'a juré fidélité à aucun gang. On attend juste la même chose de vous. Si quelqu'un vient nous interroger, on ne dira rien. En échange, vous avez intérêt à nous rendre la politesse. C'est comme ça qu'on reste invisibles, ici. Personne ne parle.

— C'est tout ce que j'espérais, répondit gaiement Abel avant d'aider Karak à s'installer dans une grande salle plus loin dans le bâtiment où il ne serait pas repéré par les dragons qui volaient dans le quartier.

Il y avait là un gros tas de tuyaux, de composants d'ordinateurs et de déchets récupérés dans tout l'immeuble.

— On fait du troc avec les autres étages et les autres bâtiments comme celui-ci, expliqua Sippa. C'est le tas de rebuts dont personne ne veut. Ça ne vaut rien, par contre, ça brille.

— Ça ira ? demanda Abel à son dragon.

Pour toute réponse, Karak cavala vers le tas de pièces détachées. Il grimpa dessus, tourna trois fois sur lui-même et s'allongea en poussant un soupir de contentement accompagné d'un nuage de fumée.

— On dirait que ça lui plaît, se réjouit Abel avant de remercier de nouveau Sippa et sa famille pour leur hospitalité. Ça va aller ? lança-t-il ensuite à son père.

— Mais oui, répondit ce dernier en poussant Grackle dans un coin, à côté du tas de déchets de Karak. Ne t'inquiète pas pour nous. Va retrouver ta mère.

— D'accord. Je reviens aussi vite que possible.

— Prends ton temps, lança son père, qui sourit à Sippa. J'adorerais en apprendre un peu plus sur ces gâteaux.

Abel descendit deux cents étages à pied jusqu'au rez-de-chaussée. Il devait maintenant prendre un bus pour rejoindre une réunion cruciale. Sa mère et les chefs des gangs les plus féroces de la cité – tous ceux qui participaient aux combats de dragons clandestins – l'attendaient.

Pourvu qu'il y ait des trucs à manger, il mourait de faim !

24

L'Aile Brisée se trouvait sur le toit-terrasse d'un vieil immeuble miteux dans une rue secondaire partant du Boulevard Spirale. Le bâtiment portait une plaque historique car c'était l'endroit où, trois cents ans plus tôt, une comédienne célèbre s'était fait dévorer par sa wyverne domestique. À cause de sa plaque, ce bâtiment ne pouvait être ni détruit, ni rénové, ni modifié d'une quelconque manière, ce qui le condamnait à se laisser doucement éroder par le temps. Les appartements à l'intérieur étaient abandonnés et personne ne visitait jamais cet endroit.

C'est pour ça que les Griffes Rouges y avaient installé leur quartier général. Cet immeuble n'était pas le genre de bâtiment que des gens normaux auraient envie de visiter et l'Aile Brisée n'était pas non plus le genre de restaurant où des gens normaux auraient envie de manger.

Lorsque Abel y entra, toutes les têtes se tournèrent vers lui, comme ce matin-là à Chimère & Cie.

Il n'y avait que des membres de gangs. Des Griffes Rouges avec leurs tatouages du dragon rugissant, des Ailes du Tonnerre arborant un dragon-éclair et des Chevaliers du Ciel avec leur dragon de l'infini. Et tous fusillaient Abel du regard.

Assise à une table, Ally le fixait, les sourcils froncés. Elle secoua imperceptiblement la tête, comme elle le faisait toujours lorsque Topher s'apprêtait à dire quelque chose en classe qui lui attirerait à coup sûr des ennuis. Abel n'avait jamais été la cible de ce regard, et ça ne lui plaisait pas du tout de le devenir.

Sax se trouvait à une autre table et lui aussi secoua la tête, mais de manière beaucoup plus visible, comme s'il allait le dévorer. Ce regard-là, Abel le connaissait, pourtant il ne lui plaisait pas non plus.

— Coucou, Abel ! lança sa mère en agitant la main dans un box au fond de la salle.

C'était très étrange de la voir dans cet endroit, et plus étrange encore de la voir au milieu de ce genre de personnes. Leur table était poussée contre une baie vitrée bombée qui aurait offert une vue imprenable sur la cité si seulement elle n'avait pas été si crasseuse que la ville semblait plongée dans un brouillard sale.

Les chefs des trois plus gros clans étaient assis devant ce brouillard. Il y avait Olus Eisink, le meneur des Ailes du Tonnerre, qu'Abel connaissait déjà. Près de lui se trouvait le Capitaine Drey, qu'Abel connaissait malheureusement déjà aussi. Puis, à côté de sa mère, une personne qu'il n'avait pas encore eu le malheur de rencontrer mais dont il croisait le nom depuis qu'il était tout petit : Jazinda Balk, la meneuse actuelle des Griffes Rouges. Elle était à ce poste depuis qu'Abel avait trois ans : cette année-là, elle avait entraîné en secret le dragon de l'ancien chef afin qu'il se retourne contre son maître et le fasse fondre.

Elle venait d'une célèbre famille de criminels dont tous les membres étaient soit morts, soit enfermés à Windlee.

— Je t'ai commandé un assortiment de brioches vapeur farcies, lui dit sa mère lorsqu'il s'assit tandis qu'un vieux serveur flanquait devant lui une assiette fumante.

— Merci, dit Abel.

— Elles ne sont pas empoisonnées, grogna le serveur en s'éloignant.

— Euh, je n'étais pas inquiet… répondit Abel.

Du coup, maintenant, évidemment, il l'était. D'un autre côté, si Jazinda Balk avait voulu sa mort, elle aurait déjà pu le zigouiller. Et il mourait vraiment de faim. Il en prit donc une, mordit dedans et sourit aux chefs de gangs qui grimaçaient face à lui.

— Miam.

— C'est gentil à toi de venir à ta propre réunion, déclara Jazinda en entrecroisant ses doigts sur la table. Nous n'avons pas l'habitude d'attendre, et encore moins d'attendre… un enfant.

Elle portait une combinaison rouge vif couverte de broderies d'un rouge plus clair, ainsi qu'un collier qui avait l'air encore plus coûteux que ses vêtements, et qui représentait des dragons de jade entrelacés. Une rangée de cicatrices faisait le tour de son cou. Abel remarqua que les traces étaient toutes de taille différente, dans un ordre très spécifique et très familier. On aurait dit qu'une rangée de dents de dragon les avait laissées là. Un dragon aurait-il donc un jour essayé de croquer la tête de Jazinda ?

Et il aurait *échoué* ?

— Désolé d'être en retard, dit Abel, hypocrite. J'ai raté quelque chose ?

Jazinda le gratifia d'un sourire tout aussi hypocrite.

— Tu as volé notre dragon, déclara-t-elle. Rends-le-nous.

— C'est *notre* dragon volé, protesta Olus en posant ses grosses mains à plat sur la table.

Des tatouages partaient de ses jointures et remontaient jusqu'à ses coudes : ils représentaient une rangée d'outils bien alignés. Cet homme adorait vraiment le bricolage.

— Rends-le-nous.

— Il me semble qu'on a été les premiers *et* les derniers à le voler, rappela Drey.

Il paraissait bien plus jeune que la nuit passée, lorsqu'il avait menacé de jeter Abel du toit.

— Si quelqu'un peut revendiquer la propriété de ce dragon, ce sont les Chevaliers du Ciel.

— Techniquement, intervint Abel, c'est *moi* qui l'ai volé en dernier, c'est donc *moi* le plus légitime pour le garder. Qui trouve garde, pas vrai ? (Il sourit jusqu'aux oreilles.) Par contre, vous pouvez toujours le remporter. Je vous lance un défi.

Le poing serré, il frappa la table avec ses jointures. Il ne savait pas si c'était la chose à faire pour lancer un défi, mais le geste lui sembla approprié.

Alors que les chefs des clans grognaient, Jazinda ne put s'empêcher de lui adresser un sourire sincère.

— Alors, comme ça, tu lances un défi ? Tu veux combattre avec ton Faucheur de l'Aube pour le compte d'un clan, très bien. (Elle aussi cogna ses jointures sur la table.) La question est, lequel ?

— Pour nous, firent les deux autres chefs à l'unisson.

— Nous l'avons entraîné, protesta Olus.

— Sa sœur est l'une des nôtres, contra Dray.

— Mais il a une dette envers nous, renchérit Olus.

— Et *elle* a une dette envers *nous*, intervint Jazinda. Pour nous avoir volé le dragon.

— Et vous, vous avez débarqué chez nous et menacé ma famille, lança la mère d'Abel. (Elle ne semblait pas le moins du monde effrayée, alors qu'Abel et elle étaient les seuls non-criminels du restaurant, et sans doute de tout l'immeuble de cent cinquante étages.) *Vous* avez donc une dette envers *nous.*

Les trois meneurs éclatèrent de rire.

— Maman dragon est féroce, déclara Jazinda. Étant mère moi-même, j'apprécie cette qualité. Je suis peut-être sentimentale.

J'aurais *vraiment* dû donner votre famille tout entière à manger à un dragon édenté, depuis le temps.

— Pourquoi édenté ? s'étonna Abel.

— C'est plus douloureux. (Le sourire carnassier de Jazinda donna la chair de poule au garçon.) Au lieu de quoi, je vais te donner l'opportunité de combattre avec le Faucheur de l'Aube pour les Griffes Rouges. Après ta victoire, tu nous le confieras, et tout sera pardonné.

— S'il combat pour vous, c'est une déclaration de guerre, prévint Olus.

— Je suis d'accord, renchérit Drey. La paix entre les clans sera brisée.

— Vous appelez ça la paix ? (Abel n'en croyait pas ses oreilles.) Vos combats saccagent des quartiers entiers, vous débarquez chez les gens pour les menacer et vous passez votre temps à vous voler les uns les autres… ainsi que tous les habitants !

— Alors imagine à quoi ressemblerait une *vraie guerre,* intervint Jazinda. Nous ne le souhaitons pas, mais si une guerre éclatait, nous en sortirions vainqueurs.

— Elle a peut-être *déjà* éclaté, coupa Drey.

— C'est une menace ? s'enquit Jazinda.

— Juste un constat.

— Les Ailes du Tonnerre ne veulent pas de guerre, déclara Olus. Nous voulons seulement récupérer ce qui est à nous. Nous renonçons à notre droit sur le garçon *et* son dragon en échange du contrôle de… (Il se frotta le menton.) La zone 1700 du quartier de Northwest Downs.

— C'est la zone où nous vivons ! s'étrangla Abel pendant qu'Olus ricanait.

— Vraiment ? Eh bien, j'espère qu'aucun de mes hommes ne t'en voudra après ta trahison. Ces jeunes recrues sont tellement imprévisibles. Tu devras être prudent en rentrant du collège.

— Jamais de la vie, cracha Jazinda. Nous ne vous céderons aucun pâté de maisons, à toi et à tes bricoleurs du dimanche.

— Les Chevaliers du Ciel renonceront à leur droit sur le garçon et son Faucheur si vous nous aidez avec l'Œil du Dragon, lança Drey. Nous savons que vous travaillez avec eux. Ils ont arrêté plusieurs de nos agents et nous voulons les faire sortir de Windlee.

— Encore moins, cracha de nouveau Jazinda. Nous avons de bonnes relations avec l'Œil parce que nous ne leur demandons jamais de faveurs de ce genre.

— Alors nous sommes dans une impasse, fit Drey.

— En effet, confirma Olus. Si le gamin se bat pour un clan, les autres entreront en guerre.

— Dans ce cas, il ne devrait pas se battre pour qui que ce soit, expliqua la mère d'Abel. Oubliez-le et il n'y a plus besoin de faire la guerre.

Ils éclatèrent de rire de plus belle.

— Non, fit Jazinda.

— Pas possible, dit Olus.

— Aucune chance, ajouta Drey.

— Vous devez comprendre la situation, reprit Jazinda en se penchant vers la mère d'Abel, son collier de jade luisant dans la faible lumière qui filtrait par la vitre crasseuse. Nous nous sommes tous fait voler quelque chose. Votre famille a fait du tort à chaque gang, d'une façon ou d'une autre, et aucun de nous ne peut vous laisser vous en tirer comme ça. Ainsi va la vie. À l'instant où votre fille nous vole et que votre fils nous vole, le libre arbitre de votre famille diminue terriblement. Votre fils est *obligé* de combattre pour l'un des clans parce que votre famille a besoin d'être protégée de *tous les autres* maintenant. (Elle se tourna vers Abel.) Bats-toi pour nous.

Abel baissa les yeux vers la table. Les gangs ne lui offraient aucune solution acceptable et il était incapable de faire ce que sa sœur attendait de lui : perdre exprès. Il prit une bouchée de l'une des brioches posées sur l'assiette devant lui, pour gagner du temps. Le petit pain fourré était chaud et gras, et il aurait vraiment voulu le savourer, mais il était trop occupé à essayer de se donner du courage avant de prendre la parole.

QFDD ? se demanda-t-il. *QFDD ?*

Sa mère posa la main sur la sienne pour le rassurer. C'était leur plan et elle ne pouvait pas faire sa part à sa place. Il devait les convaincre seul.

— Je ne me battrai pas pour vous, annonça-t-il.

Jazinda fronça les sourcils et ses hommes se crispèrent dans tout le restaurant. Olus et Drey se penchèrent en avant, curieux d'entendre la suite. Leurs hommes aussi se tendirent.

— Ni pour les autres, précisa-t-il. Par contre, je vous défie *tous* en même temps.

— Tu ne peux pas faire ça, le corrigea Drey.

— Nous n'acceptons que des défis des autres gangs, expliqua Olus. Et tu n'es qu'un civil.

— Je vous défie tous au nom… (Il marqua une pause pour ménager son effet.)… des Largue-Vents.

Jazinda fit cliqueter ses ongles devant elle sur la table.

— Ils ne se battent pas, déclara Drey.

— Tu n'es même pas l'un d'eux, ajouta Jazinda.

— Ils n'ont aucune règle, expliqua Abel. Quiconque jure loyauté au désordre et au chaos et à la sauvagerie des dragons peut voler à leur côté. Et regardez ce que j'ai fait. Depuis que je suis entré dans l'entrepôt où ma sœur avait caché Karak, j'ai semé le chaos parmi vous tous. Je suis un agent du chaos, que ça me plaise ou non. J'ai donc tous les droits pour vous défier au nom du clan des Largue-Vents.

— C'est cohérent, fit Olus, les yeux plissés.

— Intéressant, ajouta Drey en inspirant bruyamment.

— Si nous acceptons ce défi, conclut Jazinda, tu as intérêt à proposer un butin intéressant pour nous. (Elle regarda les autres chefs autour de la table.) Pour nous *tous.* Et que pourrait posséder un petit garçon dont le père est malade et dont la mère travaille à l'usine de pâtée pour dragon ? Toi et ta famille, vous n'êtes rien.

— Ça ne veut pas dire que nous ne valons rien, protesta Abel. Quiconque obtient mon trésor dans la bataille remporte Karak. Et…

Il se tourna vers sa mère. C'était à son tour de les convaincre.

— Et l'accès à mon usine, expliqua-t-elle. Gratuit et à volonté. Je supervise le quai de chargement. Je peux m'assurer que plusieurs tonnes disparaissent chaque semaine.

— Vous piqueriez dans le stock ? s'amusa Jazinda. Une gentille dame comme vous, travailleuse, se transformerait en voleuse ?

— Nous n'avons pas besoin de ta nourriture volée, lui apprit Olus. Les Ailes du Tonnerre possèdent leurs propres sources d'approvisionnement.

— Ce n'est qu'une partie de ma proposition, poursuivit la mère d'Abel. De nombreuses enquêtes ont été ouvertes sur vos membres et beaucoup sont recherchés par l'Œil du Dragon pour leurs crimes. Si mon fils perd…

— *Quand* il perdra, grommela Sax, assis à une table voisine.

— *S'il* perd, insista-t-elle en haussant le ton sans regarder le gorille qu'elle avait neutralisé avec du thé empoisonné quelques heures plus tôt, mon mari se livrera à l'Œil du Dragon. Il confessera les crimes dont le clan vainqueur voudra se débarrasser. Comme ça, vos *vrais* criminels ne seront plus embêtés.

La tablée se tut. L'estomac d'Abel se noua.

Jazinda plissa les yeux.

— Voilà une proposition intéressante. Vous rendez-vous compte de ce que vous proposez ?

— Oui.

Le père d'Abel, qui n'était déjà pas en bonne santé, proposait de tomber pour les pires crimes du gang vainqueur ? Il risquait de rester en prison jusqu'à la fin de ses jours pour des atrocités qu'il n'avait pas commises.

— Les Chevaliers du Ciel ne livrent personne à l'Œil du Dragon, protesta Drey. Nous n'aimons pas cette proposition.

— Nous l'acceptons, fit Olus.

— Nous aussi, convint Jazinda.

— M'dame… soupira Drey.

— Appelez-moi Graselle, répondit-elle comme s'ils devenaient amis.

— Graselle. Je ne pense pas que votre fille apprécierait ce que vous faites. Elle croit en la *justice.*

— Avec tout mon respect… Drey ?

— Capitaine Drey, corrigea-t-il.

Jadis, il avait vraiment été capitaine dans la Brigade Aérienne.

— Eh bien, *Capitaine* Drey, avec tout mon respect… (Elle replia ses doigts devant elle sur la table et se pencha d'un air qui montrait à quel point elle n'éprouvait *aucun* respect pour lui.) Je refuse qu'un criminel qui terrorise notre ville me donne des leçons de justice. (Elle se redressa.) Les autres ont accepté. Vous devriez faire de même.

Drey inspira profondément, pensif.

— Très bien, finit-il par soupirer. La cause pourrait bien avoir besoin des confessions de votre mari. Mais je vous préviens… elles seront *nombreuses.*

— Tant mieux, fit Graselle avant de se tourner vers son fils en hochant la tête.

— En échange, dit Abel, si je gagne, je récupère tous les autres dragons, dont je disposerai comme il me plaira, et…

Il marqua une pause et prit une autre bouchée de brioche fumante devant lui, les forçant à l'observer et à attendre qu'il ait fini de mâcher. Il avait l'impression de les tenir en haleine, d'être tout-puissant. Parfois, c'était le genre de sensation qu'on savourait mais, là, il devait l'utiliser. Il mâcha lentement, puisant dans tout ce sentiment de pouvoir.

— … vous pardonnerez à ma famille tout ce qui est arrivé. Si nous gagnons, nous ne vous devrons plus rien du tout.

— Si tu veux, fit Olus.

— Bien sûr, petit, répondit Drey.

— Parfait, ajouta Jazinda avec un sourire en coin qui poussa Abel à croire qu'elle n'était pas sincère.

Aucun d'eux ne le pensait capable de gagner, de toute façon.

— Dans ce cas, c'est réglé, déclara Jazinda. Demain soir à minuit, les clans se rassembleront pour ce défi. Le vainqueur remporte tout. Que quelqu'un prévienne Fitz que ses services sont requis, pour ses honoraires habituels, bien entendu.

Tous les convives hochèrent la tête. Jazinda cogna une dernière fois sur la table.

— Tout le monde a pigé. Maintenant, barrez-vous de mon restaurant.

La mère d'Abel prit la main de son fils et la serra. Il était content que leur plan ait marché. Le problème… c'était qu'il avait marché.

Abel allait devoir affronter *tous* les clans avec, pour seuls atouts, moins d'une semaine d'entraînement et un dragon grincheux.

Il devait absolument convaincre Roa de se joindre à lui.

25

— Non, non, non et non, fit Roa, les bras croisés, en tailleur au bout de son lit.

La mère d'Abel était dans le salon avec les parents de Roa pendant que son fils tentait de plaider sa cause. Ils étaient les meilleurs amis du monde, non ? Ça devait bien compter pour quelque chose.

— Écoute, t'as vu ce qu'Ally a fait à son propre Dard Jaune ? insista Abel. Ce n'est pas parce que tu es membre des Ailes du Tonnerre que tu dois le rester. C'est pas comme si c'était ta famille.

— Tu connais l'étymologie du mot « clan », j'imagine ? rétorqua Roa. Il signifie littéralement « famille ».

— Les membres d'une même famille ne se traitent pas comme ces gangs traitent leurs hommes.

— Tu es mal placé pour me faire la leçon sur ce sujet, répliqua Roa. Ta sœur est une voleuse et ton frère un agent de l'Œil du Dragon. Au moins, les Ailes du Tonnerre m'ont appris à soigner les dragons. Et, à *toi,* ils t'ont appris à voler.

— Pour être honnête, je n'y connais toujours pas grand-chose, plaisanta Abel, mais Roa n'était pas d'humeur à rire.

Abel non plus, en fait. Il pensait juste qu'il valait mieux plaisanter que supplier son ami en pleurant.

— Même s'ils ne m'avaient rien appris, je leur ai juré fidélité, reprit Roa, et si je brise mon serment, qu'est-ce que je deviens ? En plus, j'habite sur leur territoire. Si je les trahis, ma famille ne sera plus en sécurité.

— Et moi j'habite sur celui des Griffes Rouges, et pourtant je m'oppose à eux. Parfois, il faut oser, même si ça fait peur. En fait, plus ça fait peur, plus il faut y aller. T'as oublié notre code : QFDD ?

— Arrête de me sermonner. Dr Drago n'a pas peur de faire des trucs effrayants, mais il n'est pas stupide. Et trahir mon clan juste pour perdre un combat, ce serait *vraiment* stupide.

— Je n'ai pas l'intention de perdre.

— *Personne* n'a l'intention de perdre.

— Écoute, si je ne gagne pas, mon père ira en prison pour tous les crimes que le vainqueur voudra bien lui mettre sur le dos et ma mère deviendra une *vraie* criminelle, grimaça Abel. En plus, je perdrai Karak, et le clan gagnant pourra en faire ce qu'il voudra. Ally le laissera se faire blesser *exprès* pour gagner.

— Je sais, soupira Roa en regardant ses genoux. (Sa chambre était petite mais elle débordait de livres sur les soins et la biologie draconiques, et les murs étaient couverts de dessins qu'iel avait faits de dispositifs visant à soigner les dragons.) Ça me dégoûte.

— Les Ailes du Tonnerre n'étudient la médecine que pour mieux exploiter les dragons, insista encore Abel. Ils se fichent bien de savoir ce qui arrive à ceux qui les servent. Comme tous les gangs. C'est cruel.

— Les combats de dragons, par définition, sont cruels. Et pourtant, on y participe. Ce n'est ni bien ni mal, c'est plus compliqué que ça.

— C'est vrai, reconnut Abel.

Un autre truc qu'on comprenait en grandissant : les choses étaient rarement simples, rarement blanches ou noires... En revanche, certaines valeurs, ils le savaient, ne se discutaient pas. La liberté, par exemple.

— Est-ce que ça te convaincrait si je te disais que j'allais libérer tous leurs dragons si je gagne ?

— Les libérer ? répéta Roa en se redressant.

— Les relâcher. Dans la nature.

— Les Chasseurs de Dragons les poursuivront.

— Ils seront déjà dans les Plaines de Verre. Ils pourront s'échapper de la ville. Aller là où vont les dragons sauvages.

— On ne sait même pas s'il *reste* des dragons sauvages quelque part.

— Il y en aura, si je gagne.

— Est-ce que le gang des Largue-Vents te laissera faire ?

Abel éclata de rire.

— Il n'y a pas de gang des Largue-Vents. Pas vraiment. Ce n'est pas tout à fait un clan, avec un chef. C'est plus un symbole pour tous ceux qui en ont marre du système. Les autres gangs nous terrorisent, l'Œil du Dragon nous contrôle et les dragons sont dressés pour nous servir. J'ai décidé tout seul d'utiliser le nom des Largue-Vents : chez eux, il n'y a personne pour m'y autoriser ou pour me l'interdire.

— Du coup, tu décides seul de ce qui est bien ?

— Exactement, confirma Abel en voyant Roa sourire.

— Ça n'a pas l'air simple. Mais ça me plaît.

Abel sourit à son tour.

— Génial, parce que je vais avoir besoin de tes compétences dans mon équipe au sol *et* de ton aide pour préparer Karak pour le combat.

— Tu veux le préparer avec quoi ? Tu as planqué un arsenal sous ton lit ?

Abel inspira profondément avant de répondre :

— Tout ce que j'ai, c'est un peu d'argent pour payer un taxi.

Abel décida alors d'emmener Roa jusqu'au gratte-ciel où il avait planqué Karak, Grackle et son père. L'otage, toujours ligoté, dormait profondément. Il avait du glaçage de gâteau partout sur la figure.

— Tout passe mieux avec une part de gâteau, expliqua Toliver. Il ne pose plus de problèmes depuis qu'il en a mangé.

Sippa leur fit traverser une longue série de salles immenses – certaines avaient tous leurs murs, d'autres en avaient perdu un et s'ouvraient sur le ciel mais toutes, selon Sippa, regorgeaient de trésors.

— On dirait une décharge, déclara Roa.

— Pour un esprit créatif, des déchets, c'est un trésor en devenir, leur expliqua la femme à la tresse avec un rire qui rappela à Abel le symbole des Largue-Vents.

Avant qu'il puisse répondre, elle disparut dans l'escalier, laissant Abel et Roa devant une salle dont le sol était recouvert de bouts de métal, de câbles et… oui… de vraies poubelles. Il n'avait peut-être pas un esprit assez créatif.

— Tu t'es entraîné avec les Ailes du Tonnerre, dit Abel. Ce sont les meilleurs inventeurs de la cité. Tu as bien dû apprendre à fabriquer des trucs, non ?

— Euh… ouais. Le problème, c'est que je n'y arriverai pas sans aide. Il faut tout un tas de gens et d'outils pour concevoir des équipements pour dragons. Et encore, il faudrait d'abord que je trouve quelque chose d'utile là-dedans.

— Je suis prêt à vous aider, lança soudain le père d'Abel devant la porte des escaliers.

— Nous aussi.

Des volontaires, venus de l'étage supérieur, étaient arrivés derrière lui. De tous les âges et de tous les quartiers de la ville. Leurs outils aussi étaient de tous les âges… certains ressemblaient carrément à des antiquités.

— Moi aussi, dit une nouvelle voix.

Une silhouette familière descendit les marches, les mains dans les poches, l'air un peu craintif et gêné.

— Topher ? s'étrangla Roa.

— C'est moi qui l'ai appelé, lui apprit Abel. Je me suis dit qu'on avait besoin de quelqu'un qui n'était lié à aucun clan. Quelqu'un qui serait ravi de rejoindre le camp… du chaos.

Roa en resta bouche bée.

— Mais c'est un… il est… un… euh…

— Il est venu vous aider, finit Topher. Sauf si vous ne voulez pas de moi.

— Mais si, le rassura aussitôt Abel. Merci d'être venu.

Il regarda Roa en essayant de lui transmettre un message télépathique. *Les gens sont compliqués. Ils ne se résument pas à un seul trait de caractère. Même les crétins peuvent s'améliorer.* À haute voix, il dit tout autre chose :

— Au pire, si Topher fait des siennes, on le donne à bouffer à Karak.

Topher émit un petit rire nerveux et Roa hocha fermement la tête et fit :

— Bien. Il peut rester. Il a intérêt à suivre mes instructions sinon ce n'est pas du dragon qu'il devra se méfier.

— Iel est toujours comme ça ? demanda Topher à Abel tout en fixant Roa avec une étincelle dans les yeux.

Roa ne le remarqua pas mais Abel, si.

— Contente-toi d'obéir à ses ordres, lui conseilla-t-il avant d'aller aider son père à soulever une lourde plaque de métal rouillée posée sur ce qui ressemblait à une ancienne boule de démolition.

Roa la vit et sourit.

— Quelqu'un aurait du papier? Je viens d'avoir une idée, il faut que je fasse un croquis.

Topher surgit aussitôt avec son bloc-notes et un stylo. Lorsque Roa haussa un sourcil, il haussa les épaules :

— Quoi? C'est mon journal. J'ai besoin de pouvoir noter tout de suite quand j'ai de l'inspiration pour écrire des chansons.

— T'écris des chansons? s'étonna Roa. (Son regard pétilla un instant, ce qui n'échappa pas à Abel, avant de s'assombrir. Iel détourna les yeux en grommelant.) Je parie qu'elles parlent de courses de dragons et de prouts.

— Seulement les meilleures, confirma Topher dans un grand sourire.

Roa prit le carnet du garçon et se mit à dessiner en tirant la langue. Le père d'Abel avait demandé à des volontaires de trier les éléments selon leur matière. Il essaya même de soulever certains morceaux lourds lui-même.

— N'en fais pas trop, papa. Le Poumon d'écailles ne guérit jamais complètement.

— Mon fils s'apprête à combattre à dos de dragon trois cavaliers surentraînés qui n'ont qu'une idée en tête : le détruire. Je peux bien risquer de m'essouffler un peu.

— Fini! s'écria Roa en montrant à son meilleur ami son croquis.

— Les filets, c'est mon idée, ajouta fièrement Topher.

Roa leva les yeux au ciel.

Abel étudia le dessin. Roa avait superbement représenté Karak et son harnais, avant de lui ajouter un équipement de combat fabriqué avec les rebuts qui les entouraient.

— Ce ne sont que des armes défensives, expliqua Roa. Je ne veux pas que les autres dragons se fassent blesser, je veux juste les empêcher de t'arrêter. Sur ses chevilles, il y a des poches remplies d'éclats de métal que tu peux larguer pour détourner d'éventuels missiles ; à ses poignets, des bracelets magnétiques, que tu pourras activer et désactiver quand tu veux grâce à une batterie, te permettront de récupérer des trucs ou de t'en débarrasser. Là, ces morceaux d'armures protégeront sa tête et son ventre, et j'ai transformé tous les pals de ce ventilateur en bouclier refermable qu'on attachera au bout de sa queue. Tu pourras le contrôler avec la même batterie que les bracelets aimantés.

— Une seule batterie pour éviter une surcharge, précisa Topher.

— Et parce que nous n'en avons qu'une, clarifia Roa.

Abel regarda les hachures qui recouvraient toute l'armure.

— À quoi sert le filet ?

— C'est pour le combat rapproché, déclara Topher.

— L'armure est en vieux métal, expliqua Roa. Et Topher m'a fait remarquer qu'il serait trop tentant pour les autres de ne pas la trancher. Parce que…

— Parce que ce sera ton point faible, reprit Topher. Et les brutes attaquent toujours les points faibles. (Il marqua une pause.) Je sais de quoi je parle.

Après un court silence gênant, le garçon inspira profondément et lança à Roa :

— Désolé d'avoir été un tel crétin avec toi.

— On n'a pas le temps pour ça, rétorqua Roa. Contente-toi de nous prouver que t'es plus un crétin.

Topher hocha la tête et sembla vraiment soulagé. Il sourit même, et c'était la première fois qu'Abel le voyait afficher un sourire sincère, et pas un rictus méchant.

— Le filet est là pour renforcer l'armure, alors ? l'interrogea-t-il.

— Oui, tous les câbles sont très emmêlés les uns aux autres. Si une griffe essaye de fendre ton armure, elle se coincera dedans. Et alors...

— Karak s'occupera de l'ennemi, comprit Abel.

— Voilà, confirma Roa.

Il examina de nouveau le dessin. Ses amis avaient inventé une armure sacrément ingénieuse à partir des rebuts qu'ils avaient devant eux. Il leva les yeux vers ses deux camarades de classe, puis vers son père et le groupe de Largue-Vents hétéroclites qui étaient venus les aider.

— Aucun dragonnier ne peut remporter la victoire seul, pas vrai ?

— Personne ne peut réussir quoi que ce soit seul, répondit Roa.

— Alors qu'est-ce qu'on attend, les jeunes ! lança Toliver en tapant dans ses mains. Au boulot ! On a un costume de dragon à fabriquer !

— Papa... gémit Abel. C'est pas un costume. C'est une armure.

— Quoi ? fit son père, le sourire aux lèvres. Il va quand même être très chic.

— Pas du tout ! protesta Abel. C'est une bête féroce qui va nous aider à faire triompher le bien ! Il doit avoir l'air terrifiant et indestructible !

— Ce sera le cas, t'inquiète pas ! le rassura son père en feignant l'innocence, avant d'ajouter en baissant d'un ton : Et il aura aussi l'air très chic.

Quatrième partie

C'est un peu gonflé d'accuser les autres de pas être réglos pendant un combat de dragons clandestin.

26

Juste avant minuit, debout à côté de Karak au milieu des Plaines de Verre éclairées par la lune, Abel ne se sentait pas chic. Il avait envie de vomir. Pourquoi la peur frappait-elle les gens aussi violemment au ventre ? Pourquoi pas plutôt dans le gros orteil ou l'oreille gauche ? Pour toute réponse, son estomac se noua comme s'il venait de se cogner lui-même en pleine tête.

Les estomacs n'ont pas de tête, songea-t-il, ce qui le fit rire.

— Ça va ? s'inquiéta Roa.

— Pas vraiment, admit-il en cessant de rire.

— Eh bien, déployez vos ailes, les losers, parce que c'est parti !

Topher lui donna une tape sur l'épaule… un peu trop brutalement. Abel le foudroya du regard mais l'autre se contenta de sourire. Topher était l'un de ces garçons tellement déconnectés de ses émotions que même sa gentillesse s'exprimait sous forme d'insultes, et il ne pouvait pas toucher un ami sans le frapper.

Abel se tourna et le prit dans ses bras, ce qui figea l'autre sur place.

— Merci, dit-il. Moi aussi je t'aime, mec.

Lorsqu'il le relâcha, Roa riait. Abel se mit à rire aussi.

Se moquer de Topher leur fit beaucoup de bien à tous les deux.

— Vous êtes vraiment bizarres, soupira Topher.

Tandis qu'ils attendaient à côté de Karak, qui portait sa nouvelle armure en matières recyclées, et de leur équipement pour le combat installé dans leur cercle peint, ils essayaient tous les trois d'avoir l'air courageux. Et d'être crédibles.

Abel aurait voulu avoir au moins un adulte près de lui mais sa mère devait rester à l'appartement pour que quelqu'un y soit si jamais Silas ou un autre agent de l'Œil du Dragon se pointait pour poser des questions. Et son père gardait Grackle dans le gratte-ciel en ruine des Largue-Vents. Ils avaient promis de le relâcher après le combat, si et seulement si celui-ci avait été livré avec fair-play… du moins, avec le fair-play qu'on pouvait attendre dans un combat de gangs.

Pour la bataille, Abel avait mis un jean et une veste de dragonnier en cuir que Sippa lui avait donnée. Elle avait été cousue à partir de morceaux d'autres vestes en cuir, rassemblés avec des clous de métal. Le dragon hilare des Largue-Vents avait été brodé dans le dos en fil métallique arc-en-ciel. La veste était munie d'un col montant pour protéger son cou et les manches se terminaient par des gantelets métalliques qui couvraient le dos de ses mains. Les pouces d'Abel passaient par des trous dans le cuir pour que ses paumes soient protégées de ce que Roa appelait « les brûlures des rênes ». C'était le truc le plus cool qu'il ait jamais porté, même s'il était un peu trop grand pour lui.

— J'ai fait une promesse à ton père, lui avait appris Sippa en le lui offrant. Que tu grandirais assez pour qu'elle soit à ta taille un jour.

— Ne la fais pas mentir alors qu'elle nous a préparé des gâteaux, avait ajouté son père d'une voix brisée par les larmes. Ce soir, tu dois survivre. Si tu dois choisir entre gagner ce combat et sauver ta peau, sauve ta peau. Je m'en sortirai.

— Non, tu ne t'en sortiras pas, avait répondu Abel. Mais je ne perdrai pas. Et je *survivrai.* Je le jure sur un secret.

— Sur un secret ? avait répété son père, dérouté.

Abel l'avait serré dans ses bras et avait murmuré :

— T'es un super papa.

Ce dernier avait éclaté de rire.

— Ça, c'est pas un secret ! Mais je ferai en sorte que ça reste vrai. Reviens sain et sauf.

— Promis.

Maintenant qu'il se tenait à côté de Karak, avec son équipe au sol composée d'élèves de cinquième, il n'était plus si certain de pouvoir tenir cette promesse.

Il était arrivé le premier au point de départ, où les cercles des antres avaient déjà été tracés à la bombe sur le verre. Ils regardèrent les autres surgir au loin, au milieu des lumières de la ville.

Sax volait sur un nouveau dragon, un Faucheur de Givre d'un bleu profond recouvert d'une armure rouge sang. Abel frissonna lorsque le Faucheur atterrit et braqua ses yeux bleu glacier sur lui. Sax ôta son casque réfléchissant et descendit de sa monture pendant que ses équipiers atterrissaient sur leurs propres wyvernes pour assembler leurs équipements. Jazinda en personne était venue assister au combat sur le dos d'un ailes-courtes d'une espèce qu'Abel ne reconnut même pas, mais qui était sans doute hors de prix. Ceux et celles qui l'accompagnaient chevauchaient des dragons tout aussi rares.

Elle fronça les sourcils lorsque Ally arriva sur le dos du Faiseur de Veuves couleur rubis que son gang avait perdu lors du dernier combat. Il fallait avoir une sacrée confiance en soi pour monter un dragon qu'on venait juste de gagner, et Abel se demanda si sa prof n'avait pas *un peu trop* confiance en elle. Est-ce que, en voyant Sax, le dragon éprouverait pour lui un sursaut de loyauté ? Est-ce qu'Abel pourrait s'en servir contre elle ? Ou était-ce une *ruse* pour pousser Abel à faire quelque chose de stupide ? S'il commettait une erreur, elle n'hésiterait pas à ordonner à son nouveau dragon de le réduire en pièces. Qu'est-ce qu'il ressentirait s'il se faisait déchiqueter par son ancienne prof préférée ? Sans doute la même chose que s'il se faisait déchiqueter par le prof qu'il aimait le moins, pas vrai ? Lorsqu'on se faisait désintégrer par le souffle d'un dragon, peu importait qui était sur son dos.

Argh.

Le voilà qui dramatisait encore et imaginait les pires scénarios possibles sans pouvoir s'en empêcher. Il sentait *presque* les gemmes qui lui déchiraient la peau.

Incroyable mais vrai, ce fut Topher qui le tira de ses pensées.

— Détends-toi, dit-il. Si, moi, j'ai réussi à lui faire péter un câble à chaque cours, tu peux bien y arriver une fois, ce soir. Demande-toi juste : QFT ? Que ferait Topher ?

Abel et Roa éclatèrent d'un rire sincère.

— Regardez le maître et prenez des notes, ajouta Topher avant de lancer à leur prof, au milieu du cercle des Ailes du Tonnerre : Madame ! Je m'inquiète pour vous ! Avec ce que vous paie le collège, est-ce que vous pourrez vraiment régler les factures de soin qui vous attendront ce soir, quand Abel vous aura botté les fesses ? Vous êtes sûre d'avoir assez d'économies pour prendre ce risque ?

— Wahou, *ça*, c'est méchant, le complimenta Abel, et Topher hocha fièrement la tête.

— C'est un don inné, se vanta-t-il.

— Hé, les mioches, lança Ally d'une voix aussi grinçante qu'une griffe grattant le verre. N'oubliez pas que je vous ai appris tout ce que *vous* savez. Pas tout ce que *je* sais.

— J'ai pas l'impression que tu lui aies fait peur, dit Roa à Topher.

Jusif et Olus composaient l'équipe au sol d'Ally. Le chef des Ailes du Tonnerre ignora Abel mais Jusif le foudroya du regard comme s'il tentait de faire fondre la peau de son visage à distance. Ça aurait pu marcher, mais Karak renifla et Jusif couina avant de retourner à ses préparatifs.

Les Chevaliers du Ciel arrivèrent en dernier. Leurs équipiers au sol montaient leurs propres petits dragons et Abel s'étonna que leur chef, Drey, ne soit même pas venu regarder le combat. Alors qu'il se demandait qui serait leur champion, il vit les premiers scintillements des écailles de leur dragon de combat qui arrivait de Drakopolis. Son cœur se serra.

C'était la wyverne argentée, celle qui avait appartenu à son frère, celle que sa sœur avait volée.

Et qu'elle montait en ce moment même.

Elle la fit atterrir en douceur sur ses deux pattes et la fit asseoir gentiment dans le cercle de son gang. Dès que l'animal fut immobilisé, elle sauta à terre et jeta son casque vers ses équipiers sans les regarder. Elle s'approcha à grands pas d'Abel dans sa combinaison très classe des Chevaliers du Ciel.

— Hé, pas de manigances entre frère et sœur ! hurla Sax en se dirigeant à son tour vers lui d'un pas lourd.

Ally, qui ne voulait pas rester à l'écart, leur emboîta le pas.

— Je ne suis pas certaine que Lina ait le droit de représenter les Chevaliers du Ciel, dit-elle.

— C'est vrai, renchérit Sax. Et s'ils étaient de mèche ?

— « De mèche » ? répéta Roa. Mais qui dit ça ?

— Les vieux, rétorqua Topher, qui donna un coup de poing amical à Roa sans tourner la tête.

— Je ne suis pas vieux, protesta Sax. J'ai vingt-neuf ans.

— C'est vieux! hurla Jusif depuis son cercle.

— Il a raison, renchérit Abel. J'ai peur que ton dos ne lâche pendant le combat.

— Bien. Tu apprends vite, le complimenta Topher avant de beugler : Je crois qu'Ally a trente-cinq ans. Elle risque de s'endormir avant la fin.

— Ça suffit, les insultes, cracha Ally. C'est indigne. Bien sûr, je ne m'attendais pas à ce qu'un bouffeur de rats comme Topher ait la moindre dignité. Je suis étonnée que tu le supportes, Roa. Je pensais que tu avais plus de jugeote que ça. J'imagine que je me trompais sur ton compte.

— Hé! protesta Roa sans rien ajouter.

Abel savait qu'iel vivait un moment compliqué. Roa adorait leur prof et s'opposer à elle ne l'amusait pas. En même temps, iel avait toujours tendance à défendre les plus faibles et, aussi bizarre que ça puisse paraître, Topher en faisait partie.

— On n'est pas à l'école, ici, reprit Ally. Ne pensez pas que je vais vous ménager parce que j'adore mes élèves. Même si, je dois bien l'admettre, c'est vrai. (Elle toisa Topher.) Enfin, pour certains, du moins. Si je peux gagner sans te tuer, Abel, je le ferai.

— Euh… merci?

— Et notre objection, alors? fit Sax. Frère et sœur ne peuvent pas se battre pour des clans différents. Ça n'est pas juste.

— Je n'ai aucun problème à me battre contre mon *petit* frère, déclara Lina en insistant bien sur le mot «petit» pour piquer sa fierté. On lui a donné une occasion de nous rejoindre, et il a refusé.

— Ça ne veut pas dire que vous ne pouvez pas… intervint Ally.

— Être de mèche, finit Sax.

Ally le foudroya du regard.

— … vous liguer contre les autres. Je ne leur fais pas confiance.

— Vous, vous étiez sa prof et pourtant vous allez l'affronter, riposta Lina. Comment peut-on être sûrs que vous n'êtes pas…

— De mèche, intervint de nouveau Sax.

— Complices, finit Lina. Complices. Les Ailes du Tonnerre et leurs petites manigances, on les connaît.

— Tu peux parler. Les Chevaliers du Ciel, eux, sont prêts à tout pour leur cause, rétorqua Ally.

— Et les Griffes Rouges vous détruiront tous, quoi qu'il arrive, conclut Sax. On se fiche de savoir qui est…

— Si tu dis encore « de mèche », je te colle ma main dans la figure et tu seras encore plus moche qu'avant, gronda Ally.

— Complices, déclara Sax. Même s'ils coopèrent, on gagnera quand même.

— Non, fit Ally. C'est nous.

— Non, fit Lina. C'est nous.

— Non, fit Abel. C'est nous.

— Bon, c'est réglé, déclara Ally. Lina peut combattre son frère, *mais* si on voit que tu le ménages ou que tu le laisses gagner, tu devras abandonner.

— Très bien, lâcha Lina. (Abel ne sut qu'en penser. Il ne voulait pas de sa pitié mais il ne voulait pas non plus l'affronter.) Enfin, si ce n'est pas nécessaire, j'aimerais autant éviter de le tuer, ajouta-t-elle. C'est quand même mon frère.

— Parfait, déclara Sax. Apparemment, je serai le seul à vouloir le tuer. (Il se tourna vers Abel et lui sourit de toutes ses dents.) Et peut-être que je forcerai ton père à avouer que c'est lui qui t'a tué, quand on aura gagné.

Abel frémit. Par habitude, sans doute, il regarda Lina pour qu'elle le rassure. Elle secoua la tête.

— Quand on met l'eau à bouillir, on ne se plaint pas de cuire à la vapeur.

— Quoi ? Qu'est-ce que ça veut dire ? lui demanda-t-il, mais elle s'éloignait déjà.

— C'est comme une brioche vapeur, répondit Topher. Tu sais, on les met dans un panier au-dessus de l'eau bouillante et elles cuisent. Elle voulait dire…

— Je *sais* ce qu'elle voulait dire. Mais je… laisse tomber.

Ally inspira bruyamment et fixa Abel d'un air triste avant de rejoindre son propre dragon.

Sax fut le dernier à s'éloigner. Il regarda Abel, Roa et Topher de haut et éclata d'un rire asthmatique.

— La revanche sera plus douce qu'un beignet, et deux fois plus gluante.

— Pourquoi est-ce qu'ils n'arrêtent pas de me comparer à de la bouffe ? grogna Abel, dont l'estomac fit une nouvelle acrobatie.

Topher frissonna.

— Est-ce que ce type a dit « gluant » parce qu'il pense à nos, genre…

— Boyaux, ouais, compléta Roa. (Voyant que Topher ne comprenait pas ce mot, iel expliqua.) Nos intestins sanguinolents, quoi.

— Ah, génial, soupira Topher. C'est bien ce que je me disais.

Fitz arriva à point nommé sur son dragon coloré pourvu d'une longue crinière blanche. Il l'avait tressée, comme il avait tressé sa barbe, et il portait un costume fantaisie noir rayé de bandes de satin or et argent. Abel sourit. Il eut l'impression que c'était une façon pour Fitz de lui souhaiter bonne chance.

— Eh bien, voilà un combat d'anthologie ! clama Fitz d'une voix théâtrale. Frère contre sœur, élève contre professeur, le clan des Largue-Vents dans sa première bataille, et de grands dragonniers face à face ! (Il baissa d'un ton avant de poursuivre.) Bon, il y a aussi Sax.

— Hé ! gronda ce dernier.

— Je plaisante, je plaisante.

Fitz laissa échapper un rire si chaleureux qu'il désarma la colère de Sax. Abel comprit que c'était ainsi que Fitz arrivait à survivre : il était impossible de ne pas l'apprécier.

— Abel, reprit-il, je t'aime bien, tu sais, mais je ne peux pas me battre à ta place. Ni à celle de ta sœur. Je dois rester impartial. (Il agita la main vers Lina.) Vous connaissez les règles, vous connaissez les enjeux. Quiconque rapporte en premier le trésor des Largue-Vents remporte la mise. Compris ?

— Pigé, dit Abel.

— Pigé, répétèrent Sax et Ally.

— Pigé, lâcha Lina.

— Bon, Abel, c'est toi le challenger : présente-nous ton trésor, lui ordonna Fitz.

Abel plongea la main dans leurs malles d'équipements et en sortit son trésor. Il l'avait fabriqué lui-même quelques heures plus tôt.

Fitz le brandit avec un sourire en coin pour que les autres le voient clairement.

— N'importe quoi, fit Sax.

— C'est pas possible, soupira Ally.

— T'es sérieux, Abel ? cracha Lina.

— Quoi ? Qu'est-ce qui ne va pas ? demanda Abel.

— C'est une boîte de haricots ! s'écria Lina en levant les bras en l'air.

Les seules règles concernant le trésor voulaient qu'il porte le symbole du gang et qu'il soit précieux. Abel avait dessiné dessus le symbole des Largue-Vents du mieux qu'il avait pu au marqueur. Quant à sa valeur… il l'avait piquée à l'usine où il avait trouvé Karak. Elle portait encore son étiquette « Pâte de haricot ultra-épicée ». En plus, il se disait que c'était approprié pour un gang qui s'appelait les Largue-Vents (sa mère lui avait appris que « vents », c'était un mot poli pour dire « prouts »).

— Pour nous, c'est précieux, expliqua Abel. Pour Karak et moi.

— Le trésor doit être précieux pour *tous* les dragons, protesta Ally. Sinon, pourquoi les autres voudraient-ils le prendre ?

— Peut-être pour prouver que leurs dragonniers sont doués ? suggéra Topher, ce qui lui valut de la part d'Ally un regard si acéré qu'elle aurait pu le griffer avec.

— Désolé, Abel, ils ont raison, confirma Fitz. Ce trésor ne convient pas.

— Mais…

— Pas de trésor, il abandonne ! se hâta de brailler Sax. Les autres s'affrontent pour remporter ce qui était mis en jeu.

— Non ! s'indigna Abel. Vous êtes pas réglos !

Là, tous les membres des gangs éclatèrent de rire.

Fitz se pencha pour murmurer à l'oreille d'Abel :

— Te vexe pas, fiston, mais c'est un peu gonflé d'accuser les autres de pas être réglos pendant un combat de dragons clandestin.

— Qu'est-ce que je vais faire ? souffla Abel.

Les larmes lui montèrent aux yeux et sa lèvre se mit à trembloter, ce qui était très gênant. Il imagina son père, embarqué à la Prison de Windlee, sa mère tombant dans la criminalité, Karak envoyé au combat avec un inconnu sur le dos. Et voilà, il dramatisait encore. Il ne pouvait pas s'en empêcher. Il avait tout gâché. Il s'était montré inconscient, stupide et impatient et…

— J'ai une solution, lança Jazinda, un sourire démoniaque aux lèvres tandis qu'elle se faufilait entre les cercles des différentes équipes.

Elle siffla, et deux de ses acolytes firent avancer une silhouette ligotée et titubante.

On lui avait collé sur la tête un casque que les enfants portaient pour monter des dracs, décoré avec le logo des Biscuits Digestifs Croque-fibres pour Estomacs Fragiles. Malgré tout, Abel le reconnut aussitôt.

— Oh non, souffla-t-il.

— C'est pas vrai… soupira en même temps Lina.

C'était Silas, dans son uniforme vert et argent. Jazinda sortit de sa poche un autocollant portant le symbole des Largue-Vents et le lui flanqua sur le torse.

— Cet agent de l'Œil du Dragon fera un très bon trésor, dit-elle en faisant tomber le casque du revers de la main.

Silas avait l'air un peu amoché. Il avait un bleu sur la joue et ses cheveux étaient tout ébouriffés, ce qui devait le rendre fou. Heureusement, il n'avait pas l'air grièvement blessé. Il regarda Lina, assise sur *sa* wyverne Argentée, et tenta de communiquer avec le dragon par le regard, mais elle tira sur les rênes et la monture se contenta de rugir sur son ancien dragonnier. Silas grimaça. Sa fierté blessée lui faisait sûrement plus mal que ses bleus.

— Aucune règle ne précise que le trésor ne doit pas être un être humain, expliqua Jazinda. Et celui-là est précieux pour Lina comme pour Abel. En tant qu'agent de l'Œil du Dragon, il a une certaine valeur pour nous tous. De plus, il ferait un repas succulent pour n'importe quel dragon.

— Non, fit Silas. Ma chair est trop dure et filandreuse.

— Un casse-croûte parfait, grogna Sax, ce qui fit rire ses coéquipiers.

— Et pas si dur que ça, je parie, ajouta Ally.

— Abel, tu pourrais évidemment *abandonner*, reprit Jazinda. On trouverait un autre usage pour ce jeune agent de la police secrète.

Abel parcourut du regard les visages impassibles de tous les malfrats, puis ceux de son frère et de sa sœur. Il finit par se retourner vers Fitz.

— C'est d'accord, dit-il.

Fitz gonfla ses joues et souffla en secouant la tête, mais il finit par acquiescer.

— Très bien. À vos marques! lança-t-il en enfourchant son propre dragon.

Les hommes de main de Jazinda firent avancer Silas et le jetèrent derrière Fitz comme un sac à patates. Silas croisa le regard d'Abel : au lieu de paraître en colère ou méfiant, son grand frère semblait totalement terrifié. Abel se réjouissait que ni leur père ni leur mère ne soient là pour voir ça.

Une idée le frappa soudain.

— Une dernière chose! lança-t-il assez fort pour que tous l'entendent. Pour gagner, on doit déposer le trésor dans notre cercle *vivant*! Autrement, il perd toute sa valeur. Le gagnant ne veut pas se retrouver coincé avec un agent de l'Œil du Dragon déjà mort, hein? Imaginez l'amende que vous prendriez!

Fitz attendit l'approbation des autres. Lina opina aussitôt. Ally signifia son accord. Sax lâcha à contrecœur :

— OK.

— Alors c'est parti, déclara Fitz. Guettez le signal!

Il décolla pour filer vers la ville et cacher Silas sur un toit, là où les quatre dragons pourraient le débusquer.

— Eh bien, l'enjeu est encore plus important, pas vrai ? lança Topher. Je veux dire, si tu n'avais pas vraiment besoin de gagner avant, maintenant, tu n'as plus le choix.

— Chut, fit Roa.

— C'est bon. (Abel enfila son propre casque et testa les oreillettes en scrutant la cité d'un air sombre et déterminé.) Je suis prêt.

C'était faux, en fait, mais peu importait. Il n'avait pas le choix, de toute façon. Il allait remporter ce combat pour son dragon, pour ses amis et pour sa famille.

Et ce, même s'il risquait de se faire désintégrer au passage.

27

Tout le monde scrutait la ligne des gratte-ciel de la ville dans un silence qui semblait durer une éternité.

— Viiiiite… gémit Topher. L'attente, c'est vraiment le pire.

— On entend tout ce que tu dis dans les oreillettes, lui rappela Roa.

— Et alors ? C'est *vraiment* le pire, insista Topher.

— Abel, concentre-toi, dit Roa d'une voix qui rassura le garçon. Tu peux y arriver.

— Sérieux ? lui demanda ce dernier.

— QFA, répondit Roa. *Que ferait Abel ?* Gagne ce combat à *ta* façon.

— En voilà une bonne idée. Mais c'est quoi, ma façon ?

— Tu es le plus doué que je connaisse pour…

Tout à coup, la boule de feu arc-en-ciel fusa dans le ciel avant de retomber en étincelles sur les hauts immeubles. Le Faucheur de Givre de Sax décolla immédiatement. Les dragons d'Ally et de Lina quittèrent leurs cercles presque en même temps et partirent dans des directions différentes. Abel fut le dernier à s'élancer et, presque aussitôt, le Faucheur de Givre fit demi-tour pour l'attaquer.

Une attaque de givre capable de congeler tout ce qu'elle touchait percuta l'armure de Karak de plein fouet. Si elle avait atteint Abel, son combat aurait pris fin dans l'instant. Mais le filet de Topher était chauffé par la batterie, si bien que les particules de glace fondirent presque instantanément. Karak riposta avec une boule de feu qui envoya le Faucheur de Givre tourbillonner dans les airs. Abel les tira d'affaire tous les deux en filant droit vers la ville, à bonne distance des autres équipes.

— Karak est trop génial ! s'écria Roa. Avec son camouflage étoilé et son armure rouillée, il est à peine visible. Ça va nous aider.

— On dirait qu'Ally cherche près de notre collège, déclara Topher en scrutant la cité dans ses jumelles. Et ta sœur tourne quelque part au-dessus de la ville intermédiaire.

— Pigé, fit Abel.

Il dirigea Karak vers les fermes verticales en se demandant où Fitz avait pu cacher Silas.

C'est la ruse qui l'emporte sur tout le reste, se dit-il. Il devait se souvenir de tout ce qu'il savait de ses adversaires et de Fitz. Les Griffes Rouges ne juraient que par la force, si bien qu'ils essaieraient de laisser quelqu'un d'autre trouver le trésor (ça l'aidait d'oublier pour le moment qu'il s'agissait de son frère), et ils l'attaqueraient ensuite pour le lui voler. Les Chevaliers du Ciel misaient tout sur la dévotion de leurs membres ; ils n'hésiteraient pas à forcer Lina à attaquer son propre frère ou *ses* propres frères s'ils pensaient que ça les aiderait à faire gagner leur cause. Pour éviter cela, elle essayerait sans doute de rester à bonne distance de lui. Même si elle voulait gagner, elle n'était *probablement* pas prête à l'affronter personnellement pour y arriver.

Quant aux Ailes du Tonnerre, ils plaçaient le savoir au-dessus de tout. Ally chercherait le trésor en utilisant ce qu'elle savait sur Fitz et sur les autres équipes. C'était une dragonnière futée qui serait difficile à piéger.

Et puis il y avait Fitz, qui adorait les enfants, les livres et le rire. Il connaissait tous les clans et tous lui faisaient confiance.

C'était le genre de personne à enfiler un costume extravagant et à faire une natte à son dragon avant un combat. Qu'est-ce que ça disait de lui ?

Abel sourit. Il venait d'avoir une idée de l'endroit où Fitz avait pu cacher Silas. C'était les nattes. Fitz le lui avait dit, dans sa librairie.

— Hazel la Folle a fait des tresses à son dragon lorsque ses ennemis l'ont trouvée, dit Abel dans son micro. Et elle a incendié sa propre maison.

— De quoi tu parles ? demanda Roa.

— D'indices. Je crois que je sais où est le trésor, mais je ne veux pas y aller directement, sinon les autres vont me voir. Je dois faire diversion.

— Il n'y a qu'une manière de faire diversion dans un combat de dragons.

— En provoquant un combat ! s'écria Topher avec entrain.

— Merci, j'avais compris, grommela Abel.

Il se pencha en avant et sentit la chaleur des écailles de Karak contre sa joue et son torse tandis qu'il scrutait la ville en contrebas.

— C'est parti, dit-il à l'animal avant de tirer les rênes pour le faire virer de bord, droit vers Lina.

— Tu fonces vers ta sœur ! hurla Topher à son oreille. C'est chaud !

Abel s'abstint de répondre et continua à pourchasser Lina. Celle-ci leva la tête, étonnée. Ses équipiers au sol avaient dû l'avertir de son arrivée, ce sur quoi il comptait depuis le début. Il fit descendre Karak plus bas entre les immeubles et aperçut son reflet noir saisissant sur les vitres de chaque côté de lui. Il retira un peu sur les rênes pour que Karak ouvre la gueule et montre sa boule de feu grandissante, comme s'il était prêt à attaquer.

Pour l'esquiver, Lina s'engagea dans une autre rue. Abel passa par-dessus le gratte-ciel suivant puis redescendit juste devant elle. Elle dut tourner brusquement pour l'éviter et se retrouva pile dans la trajectoire d'Ally et de son Faiseur de Veuves écarlate.

Abel était certain que sa sœur pourrait s'en sortir et que dès que les Chevaliers du Ciel et les Ailes du Tonnerre commenceraient à se battre, les Griffes Rouges débouleraient en pensant que l'un des deux autres gangs avait trouvé Silas… euh… le trésor.

Je ne dois pas y penser comme à mon frère, se rappela-t-il. *Sinon je n'aurai jamais le courage de le prendre entre les griffes de mon dragon.*

Il espérait que Silas n'était pas trop terrifié. Même si, vu la façon dont il les avait traités, Lina, leurs parents et lui, ça ne l'aurait pas gêné que son grand frère se fasse *un peu* pipi dessus avant la fin du combat. Il fonça à travers les rues en jetant un coup d'œil par-dessus son épaule et constata que personne ne se dirigeait vers l'endroit où il pensait que Silas avait été caché, ce qui le fit sourire. Sa ruse avait marché.

Et puis soudain, Whoooouuuuuch !

Une lame fila juste à côté de sa tête, si près qu'elle égratigna le plastique de son casque. Karak obliqua et la lame suivante siffla à l'endroit même où son torse se trouvait une seconde plus tôt. Elle se planta dans la façade en acier de l'immeuble d'à côté.

— Hé, d'où ça vient ? hurla Abel.

— Hé, ne crie pas dans le micro ! protesta Topher.

— Le dragon des Griffes Rouges est perché sur un immeuble, à huit heures, lui apprit Roa.

— Quoi ? Qu'est-ce que ça veut dire ?

— Comme sur une horloge ? insista Roa.

— Je sais lire l'heure uniquement sur une horloge numérique ! répliqua Abel.

— Ça, *tout le monde* sait le faire ! pouffa Topher. Banane.

WHOOOUCH ! WHOOOUCH !

Deux autres lames filèrent à côté de lui si bien qu'il dut zigzaguer et esquiver. Lorsque trois autres lames arrivèrent, Karak se servit des bracelets magnétiques sur ses poignets pour les dévier dans une explosion d'étincelles. Un jet de givre surgit d'un spot au milieu d'une publicité rouge vif pour des Gaufres wyvernes aux Fruits de la Passion. Le dragon utilisait l'hologramme pour se camoufler ! Abel tira sur les rênes afin que Karak évite le tir mais l'attaque de souffle de leur ennemi n'était qu'une diversion. Le Faucheur de Givre avait plongé au milieu de la publicité lumineuse, ailes déployées et serres relevées, et il les percuta de plein fouet.

L'impact seul faillit désarçonner Abel. Sa tête se cogna contre son casque et son cerveau vibra contre sa boîte crânienne.

Karak poussa un cri strident, l'autre dragon rugit et Abel fit de son mieux pour se cramponner tandis que les deux bêtes se battaient en l'air, crocs contre crocs, griffes contre griffes. Comme Topher l'avait prévu, les serres du dragon de Sax se prirent dans le filet qui couvrait l'armure de tôle. Abel appuya sur le bouton qui augmentait la puissance électrique.

— GROOOOARRR ! gronda le Dragon de Givre.

Abel entendit presque Roa grimacer dans le micro. Leur plan était de délivrer une décharge équivalente à celle que recevaient les IDIOTS au collège, mais ils avaient dû augmenter la puissance pour l'adapter à des dragons de combat surentraînés.

— Coupe le courant ! cria Roa.

— Oui ! Ne vide pas la batterie ! renchérit Topher. Tu risques d'en avoir besoin plus tard.

Abel l'éteignit. L'autre dragon avait été suffisamment affaibli pour que Karak puisse fendre son armure : on voyait une zone d'écailles bleues et blanches sur son ventre, la plus vulnérable chez un dragon.

— On se revoit à tes funérailles, gamin ! hurla Sax.

Il brandit une arbalète légère et la braqua droit vers le buste d'Abel.

BOUUM !

Il n'eut pas le temps de décocher son carreau. Une grenade sonique avait explosé juste à côté de lui avec une force telle qu'il tomba sur le côté de sa selle en se tenant la tête. Au même instant, Karak cracha une boule de feu vers le ventre exposé. Le Faucheur de Givre s'agita tellement qu'il se libéra du filet puis il fit un piqué entre deux buildings dans une course folle pour rejoindre les Plaines et son équipe au sol.

— C'était moins une, fit Abel, essoufflé.

Il n'eut pas le temps de se remettre de ses émotions. Sa sœur, qui avait lancé la grenade, fonçait à présent droit vers lui. Pour quelqu'un qui avait dit ne pas vouloir sa mort, on aurait juré qu'elle avait l'intention de lui arracher la tête.

La wyverne ouvrit la gueule, les joues gonflées par un nuage de poison en préparation.

— Abandonne ! cria Lina.

— Et nos parents, alors ?

— Ça dépasse largement notre famille ! C'est pour la libération de *tout* Drakopolis !

— Tu tiens plus à ta cause qu'à tes propres parents ?!

— J'y tiens plus qu'à ma propre vie !

— Ce n'est pas ce que j'ai demandé !

— Abandonne ! hurla-t-elle encore avant de tirer sur les rênes pour ralentir sa wyverne.

Celle-ci cracha un petit jet de poison, juste assez puissant pour étourdir Abel.

Karak se cabra et remonta sa queue pendant qu'Abel activait le bouclier-ventilateur. Il se déploya et bloqua l'attaque. Cependant, cette parade l'avait entraîné vers le bas et il déboula sur les voies nocturnes empruntées par les ailes-courtes. Les taxis et les bus s'écartèrent devant lui pendant que leurs passagers hurlaient. .

Lina, qui avait fait redescendre son dragon pour se mettre à son niveau, entrait et sortait de la circulation en criant :

— Abandonne !

Son dragon percuta le flanc de Karak pour tenter de les faire s'écraser. Il la foudroya du regard et se cramponna aux rênes pour accélérer. Elle le percuta de nouveau. Tandis qu'ils slalomaient entre les ailes-courtes à une vitesse folle, il lui rentra dedans à son tour.

— Abel, Ally fonce droit vers toi ! le prévint Roa.

Il regarda derrière lui et vit son ancienne instructrice fondre sur lui. Elle cherchait la collision : son gros Faiseur de Veuves rouge fonçait à toute allure pour l'intercepter ! Le casque-miroir du dragon luisait et sa gueule ouverte promettait une attaque déchiquetante imminente...

— Qu'est-ce que je fais ? hurla Abel.

— Reste calme ! Pense à la boucle OODA.

Abel *Observa* les alentours : les immeubles d'un côté, sa sœur de l'autre, le trottoir en contrebas et le ciel dégagé au-dessus. Il s'*Orienta*, filant droit vers le dragon en armure que pilotait son impitoyable prof de cinquième puis il *Décida* de ce qu'il allait faire.

Il était temps d'*Agir*.

— C'est parti, Karak, dit-il à son dragon. On y va.

Il fit glisser sa main sur les écailles chaudes de son cou pour y tracer le symbole de la spirale. Comme il sentit son dragon hésiter, il serra un peu plus les cuisses.

— Ne t'inquiète pas, dit-il. Cette fois-ci, je vais y arriver.

Le dragon renifla, replia brusquement ses ailes et plongea en tournant le cou pour enrouler son corps autour de lui-même. La vitesse de la vrille décolla la peau des joues d'Abel et ils se transformèrent bientôt en une tornade d'ailes, de griffes et d'écailles. Les immeubles se floutèrent autour de lui et, soudain – juste avant qu'ils percutent le béton de la rue –, Karak rouvrit les ailes. Ils sortirent de la vrille avec une vitesse telle qu'Abel fut arraché de la selle. Ses mains lâchèrent les rênes... mais son harnais tint bon.

Il avait pensé à clipser la ligne de vie.

Il tira de toutes ses forces sur le câble et parvint à remonter sur le dos de Karak malgré la puissance du vent. Ils laissèrent les autres dragons bien loin dans leur sillage. Karak se mit à siffler. Le dragon *s'amusait.*

Et, malgré tout, Abel aussi.

Il poussa un cri de joie à pleins poumons.

Aussi rapides que l'éclair, ils filèrent en rasant le sol tandis que les deux autres dragons se percutaient l'un l'autre.

— Tu es blessé ! l'avertit Roa.

Abel se toucha le cou. Il saignait un peu. Une gemme du Faiseur de Veuves avait dû le frôler, ou un éclat de verre venu d'un immeuble. Il y avait mille façons de se faire toucher, pendant un combat.

— C'est rien, dit-il en regrettant d'avoir été prévenu.

Maintenant, ça le picotait et il se demandait s'il avait perdu beaucoup de sang.

— L'armure de Karak est éventrée et le filet est déchiré, ajouta Topher. S'ils te rattrapent, tu seras vraiment sans défense.

— Reviens, on va faire des réparations, lui ordonna Roa.

— Je ne peux pas. Je risque de me retrouver pris dans un combat que je ne pourrai pas gagner. Je dois en finir maintenant.

— Elles te poursuivent, lui apprit Roa. Ally et ta sœur. Elles continuent à se battre, ce qui les ralentit, mais tu n'as pas beaucoup de temps.

— Tant mieux, c'est déjà plus qu'il n'en faut, rétorqua-t-il, fier de sa réplique.

Il se dirigea droit vers son propre immeuble et, sur le toit, il trouva son frère.

— Merci, Fitz, souffla Abel, si doucement que les autres ne l'entendirent pas malgré le micro.

Les mains nouées derrière le dos et les jambes attachées ensemble, Silas était posé contre le parapet. Au moins, Fitz avait eu la gentillesse de lui remettre le casque.

Karak le prit entre les griffes de ses pattes avant aussi doucement que possible pour un dragon.

— Je te tiens, grand frère ! hurla Abel en plongeant entre les immeubles pour retourner à toute vitesse vers son antre sur les Plaines de Verre.

— AHHHH ! cria Silas, ce qui, devina Abel, était ce qu'il pouvait faire de mieux pour dire merci.

— Ta sœur et Ally sont toujours à tes trousses, l'alerta Roa. Mais elles sont looooin derrière.

— Et le Faucheur de Givre ?

— Il a quitté la zone des réparations, répondit Topher.

— Et ? Où est-il ?

Le cœur d'Abel accéléra, ce qu'il ne pensait pas possible vu qu'il battait déjà aussi vite que le permettait un corps d'humain.

— Je ne… je… hum… marmonna Topher. Je l'ai perdu de vue.

Abel franchit les toits des hautes fermes verticales. Au loin, il repéra sur le verre les cercles des gangs et les équipes au sol. Karak et lui quittèrent les lumières de la ville et plongèrent dans les Plaines sombres, en rase-mottes au-dessus des vagues de verre, des tourbillons, des dunes lisses et des ravins dentelés.

Abel était à un souffle de la victoire.

Et ce fut précisément à cet instant que l'énorme Dragon de Givre bleu en armure se laissa tomber devant lui, la gueule ouverte, prêt à le geler sur place.

28

— Feu ! hurla Abel en tirant sur les rênes.

Karak se cabra, ses ailes déployées formant une nuit étoilée, puis contra l'attaque de glace avec un jet de feu.

La collision des deux éléments créa un tel nuage de vapeur que le tonnerre gronda. La brume enveloppa Abel et Karak, tout comme Sax et son dragon. La gueule ouverte, les deux bêtes continuaient à cracher. Leurs souffles féroces, de force égale, se repoussaient mutuellement. Abel ne savait pas lequel des deux tiendrait le plus longtemps…

Il repensa à ses cartes DrakoTek. Les dragons cracheurs de givre avaient un bonus de 2 contre les dragons cracheurs de feu… Donc, si les cartes étaient fiables, Karak allait s'essouffler en premier.

Abel comprit alors qu'il devait précipiter la fin du combat, au lieu de laisser Karak s'épuiser pour rien.

Dans la brume, le Dragon de Givre n'était plus qu'une ombre. Abel et Karak devaient être eux aussi presque invisibles : les gros changements de température dans l'atmosphère trompaient sans doute les lunettes thermiques de Sax, s'il en avait.

Comme les Griffes Rouges ne connaissaient que la force, Sax continuerait à attaquer Abel jusqu'à ce qu'il soit détruit. Il ne pouvait sans doute pas imaginer que son adversaire choisisse une retraite défensive, si près de la victoire. Abel allait s'en servir contre lui. Il tira fort sur les rênes et Karak cessa de cracher du feu. En même temps, le garçon le dirigea vers le haut et lui fit faire un looping arrière, le ventre levé vers le ciel.

— Accroche-toi ! hurla-t-il à son frère tandis qu'un jet de glace fendait la brume, juste au-dessus du ventre de Karak et de Silas, que l'animal serrait contre lui.

— AAAHH ! cria Silas.

Abel s'accrocha de toutes ses forces, en remerciant le ciel pour son harnais de sécurité. Ils terminèrent le looping juste au-dessous du nuage de brume, si près du sol que le nez de Silas frôla le verre dur.

Trois battements d'ailes surpuissants les propulsèrent vers la victoire. Karak plongea en direction du cercle et fit glisser Silas sur la surface lisse aussi délicatement que la mère d'Abel faisait glisser un pancake sur une assiette. Aussitôt, Abel fit demi-tour pour se poser à côté de lui.

Toujours perdu dans le nuage de brume, Sax continuait à chercher son adversaire. Ally et Lina, elles, arrivaient tout juste sur les Plaines de Verre. Leurs deux dragons, qui s'étaient battus sans que l'un des deux parvienne à vaincre l'autre, étaient en piteux état.

Fitz était toujours assis sur sa propre monture. Il tira sur les rênes et le dragon cracha son feu arc-en-ciel, signalant la fin du combat avec une pluie d'étincelles multicolores.

— Les Largue-Vents l'emportent ! beugla-t-il.

Roa et Topher se précipitèrent dans le cercle en criant de joie.

— C'était incroyable ! se réjouit Roa en aidant Abel à descendre de Karak pour le serrer dans ses bras.

— Oui, trop génial ! renchérit Topher en se joignant au câlin, ce qui le surprit lui-même.

— T'as bien volé, p'tit frère! lança Lina depuis l'antre de son clan.

Drey et les autres membres des Chevaliers du Ciel étaient tellement occupés à se crier les uns sur les autres qu'ils n'avaient même pas remarqué à quel moment Abel avait récupéré Silas sur le toit.

— Clans vaincus! annonça Fitz. Livrez vos dragons de combat au vainqueur et respectez les engagements pris avant la bataille. Toutes les dettes contractées par Abel et sa famille sont effacées.

Jazinda, qui grimaçait comme si elle venait de renifler une crotte de dragon fraîche, hocha tout de même la tête. Sax conduisit son Dragon de Givre vers Abel et lui donna les rênes. Ally l'imita, tout comme Lina.

— J'attends le retour de Grackle pour demain matin, à l'Aile Brisée, déclara Jazinda.

— Mon père a déjà dû le relâcher, répondit Abel. S'il part maintenant, il devrait arriver à l'autre bout de la ville à l'aube.

Jazinda grogna.

— T'as du culot, Abel. Nous respecterons nos engagements. Mais je t'ai à l'œil. Ne l'oublie jamais.

Trois énormes dragons se dressaient devant Abel. Karak les scruta prudemment avant de baisser la tête vers son dragonnier, comme s'il attendait des consignes. Les autres bêtes baissèrent aussi les yeux vers lui. Abel tenait quatre longues laisses entre ses mains. Il était maintenant l'heureux propriétaire de quatre dragons très puissants. Ils étaient tous un peu égratignés, après les combats, et essoufflés, tout comme lui.

— Tu les as tous gagnés, déclara Topher. C'est incroyable. Je crois qu'on a plus de dragons que tous les élèves de cinquième de l'histoire!

— Non, le détrompa Abel. On n'a aucun dragon.

— Hein ? Qu'est-ce que… (Topher pointa du doigt les énormes créatures.) Ils sont là, non, Abel ? Tu ne les vois pas ? Tu as pété ton casque ? C'est un traumatisme crânien ? SURTOUT NE T'ENDORS PAS !

— Ce que je veux dire, c'est que c'est Karak qui a remporté ce combat, pas moi. Et ce n'était même pas *sa* bataille. Mais la nôtre. Celle des humains. Ce n'est pas juste de les utiliser comme ça, de les forcer à se battre pour nous.

— Mais… ce sont des dragons ! protesta Topher, la voix brisée. Les dragons sont faits pour ça !

Abel fit non de la tête. Il regarda Roa, qui opina discrètement. Il espérait que Topher comprendrait. Il commençait tout juste à l'apprécier et ça l'embêterait qu'il redevienne un crétin. Enfin, même si Topher ne le soutenait pas, Abel irait au bout de son idée.

— Je vais les relâcher, déclara-t-il.

Passant d'un animal à l'autre, il détacha les armures et ôta les rênes des dragons qu'il avait gagnés. Abel s'inclina devant chacun d'entre eux, comme il s'était incliné devant Karak le jour de leur rencontre.

— Vous êtes libres, dit-il. Tous les trois. Retournez à l'état sauvage. Vivez comme vous auriez toujours dû vivre. (Les dragons clignèrent des yeux sans comprendre.) Partez !

— Abel, soupira Ally. Les dragons ne sont pas faits pour être libres. Tu aurais dû être plus attentif en classe.

— J'ai gagné, et je peux faire ce qui me plaît de ces dragons, rétorqua Abel d'un ton qu'il n'avait jamais osé employer avec sa prof. Et je choisis de les relâcher.

— Mais… mais… on a gagné ! gémit Topher.

— Tu ferais mieux de te dépêcher, le pressa soudain Roa. L'armée arrive.

Iel tendit le doigt et Abel vit une longue rangée de wyvernes de l'Œil du Dragon surgir de la ville et foncer vers les Plaines.

— C'est l'Œil ! cria Jazinda. Dispersez-vous !

— Pigé ! répondirent les Griffes Rouges qui se mirent à courir dans tous les sens.

Ils sautèrent à toute vitesse sur le dos de leurs dragons et disparurent dans la nuit.

— À la prochaine, gamin, grogna Sax.

Il monta sur le dos d'un autre dragon des Griffes Rouges, derrière un de ses coéquipiers, et ils s'envolèrent tous les deux.

— Toi aussi, tu ferais mieux de filer, Abel, lui conseilla Fitz. Il vaut mieux éviter de se faire arrêter ici.

Sur ces mots, il s'évanouit lui aussi dans les ténèbres.

— Je refuse d'aller en prison à cause d'un sale morveux qui lit trop de comics, grommela Ally. (Olus et les Ailes du Tonnerre remontèrent sur leurs dragons pour s'enfuir.) On se reverra en classe, ajouta-t-elle en partant.

On aurait dit une menace.

— Je pense que nos notes vont en prendre un coup, à cause de tout ça, s'excusa Abel en regardant Roa.

Iel haussa les épaules et répondit :

— Il y a des choses plus importantes que les notes.

— T'es plus cool que ce que je pensais, admit Topher. Mais si vous laissez partir nos dragons, on se retrouvera sans défense.

— Leur force n'est pas la nôtre, insista Abel. Nous la leur avons juste empruntée quelque temps. Je veux la leur rendre. (Topher n'essaya pas de l'en empêcher. Abel cria vers les dragons qui se dressaient devant eux.) Hé, les dragons ! Partez !

Alors qu'il agitait les bras pour les faire fuir, ils se contentèrent de le fixer. Puis, à l'unisson, ils se tournèrent vers Karak.

Bien sûr. C'était Karak, le vainqueur, ce qui faisait de lui le dragon alpha. Comme les IDIOTS dans le gymnase, les trois autres imiteraient ses moindres mouvements, ce qui signifiait qu'Abel devait convaincre son propre dragon de partir en premier.

Il devait lui dire au revoir.

— Karak, merci. (Abel détacha la selle et l'ôta du dos de l'animal.) Ça a été un véritable honneur de voler avec toi, mais tu dois vivre libre.

Karak baissa la tête pour toucher celle d'Abel, comme le premier jour. Le garçon posa ses mains à plat sur son mufle chaud.

— Tu ne peux pas rester. Ils vont t'enfermer de nouveau dans une écurie et te forceront à te battre. Tu dois partir maintenant. Tes ailes t'appartiennent, et elles devraient t'emmener où *toi* tu veux aller, pas où les autres te disent d'aller. (Karak lui donna un petit coup de tête et grogna.) Non, pas même moi.

Le dragon renifla. Il se cabra pour se dresser de sa haute taille, déploya ses ailes et poussa un cri suraigu. Roa et Topher sursautèrent mais Abel resta impassible. Il leva la main pour lui dire au revoir. Karak replia un peu ses pattes et prit son envol en rugissant. Les autres dragons le regardèrent s'élever puis, poussant leurs propres cris terribles, ils s'élancèrent dans le ciel et se mirent à voler en cercle derrière lui, au-dessus d'eux.

— Déployez vos ailes, mes amis, murmura Abel. Déployez vos ailes.

— Abel, soupira Lina. (Elle jeta un coup d'œil vers son gang, qui lui faisait de grands gestes pour la presser de partir. L'Œil du Dragon approchait.) Tu t'es fait des ennemis très puissants, cette nuit.

Abel ne quittait pas des yeux les dragons. Ils terminèrent leur cercle et commencèrent à s'éloigner dans les ténèbres. Des dragons libres qui volaient dans la nature – depuis combien de temps ça n'était pas arrivé ? Il sourit en écrasant une larme.

— C'est vrai, mais je me suis aussi fait des amis très puissants.

Lina secoua la tête. Elle recula vers ses coéquipiers, sauta sur un dragon qui commençait à courir pour prendre de l'élan puis disparut avec son gang vers les lumières de la ville.

— Bon, euh, comment on va se tirer d'ici ? demanda Topher.

Ils étaient trois gamins, seuls et sans dragons, au milieu des Plaines de Verre, avec l'Œil du Dragon aux trousses.

— Ils n'ont rien pour prouver qu'on était mêlés au combat de dragons, déclara Abel. Sauf Silas.

Ils se tournèrent tous les trois vers son frère, qui avait perdu son casque à l'atterrissage. Allongé au sol, il tentait de se relever, les mains toujours attachées derrière le dos. Ses cheveux étaient dans un état épouvantable et il avait une coupure assez moche au front. Et son expression était plus moche encore.

— Tu veux *encore* que je te couvre ? s'emporta Silas. Pourquoi je devrais faire une chose pareille ?

Abel songea à toutes les insultes qu'il aurait pu jeter à la tête de son frère à cet instant, mais ce n'était pas le moment. La police serait là d'un instant à l'autre. Si ses amis et lui voulaient éviter de se retrouver à la Prison de Windlee, il devait faire la paix avec Silas, et vite.

— Parce que tu es beaucoup moins bête que tu en as l'air, lâcha-t-il.

Ah, mince. Il n'avait pas pu s'en empêcher. Roa lui donna un coup de coude, et il fit une nouvelle tentative, plus gentille.

29

— Je t'ai quand même sauvé la vie, lui rappela-t-il.

Silas grommela.

— Et s'ils m'arrêtent, je pourrais *accidentellement* leur révéler que tu m'as couvert la dernière fois, quand t'as inventé cette histoire comme quoi Lina m'avait pris en otage, ajouta Abel. Toi aussi, tu aurais des ennuis.

— Tu ne ferais pas ça, rétorqua Silas, mais son ton trahissait un léger doute.

— Allez, l'amadoua Abel. Depuis que tout a commencé, tu as été aussi utile que de la mayonnaise dans un disque dur. Tu pourrais enfin nous aider.

— Tu veux que j'enfreigne la loi, rétorqua Silas. Ça ferait de moi un criminel, comme toi et Lina. Non, merci.

— Pour maman et papa, tu serais un *héros*. (Cet argument-là retint l'attention de son frère. Il se redressa un peu.) Ils te seraient tellement reconnaissants de m'avoir protégé alors qu'eux ne le pouvaient pas. Je parie qu'ils t'offriront ces nouveaux gants de dragonnier que tu voulais pour la Saint-Georges. Et, moi aussi, je te devrai un service en échange.

— Tu m'en dois *déjà* un.

— Ça en fera deux.

Silas y réfléchit.

— On n'a pas toute la nuit, les pressa Topher tandis que les wyvernes de l'Œil du Dragon grossissaient à l'horizon.

Elles s'étaient déployées en grand V pour empêcher toute tentative d'évasion.

— Très bien, fit Silas. Détache-moi et je te couvrirai… encore une fois. Mais tu devras faire ce que je te dis *sans* me contredire ou m'insulter.

— Ça, je ne peux pas te le prom…

Roa et Topher lui décochèrent un regard aussi brûlant que le souffle de Karak. Abel referma la bouche et acquiesça.

Roa alla défaire les nœuds aux poignets et aux chevilles de Silas. Ce dernier se releva et se recoiffa pour avoir l'air digne. Quelques secondes après, le bataillon d'agents de l'Œil du Dragon fondit sur eux. Une dizaine de wyvernes se posèrent pour les encercler tandis que d'autres continuaient à voler au-dessus d'eux.

— Mains en l'air, les paumes face à nous ! Ceci est une intervention de police ! beugla une voix dans un haut-parleur. IMMÉDIATEMENT !

Abel obéit, tout comme Roa et Topher.

Comme les policiers portaient des lunettes de vision nocturne vertes qui brillaient dans le noir, les trois amis eurent l'impression qu'ils étaient entourés de libellules, jusqu'à ce qu'un spot s'allume très haut dans le ciel, braqué droit sur eux. Ils virent alors leurs uniformes et leurs armes, ainsi que les sourires féroces de leurs dragons.

Kai descendit d'une wyverne vert vif (plus petite que celle qu'avait volée Lina) et se précipita vers eux en enlevant ses lunettes de vision nocturne pour échanger des messes basses avec Silas. Il fit un signe de tête vers Abel et pointa quelque chose au loin. Comment allait-il expliquer le chaos que le Faucheur de l'Aube avait semé en ville sans révéler que c'était Abel qui le montait ? Abel devait bien admettre que son frère n'était pas si bête, finalement, car Kai semblait croire l'histoire que Silas était en train d'inventer.

Pendant leur conversation, un autre agent approcha et tendit à Silas un nouveau manteau de l'Œil du Dragon. Il l'enfila avec style, redressa le col rigide et frotta l'insigne qui indiquait son rang. Abel se demanda depuis combien de temps son frère était un espion alors que sa famille pensait qu'il était un cadet de l'Académie. Comme pour Lina, Silas avait eu une vie secrète dont Abel ignorait tout.

Malheureusement, Abel allait en découvrir une bonne partie.

Silas glissa la main dans sa poche et en tira un téléphone. Il tapota l'écran, passa un appel dos à Abel, si bien qu'il ne vit même pas ses lèvres bouger. Pendant ce temps, Kai vint leur parler.

— Salut, Kai, lança Abel.

Il commença à baisser les bras pour agiter la main quand un autre agent hurla :

— GARDEZ LES MAINS EN L'AIR!

Abel obéit même s'il n'avait plus de forces dans les bras après le combat. Il lui paraissait ridicule de les forcer à rester comme ça. Ils n'étaient que trois élèves de cinquième, sans armes et complètement encerclés. Mais on ne discute pas avec deux douzaines d'agents de l'Œil du Dragon dont les wyvernes possèdent assez de poison pour étourdir tous les gens qu'on a connus depuis notre naissance.

— Alors… Lina est ici? se renseigna Kai.

Ne sachant pas ce qu'avait raconté Silas, Abel ne voulait pas trop en révéler. Il se contenta de grommeler sans vraiment répondre. Kai prit un air boudeur, comme s'il était déçu. Puis il se tourna et attendit que Silas revienne.

— Tout est réglé, annonça ce dernier.

L'Œil du Dragon était arrivé depuis à peine une minute. Abel n'arrivait pas à croire que son grand frère puisse être si efficace. Il regarda ses amis, qui levaient toujours les mains en l'air, aussi perdus que lui.

— Euh… d'accord ? Et maintenant ? lui demanda Abel.

— Vous trois, vous avez été témoins de crimes graves, expliqua Silas. Vous êtes également des enfants. L'Œil du Dragon n'aurait aucun intérêt à vous envoyer à la Prison de Windlee. Par contre, vous serez tout de même utiles à la communauté.

— Vraiment ?

Abel ne savait pas du tout où il voulait en venir.

— Maintenant, vous travaillez pour moi.

Son frère inspira profondément et se passa la main dans les cheveux.

Topher se mit à gémir.

— Oh, ce n'est pas si terrible, reprit Silas. C'est bon, vous pouvez baisser les mains. Mais doucement.

Bien que soulagé, Abel haït son frère à cet instant. L'une des wyvernes le scruta en plissant les yeux. Il vit une lueur verte derrière ses rangées de dents blanc nacré. Malgré lui, ses mains se mirent à trembler.

— Après le combat de ce soir, toi et tes amis allez être le centre d'attention de tous les dragonniers combattants de cette ville, reprit Silas. L'Œil du Dragon pourra vous protéger et vous éviter la prison, bien sûr, en échange de vos services.

— Nos services ? répéta Abel sans comprendre.

— Félicitations, continua Silas, un grand sourire sur les lèvres. Vous êtes à présent des informateurs de l'Œil du Dragon. Vous allez infiltrer les activités des gangs et me rapporter les noms de tous ceux qui y sont mêlés et me révéler tout ce qui s'y passe.

— Tu veux qu'on devienne des balances, conclut Topher, désespéré.

— Vois ça plutôt comme des « agents infiltrés », si ça te console. Mais, oui, vous serez mes petites balances.

Il brossa de la poussière imaginaire sur l'insigne accroché à son col.

— Tout à l'heure, au téléphone, j'ai parlé à l'inspection scolaire. Inutile de vous dire que votre ancienne instructrice ne *reviendra pas.* Visiblement, elle est de nouveau considérée comme une fugitive. Méfiez-vous d'elle. J'imagine qu'elle va vous en vouloir.

Abel ne parvint même pas à trouver une insulte assez abominable pour qualifier son grand frère. D'un côté, il lui était presque reconnaissant mais, de l'autre, il était aussi indigné et terriblement perdu. En bref, il était, encore une fois, *éberlué.*

Cependant, Topher, lui, trouva exactement les mots pour traduire les pensées d'Abel.

— Quoi ? Hein ? Qu'est-ce que t'as dit ?

— Faites du bon boulot en coopérant avec nous, reprit Silas, et nous oublierons tout ce qui s'est passé ici ce soir. Sinon, eh bien… il y a toujours de la place dans la Prison de Windlee.

— Et Lina ? demanda Abel. Qu'est-ce qu'elle va devenir ?

— C'est une criminelle recherchée. Et nous finirons par l'attraper. Nous sommes à Drakopolis. Personne n'échappe indéfiniment aux forces de l'ordre. (Il fit le salut des cadets devant Abel, ses doigts serrés en griffe sur son torse.) Bienvenue du côté du bien. Vos noms de code sont EAD.

— C'est quoi, EAD ? demanda Topher. Je suis quelle lettre ?

— Ça veut dire « encore à définir », expliqua Roa.

— Ah, oui, je le savais, marmonna Topher en fixant ses chaussures.

— Argh, pitié, ne nous donne pas de noms de code stupides, gémit Abel.

Pour toute réponse, Silas afficha un grand sourire puis se dirigea vers le cercle de wyvernes. Kai et lui montèrent sur la verte.

— Ep ep ! aboya Silas.

Le dragon prit appui sur ses pattes et bondit en l'air, aussitôt imité par les autres wyvernes. Le spot s'éteignit, plongeant les trois amis dans le noir.

— Attends ! hurla Abel vers le ciel. Comment est-ce qu'on est censés rentrer en ville, *nous* ?

— Vous feriez mieux de vous mettre en route tout de suite ! lâcha Silas d'en haut. Il fait vite chaud par ici, une fois que le soleil se lève !

Un instant plus tard, Roa, Topher et Abel se retrouvèrent seuls sur les Plaines de Verre, si loin de Drakopolis qu'ils n'entendaient même pas ses grondements et ses rugissements.

— Euh... est-ce qu'on... vient vraiment de se faire recruter par l'Œil du Dragon ? balbutia Topher.

— On dirait bien, répondit Roa.

— J'espère que j'aurai un nom de code cool, dit Topher.

— Connaissant Silas, faut pas rêver, soupira Abel.

Topher haussa les épaules.

— Leur uniforme est plutôt stylé. Et ils ont les meilleurs dragons de la ville, non ?

— Je viens juste d'en libérer quatre. Je ne veux pas me *battre* sur d'autres dragons. Je veux en *libérer* d'autres.

— Justement ! fit Roa gaiement pour lui remonter le moral. C'est peut-être le meilleur moyen d'y parvenir. En infiltrant les gangs, comme Silas le voulait, mais aussi l'Œil du Dragon.

En les montant les uns contre les autres, on peut tous les faire tomber de l'intérieur.

— Hein ? renifla Abel. Je suis certain que tous ceux qui se sont un jour dit la même chose ont fini dans le ventre d'un dragon.

— C'est malin, grogna Topher. Maintenant j'ai faim.

— J'ai une gaufre wyverne, proposa Roa.

— On partage ! supplia Abel.

Ils partagèrent le gâteau et se mirent tous trois en route vers la cité, sous une lune luisante et une telle quantité d'étoiles que personne ne pouvait les compter.

Lorsqu'il regarda par-dessus son épaule, loin des lumières de la ville, Abel crut voir quelques étoiles glisser dans le ciel et dessiner des ailes de dragon. Il sourit.

Ça ne changerait peut-être pas la face du monde, ça ne réglerait peut-être pas les problèmes de sa famille mais au moins, cette nuit-là, quatre dragons qui n'avaient jamais connu la liberté volaient sans entraves.

Même si Abel avait l'impression d'être tout petit entre l'immensité du ciel étoilé et l'immensité de la ville illuminée, en songeant à cette idée, il se sentit un peu plus grand.

À suivre…

Retrouve bientôt
une nouvelle aventure
de Battle dragons...

Collectionne les cartes DrakoTek de tes dragons préférés !

Retrouve cette carte
sur *auzou.fr* et télécharge
un modèle pour créer
ta propre version !
Envoie-la à
Auzou éditions - service romans,
24-32 rue des amandiers,
75020 Paris.

DrakoTek

Faucheur de l'Aube – Niveau platine

CARACTÉRISTIQUES :

Dragon de la classe ailes-moyennes, nocturne carbonivore, doté d'une arme de souffle de type feu. Espèce rare.

Maniabilité : ★★★☆☆

Rapidité : ★★★★★

Combat rapproché : ★★★★☆

CAPACITÉS SPÉCIALES :

+2 camouflage furtif nocturne

-2 contre les dragons cracheurs de givre

Dragon nu, à combiner avec une carte équipement

À propos de l'auteur

Alex London vit à Philadelphie. Autrefois journaliste dans des zones de guerre, mais aussi libraire jeunesse, assistant à Hollywood, et représentant commercial pour des accessoires de voitures, il est aujourd'hui auteur de vingt-cinq romans pour la jeunesse et les adultes. Ses livres se sont vendus à deux millions d'exemplaires, et il est notamment connu pour la série *The Wild Ones*. *Battle Dragons* est son premier roman traduit en français.

À propos de la traductrice

Depuis 2005, **Aude Carlier** jongle avec les mots pour recréer les univers intimes des auteurs qu'elle traduit, que ce soit en littérature jeunesse (*La Guerre des Clans*, d'Erin Hunter), en bande dessinée (*Strangers in Paradise*, de Terry Moore), en littérature générale (*La Vague*, de Todd Strasser, *La Maison des Hautes Falaises* et *Le Bruissement des Feuilles*, de Karen Viggers,) et en littérature de genre (*Dragons d'une Aube de Printemps*, Dragonlance, M. Weis et T. Hickman).

Elle intervient régulièrement pour parler de son métier et animer des ateliers, tant en milieu scolaire et universitaire que dans les médiathèques et les festivals.

Comme elle est allergique, elle n'a pas de chat mais, depuis qu'elle a traduit *Battle Dragons*, elle rêve d'un pangolin domestique !

Découvre également d'autres aventures chez auzou romans, en grand format et en poche.

Cet ouvrage a été mis en pages par Nord Compo
à Villeneuve-d'Ascq